Wilhelm Hille, u. a.

Bibliothek der Unterhaltung und des Wissens

Jahrgang 1916

Wilhelm Hille, u. a.

Bibliothek der Unterhaltung und des Wissens
Jahrgang 1916

ISBN/EAN: 9783741129759

Hergestellt in Europa, USA, Kanada, Australien, Japan

Cover: Foto ©Andreas Hilbeck / pixelio.de

Manufactured and distributed by brebook publishing software
(www.brebook.com)

Wilhelm Hille, u. a.

Bibliothek der Unterhaltung und des Wissens

Bibliothek der Unterhaltung und des Wissens

Mit Originalbeiträgen
von hervorragenden Schrift-
stellern und Gelehrten
sowie zahlreichen
Illustrationen

Jahrgang
⋆ 1916 ⋆

Siebenter
Band

Union Deutsche Verlagsgesellschaft
Stuttgart · Berlin · Leipzig · Wien

Zu der Erzählung „Flaggenschwindel" von Wilhelm Hille.
(S. 22)
Originalzeichnung von Rolf Winkler.

Inhalts-Verzeichnis

Flaggenschwindel

Ein Erlebnis zur See von Wilhelm Hille

Mit Bildern von Rolf Winkler

Gefolgt von dem Kapitän, stieg der weißhaarige Lotse die Kommandobrücke des norwegischen Frachtdampfers „Klio" hinab. „Also, Kapitän, immer genau drei Striche bei Ostnordost. Wenn Sie da auf eine Mine stoßen, lasse ich mich von meinen eigenen Leuten an der obersten Rahe aufhissen. Meine natürlich englische Minen. Was die deutschen Hunde Ihnen in den Weg legen, dafür kann ich nicht."

Der alte Seebär spuckte den Priem über Bord. Kapitän Sigurd Tychsen schüttelte ihm die Hand zum Abschied.

„Good bye, Sir," sagte er. „Mir werden sie schon nichts anhaben. Wir sind neutral bis in die Knochen."

„Überlegen Sie sich's wohl, Captain, was ich Ihnen vorhin sagte: fünfhundert Pfund Sterling hat die britische Admiralität ausgesetzt für jeden Schiffsführer, der eines dieser gottverdammten deutschen Unterseeboote rammt. Zweihundert für den, der unseren Torpedojägern auf ihre Spur verhilft. Also Good bye, Captain! Und glückliche Reise!"

Er gab auf einer kleinen Pfeife ein Signal, das alsbald von dem in einiger Entfernung still auf dem Wasser liegenden Lotsendampfer mit einem dreimaligen Aufkreischen beantwortet wurde. Dann schwang er sich außerordentlich gewandt für sein Alter über die Reling hinweg und kletterte hinter vier mit Flinten bewaffneten Londoner Hafenpolizisten die Strickleiter hinunter.

Der alte Sigurd Tychsen sah dem immer kleiner werdenden Boote eine Weile nach. Auf seinem runzligen, verwitterten Gesicht lag ein pfiffiges Lächeln. Dann

stieg er bedächtig zur Kommandobrücke empor, wo der
Erste Steuermann am großen Rad stand.

„Die wären wir los, Petersen! Wollen Sie so gut
sein und noch ein Stündchen hier oben bleiben. Immer
drei Striche abfallend Ostnordost. Ich muß jetzt erst
einmal nach meinem Gefangenen schauen."

„Gefangenen?" sagte der Steuermann, erstaunt auf=
sehend.

Der Kapitän schmunzelte. „Steuermann, Steuer=
mann, wo hast du bloß deine Augen gehabt! Ein=
geschmuggelt habe ich den Deutschen, als Kohlenschipper
verkleidet. Und das unter den Augen von einem Dutzend
Policemen, hundert Meter von London Bridge. Soll
aber in Bergen nicht darüber gesprochen werden! Sie
wissen ja, daß es verboten ist. Wenn es meinem Schiffs=
herrn zu Ohren kommt, liege ich mit drei Monaten
Gehaltsabzug drin."

„Ein Freund von Ihnen?"

„Selbstverständlich. Ohne das täte man so etwas
nicht. Hat mir einmal einen großen Dienst erwiesen.
Geben Sie, wenn wir aus der Themse heraus sind, das
Steuer an den Zweiten ab, und kommen Sie mit in
meine Kajüte. Der kleine Doktor wird uns alles er=
zählen. Ist ein tadelloser Kerl, um den es wirklich
schade gewesen wäre, wenn —"

Er tippte bedeutungsvoll mit zwei Fingern auf die
Stirn und stieg die schmale eiserne Treppe hinunter. In
dem engen Gang, der zu seiner Kajüte führte, schloß er
zur Rechten den Baderaum auf. Da sprang von einer
Matratze neben der Wanne ein kleiner Mann mit breiter
Stirn und einnehmenden Zügen empor. Er trug einen
zerrissenen Arbeiteranzug und war im Gesicht und an
den Händen mit Kohlenstaub geschwärzt.

„Gerettet?" flüsterte der Deutsche.

„Hoffentlich!" sagte der Kapitän lächelnd. „Aber Sie brauchen nicht mehr zu flüstern, Doktor Gebhardt.

Jetzt bin ich Herr im Hause, und Sie wissen ja, wo ich Herr bin, sind Sie's auch."

In den Augen des Doktors glänzten Freudentränen. Er ergriff die Hand des wackeren Alten. „Kapitän," rief er, „was Sie für mich getan haben, kann weder ich noch meine Frau noch meine Kinder Ihnen jemals gebührend lohnen!"

„Pah, dasselbe sagte ich Ihnen damals in Stavanger, als Sie mir den Jungen aus dem Wasser zogen. Sie sehen, es kommt immer einmal Gelegenheit, im Bösen wie im Guten. Wir sind quitt, Doktor, und können von morgen an, je nachdem es uns beliebt, auseinander= gehen oder ein neues Konto aufmachen."

„Nein, wir sind nicht quitt. Daß ich als guter Schwimmer ins Wasser ging und Ihren Jungen rettete, war einfache Menschenpflicht. Sie aber haben gegen Ihre ausdrückliche Instruktion handeln müssen, Sie haben Ihre Stellung aufs Spiel gesetzt, Sie haben einer Frau den Gatten, Kindern den Vater wieder= gegeben."

„Na, soll mich ja auch freuen, wenn's geglückt ist," erwiderte der Kapitän. „Ganz heraus sind wir erst, wenn das Leuchtfeuer von Haugesund in Sicht kommt. Die Seeschifferei ist jetzt eine faule Sache, lieber Freund. Wir Neutralen spielen die Rolle der Maus zwischen Löwe und Tiger, die sich miteinander herumbalgen. So bei Nacht und Nebel auf eine Mine zu geraten, ist ein böses Ding, und Ihre Unterseeboote verstehen auch keinen Spaß. Aber wir wollen den Teufel nicht an die Wand malen. Vor allen Dingen, Doktorchen, spülen Sie sich den Kohlenstaub in der Badewanne ab. Der Steward wird Ihnen einen Anzug bringen, und wenn Sie dem Petersen, meinem ersten Manne, ein gutes Wort geben, leiht er Ihnen seinen neuen Panamahut; dann können Sie gemütlich auf Deck umherspazieren und brauchen nicht zu befürchten, daß Ihnen die Sonne den Gelehrtenschädel versengt. Das heißt, erst wollen wir in der Kajüte Ihre Geschichte

hören. Vor Petersen brauchen Sie sich nicht dicht zu
halten. Ist eine grundehrliche Seele, nur ein bißchen
geradeheraus." —

Doktor Anton Gebhardt war Chemiker und Inhaber
einer Farbenfabrik in Manchester. Seit mehr als zehn
Jahren in England ansässig, hatte er sein Deutschtum
treu bewahrt und sich nicht naturalisieren lassen, ob=
gleich das manche geschäftlichen Vorteile für ihn gehabt
hätte. Bald nach Ausbruch des Krieges hatte er sein
Weib und die beiden Jungen über Holland nach der
alten Heimat abreisen lassen. Ein schwerer Abschied
war es gewesen, damals im Oktober; wußte man doch
nicht, was die Zukunft bringen und ob man sich jemals
wiedersehen würde. Aber es war besser so, daß er die
Seinen geborgen in Köln bei der alten Mutter wußte.

Nicht aus Wohlwollen ließen ihn die Engländer sein
Gewerbe weiterbetreiben, anstatt ihn in ein Konzen=
trationslager abzuführen. Seine Farbenfabrik war
eine der leistungsfähigsten im Lande. Seitdem die
Zufuhr der Farbstoffe, die zumeist aus dem großen
deutschen Farbenzentrum Ludwigshafen a. Rh. kamen,
aufgehört hatte, war die englische Textilindustrie in
Nöten. Man konnte ihn zu gut gebrauchen, den deutschen
Doktor mit seinem reichen technischen und chemischen
Wissen, ließ ihn also weiterarbeiten und behielt ihn
im Auge.

Nach der Überzeugung des Herrn Francis Morrison,
Chefs der Überwachungsabteilung für die aus Manchester
nach dem Auslande gehenden Postsachen, war mindestens
jeder dritte deutsche Kellner, jeder vierte deutsche Kommis
und jeder fünfte deutsche Ladeninhaber ein Spion. Ein
deutscher Gelehrter aber, gar ein Chemiker aus Char=
lottenburg, war der Mensch gewordene Hochverrat selbst.

Als ihm daher eines schönen Tages im Monat Mai 1915
ein von Doktor Gebhardt unterzeichneter Brief in die
Hand kam, der nach dem Haag gerichtet war, und in
dem der Schreiber sich bei einem deutschen Geschäfts=
freunde nach seiner Familie erkundigte, beschloß er so=
fort, das verdächtige Schreiben der „Feuerprobe" zu
unterwerfen. Das heißt, er entzündete eine Spiritus=
flamme und hielt den Brief darüber. Siehe, da tauchte
zwischen den harmlosen Zeilen eine rote kleine Nach=
schrift auf, nur ein einziger Satz, aber so verräterisch,
daß dem redlichen Mister Morrison vor Abscheu übel
wurde, als er ihn aus dem Deutschen ins Englische über=
setzte. Er lautete nämlich: „Möge Gott unserem ge=
liebten Vaterlande in seinen harten Nöten beistehen!"

Morrison brachte seinen Fund der Polizei. Die nahm
den Vorfall ernst genug. Man konnte doch nicht wissen,
ob die harmlosen Worte nicht irgend eine geheime Ver=
abredung oder Mitteilung in sich bargen. Genug, einige
Tage später erhielt Gebhardt von einem treuen Freunde
den Wink, er möge sich in Sicherheit bringen, da seine
Verhaftung bevorstehe.

Eine Anklage wegen Spionage ist in Kriegszeiten
eine Sache um Leben oder Tod; kurz vorher hatte das
Kriegsgericht in London zwei Deutsche erschießen lassen.
Der bestürzte Doktor raffte zusammen, was er an barem
Gelde zu Hause liegen hatte, und fuhr noch am näm=
lichen Abend nach London, um in dem Gewimmel der
Millionenstadt unterzutauchen. Und da hatte er das
Glück, daß sein alter Freund Tychsen gerade mit seinem
Kasten bei London Bridge lag und nur noch die letzten
angemeldeten Stückgüter erwartete, um in See zu
stechen. —

Es war einen Augenblick still in der Kajüte. Der

Kapitän bot Zigarren an und schenkte die Gläser voll. Steuermann Petersen aber sah mit seinen großen ehrlichen Augen voll auf das Gesicht des Gelehrten, als dieser schwieg, und meinte: „Nehmen Sie mir's nicht übel, Herr, aber ich glaube, es stimmt da nicht alles in Ihrer Geschichte."

Doktor Gebhardt errötete. „Ich verstehe, Herr Petersen," antwortete er. „Sie wollen sagen, ich werde nicht nur als Spion verfolgt, sondern ich bin auch einer. Machen Sie aus Ihrem Herzen keine Mördergrube. Ich habe immer zu denen gehört, die ein aufrichtig gemeintes Wort vertragen können."

„Nun ja, halb und halb, Herr. Wenn Sie weiter nichts mit roter Tinte geschrieben haben, als daß Sie Deutschland den Sieg wünschen, so war es Torheit zu fliehen. Man hätte Sie doch schwerlich deswegen verurteilt. Sie werden wohl noch mehr und wichtigere Briefe mit roter Nachschrift verfaßt haben!"

„Und Sie, Kapitän?" wandte sich der Doktor an den Alten.

Der hieb mit der Faust auf den Tisch, daß die Gläser wackelten. „Ist mir ganz egal, ob Sie spioniert haben oder nicht!" schrie er. „Sie haben mir den Jungen gerettet! Und wenn Sie in den Geheimnissen der britischen Marine herumgeschnüffelt haben wie die Sau im Dreck, so hat da keiner hier an Bord nach zu fragen. Übrigens weiß ich, daß Sie ein ehrlicher Kerl sind, und wenn Petersen das bezweifelt —"

„Bezweifle ich ja gar nicht, Kapitän," entgegnete der Steuermann gelassen. „Ich finde durchaus nichts Ehrenrühriges darin, wenn Herr Doktor Gebhardt durch Übermittlung von Nachrichten seinem Vaterlande zu nützen versucht hat. Würd's vielleicht ebenso machen.

Erſt im Geldnehmen für ſolche Dienſte liegt das Un=
ehrenhafte."

„Na alſo," murrte der Kapitän.

„Unehrenhaftes liegt aber auch dann darin," ver=
ſetzte Doktor Gebhardt ernſt, „wenn man gegen ein Land
ſpioniert, das einem zur zweiten Heimat geworden iſt.
Meine beiden Jungen ſind in England geboren und
haben engliſche Schulen beſucht. Ich ſelber habe es
in England zu großem Wohlſtand gebracht. Da hieße
es, Gutes mit Schlechtem vergelten, wenn ich dem Briten
anders als im offenen Kampfe entgegentreten wollte.
Das iſt meine Anſicht von der Sache, und ich gebe Ihnen
mein Ehrenwort, daß außer jenem einzigen Satz in
Geheimſchrift nichts gegen mich vorliegt. Ich floh trotz=
dem, denn ich kenne die engliſchen Gerichte beſſer als
Sie."

„Trinken Sie aus, meine Herren, und dann laſſen
Sie uns nach oben gehen," erklärte der Kapitän. „Es
iſt fünf Uhr. Der Zweite Steuermann Gulbrandſon
muß das Beſteck nehmen, und wir haben ihn abzulöſen.
Setzen Sie ſich Ihren Panama auf, Doktor. Die Sonne
ſticht noch. — Steward, abräumen!" —

In langſamer Fahrt durchſchnitt der kleine Dampfer
die Wellen. Peterſen war in das unter der Kommando=
brücke gelegene Kartenzimmer gegangen, um das von
Gulbrandſon aufgenommene Beſteck, das heißt den mit
dem Spiegelſextanten ermittelten Schiffsort, in das
Tagebuch einzutragen. Die Sonne näherte ſich ſchon
dem weſtlichen Horizonte; ein roſiger Schimmer lag
über den zarten Federwölkchen, mit denen der Himmel
ſtrichweiſe bezogen war. Ein tiefes Gefühl der Ruhe
und des Geborgenſeins kam über den Flüchtling.

„Wie ſchön das iſt, Kapitän!" ſagte er träumeriſch.

„Hier ist der Friede, nach dem die ganze Welt seufzt. Hier ist Harmonie und Eintracht, die die Völker verloren haben und vielleicht nie wiederfinden."

„Im Gegenteil, lieber Freund! Hier ist das Kriegs= gebiet. Weder die Schlachtfelder von Galizien noch die Türme von Reims und Arras haben so Grauenhaftes gesehen, wie diese stillen Fluten jetzt täglich sehen. Be= trachten Sie die glänzende Wolke da über unserem Kopfe. Wer bürgt Ihnen dafür, daß nicht ein Flugzeug da= hinter lauert? Schauen Sie auf das Wasser. Kein Seemann der Welt, und wenn er hundert Jahre die Ozeane durchquert hätte, kann Ihnen sagen, ob nicht Minen darunter sich bergen, die uns die nächste Minute schon in Stücke reißen, ob nicht plötzlich auf ihm die weiße Schaumlinie eines Torpedos sich abzeichnet, das uns gen Himmel befördert. Es ist die Ruhe des Kirch= hofs, die Sie bewundern. Früher wimmelte es hier von Fahrzeugen, großen und kleinen. Jetzt ist's wie ausgestorben. Alle meiden sie das Kriegsgebiet und das, was die Engländer die deutsche Unterseebootpest nennen."

„Da vor uns ist ein Dampfer," bemerkte der Doktor, nach einer Rauchsäule am fernen Horizonte zeigend.

„Seh' ihn schon lange. Scheint uns entgegenzu= kommen. Wollen einmal nach der Flagge schauen. Wenn's ein Engländer ist, so tun Sie gut, nach unten zu gehen." Mit seinem Fernrohr sah er auf die Rauch= säule. „Hat nichts zu sagen. Sie können ruhig oben bleiben."

„Ein Neutraler?"

„Ein Landsmann von mir, Doktor. Hier, nehmen Sie das Rohr; das blaue Kreuz auf rotem Grunde ist deutlich zu sehen. Wir wollen mit ihm signalisieren, wenn er heran ist. Vielleicht weiß er etwas, das Reuter seinen Engländern nicht auszuplaudern wagt."

Aufmerksam und nicht ohne Erregung betrachtete Doktor Gebhardt das sich schnell nähernde Schiff. Der Kapitän hatte den Ersten Steuermann heraufgerufen und machte sich mit ihm an dem Flaggenkasten zu schaffen. Als sie mit ihren Vorbereitungen fertig waren, ergriff auch Petersen das Fernrohr. Das Schiff war jetzt so nahe herangekommen, daß man die norwegische Handelsflagge mit bloßem Auge erkennen konnte. Aber es mußte doch etwas an ihm sein, was dem Steuermann nicht gefiel. Denn er schüttelte den Kopf und meinte: „Kapitän, das sind merkwürdige Norweger da an Bord. Wenn das kein Schwindel ist mit der Flagge —"

„Ha, die Hunde!" brüllte der Kapitän.

Wie durch Zauberei war plötzlich die norwegische Flagge verschwunden, und an der Gaffel des Besanmastes stieg die englische Kriegsflagge, das blutrote Kreuz auf weißem Grunde, empor. Aus plötzlich geöffneten Luken starrten Geschützmündungen drohend auf die „Klio". Aus einem der ehernen Schlünde flammte es auf, und ein scharfer Knall zerriß die Luft: das Signal zum Stoppen.

Dagegen gab es keine Auflehnung. Kapitän Tychsen zitterte vor Zorn am ganzen Leibe, als er den Befehl durch das Sprachrohr in den Maschinenraum hinabrief.

„Hereingefallen sind wir, Doktor!" knirschte er ingrimmig. „Auf Schurkereien, wie diese hier, ist kein ehrlicher Seemann gefaßt. Machen Sie sich schleunigst unsichtbar. Wir werden gleich Satan mit allen seinen unsauberen Geistern an Bord haben. Will nur hoffen, daß man Sie noch nicht gesehen hat da drüben."

In kaum fünfzig Meter Abstand lagen die Schiffe

nebeneinander. Es war ein stattlicher, mindestens fünf=
tausend Tonnen haltender Dampfer mit zwei Schorn=
steinen, aus denen dicke Wolken in die stille Luft stiegen.

Auf dem Achterdeck standen plaudernde Matrosen, kräf=
tige Gesellen mit kurzen Pfeifen im Munde. Ein Boot
mit zwölf Bewaffneten und einem Offizier legte an
Backbord des Norwegers an, und schnell kletterte einer
nach dem anderen an der herabgelassenen Strickleiter

nach oben. Der Offizier, ein schlanker junger Mann
in der Uniform eines Leutnants zur See, begrüßte den
Kapitän mit der Hand an der Mütze.

„Guten Abend, Sir," sagte er. „Hilfskreuzer ‚Wind=
sor‘, Kapitän Brown. Verzeihen Sie die kleine Störung,
die ich Ihnen im Auftrage meines Chefs bereiten muß.
Ich hoffe, wir werden schnell im reinen sein."

„Britannische oder norwegische Marine?" spottete
Tychsen, den jungen Mann verächtlich ansehend. „Oder
kommt die wirklich gültige Flagge erst nachher an die
Reihe?"

„Herr Kapitän, Sie werden die Güte haben, mir
Ihr Schiffsmanifest und die Zolldeklarationen vorzu=
legen," antwortete der Leutnant, ohne auf die ironische
Frage des Alten einzugehen.

„Weiß schon, kenne den Zauber. Folgen Sie mir,
bitte, in die Kajüte."

Der Leutnant winkte zweien seiner Matrosen, die
sich am Eingange der Kajüte aufstellten. Die Tür mußte
geöffnet bleiben. Tychsen schloß ein Seitenschränkchen
auf und schüttete den Inhalt einer Mappe auf den Tisch.
Der Leutnant prüfte jedes einzelne Dokument sorg=
fältig. „Well," meinte er dann, „das wäre in Ordnung.
Die siebenhundertfünfzig Tons Walliser Kohle gehen auf
Rechnung der norwegischen Regierung. Die Stückgüter
sind vom Londoner Hafenkommissariat überprüft, Ihre
Reederei hat viertausend Pfund Kaution hinterlegt, daß
nichts davon nach Deutschland geht. Ich möchte nun
das Schiffstagebuch sehen."

„Wozu das Tagebuch?"

„Vorschrift, Sir. Wir haben Anweisung, auch die
Reiseroute der Neutralen zu kontrollieren. Wann haben
Sie das letzte Besteck genommen?"

„Vor einer Stunde."

„Zeigen Sie mir, bitte, die Eintragung!"

Der Kapitän klingelte dem Steward. „Ich lasse Petersen bitten, das Tagebuch zu bringen."

Der Offizier begann in dem sofort gebrachten Buche zu blättern, zog sein Notizbuch hervor und schrieb die letzte Seite vollständig ab. „Sie sind bisher nicht angehalten worden, Kapitän?" fragte er plötzlich, von dem Buche aufsehend.

Tychsen verneinte.

„Haben kein feindliches Fahrzeug, ich meine, kein deutsches Unterseeboot zu sehen bekommen?"

„Auch das nicht."

„Well, Sir. Nun noch Ihre Passagierliste."

„Sie vergessen, daß die ‚Klio' ein Frachtdampfer ist und keine Passagiere befördert."

„Sie haben also keine Passagiere an Bord?"

„Nein."

„Seit wann laufen denn die Bedienungsmannschaften der Frachtdampfer mit Panamahüten auf dem Kopfe herum?"

Der Kapitän wurde rot im Gesicht. „Wenn ihr Englischen nach Belieben das Flaggentuch wechselt," entgegnete er grob, „so wird wohl mein Steuermann Petersen auch nach Belieben seine Kopfbedeckung wechseln können."

„Also auf Seemannsehre, Kapitän, Sie haben keinen Passagier?"

Forschend ruhte der harte Blick des Offiziers auf dem runzligen Gesicht des Alten. Dem schwoll die Zornader. Er schlug mit der Faust auf den Tisch und schrie: „Wer, wie Sie, unter falscher Flagge segelt, hat überhaupt nicht das Recht, von Seemannsehre zu sprechen! Ich, Kapitän Sigurd Lychsen, sage Ihnen, daß ich keine Passagiere habe, und damit basta! Haben Sie sonst noch Befehle, Herr Leutnant?"

Der Offizier stand auf. „Was Sie da eben gesagt haben, will ich nicht gehört haben," sagte er scharf. „Die Flagge, die wir führen, vertreten wir auch. Hier ist eine Mitteilung des Ersten Seelords der Admiralität, die an alle Hafenkommandanten ergangen ist."

Er zog ein sorgfältig gefaltetes Schreiben aus der Tasche und reichte es dem Kapitän. Der überflog die Zeilen und gab das Papier an Petersen weiter.

„Sehe nicht ein, was mich das kümmern soll, Sir," sagte er achselzuckend. „Sie suchen da einen deutschen Spion namens Gef — Gep — — wie ist der Name?"

„Anton Gebhardt aus Manchester, Doktor der Chemie," ergänzte der Leutnant. „Die Behörde vermutet, daß er von London aus versucht haben wird, auf einem neutralen Schiffe ins Ausland zu gelangen. Ich aber, Herr Kapitän, habe Grund zu der Annahme, daß er sich hier an Bord befindet. Wollen Sie ihn gutwillig ausliefern oder nicht?"

„Ich liefere keinen aus, den ich nicht habe."

„Ist das Ihr letztes Wort?"

„Mein letztes in dieser Angelegenheit."

„Dann bin ich genötigt, das Kommando Ihres Schiffes zu übernehmen und es nach Lowestoft zu führen. Hier auf See ist zu einer gründlichen Durchsuchung keine Zeit."

„Das wäre Vergewaltigung. Meine Papiere sind in Ordnung, und ich verlange im Namen meiner Regierung, meine Reise fortsetzen zu dürfen."

„Genug. Ich kenne meine Instruktion. Es bleibt Ihnen unbenommen, schriftlich Beschwerde einzureichen.

Sollte der Verdacht wegen des deutschen Spions sich
als unbegründet erweisen, so wird die englische Regierung nicht zögern, Ihrer Reederei den durch Zeitver-
säumnis entstandenen Schaden zu vergüten. Ich muß
Sie nun ersuchen, Herr Kapitän, bis zu unserer Ankunft
in Lowestoft Ihre Kajüte nicht zu verlassen. Sie, Herr
Steuermann, werden mich nach oben begleiten!"

Der junge Offizier grüßte höflich und wandte sich
dem Ausgange der Kajüte zu. Da tauchte im Rahmen
der kleinen Tür Doktor Gebhardt auf, fast so bleich
wie der Panamahut, den er noch auf dem Kopfe trug.
Er lüftete den verräterischen Hut und sagte: „Ich will
Ihnen die Reise nach Lowestoft ersparen, Herr Leutnant.
Ich bin Doktor Gebhardt aus Manchester."

Ein Blitz des Triumphs zuckte in den Augen des
Leutnants. Der Kapitän stöhnte.

„Ich habe in meinem Versteck jedes Wort hören
können," fuhr der Gelehrte fort. „Das Spiel ist verloren, Kapitän! Wozu Ihrer Reederei unnützen Schaden
verursachen? Leben Sie wohl! Sie haben an mir ge-
handelt wie ein wahrer Freund. Mit der Erinnerung
daran werde ich, wenn es sein muß, dem Tode ins
Auge sehen. Schreiben Sie meiner armen Frau und
den Kindern meinen letzten Gruß. — So, nun stehe
ich zu Ihrer Verfügung, Herr Leutnant."

Der Offizier, gefolgt von den beiden bewaffneten
Matrosen, verließ mit seinem Gefangenen das Schiff.
Kaum waren sie drüben an Bord, zog der Engländer
wieder die norwegische Flagge hoch und dampfte ab.

Es war zwei Uhr morgens. Die „Klio" hatte die
Höhe von Norwich erreicht, fast an der Grenze des
Kriegsgebietes. Auf der Brücke stand, in seinen Mantel

gehüllt, Sigurd Tychfen. Er hatte die Nachtwache über=
nommen. Nach dem, was er erlebt hatte, hätte er ja
doch kein Auge zutun können. Hoch am Himmel glänzte
die helle Scheibe des abnehmenden Mondes und warf
ihr bleiches Licht auf die von einer schwachen Brise aus
Nordost gekräuselte Meeresoberfläche. Starr und un=
beweglich hielt der Alte die Wacht über das ihm an=
vertraute Schiff, das er seit fast einem Menschenalter
fuhr. Aber während er unverwandt die dunkle Linie
des Horizonts abspähte, sah er immerfort fast körper=
haft deutlich vor sich eine stille, zarte Frau, in deren
Heim er sich stets wie zu Hause gefühlt, und zwei
Knaben, von denen er oft gewünscht hatte, sie könnten
ihn Großvater nennen. Und dieser Frau sollte er melden:
„Du hast deinen Mann verloren.“ Diese Knaben sollten
hören: „Ihr habt keinen Vater mehr.“ Und warum?
Weil er, der alte Tychfen, ein Esel gewesen, weil er
auf den Flaggenschwindel hereingefallen war, vor dem
ihn seine Kollegen oft genug gewarnt hatten!

Fern im Westen zischte dreimal schnell hintereinander
ein rotes Licht auf: ein Schiff in Seenot! Das riß ihn
in die Wirklichkeit zurück. Er gab dem Steuer eine
Drehung und hielt auf die Richtung zu, aus der das
Zeichen gekommen war. Dann schlug er an das neben
dem Steuer hängende Gong und befahl der herbei=
eilenden Deckwache, Petersen zu wecken.

Mehrmals wiederholte sich das Signal. Die „Klio“
antwortete mit der Dampfpfeife. Bald sah man aller=
hand Trümmer auf dem Wasser treiben. Beim nächsten
Aufblitzen der Raketen wurden die Umrisse eines Bootes
sichtbar. Dreimal schrie die Dampfpfeife in die Nacht,
aus unmittelbarer Nähe kam ein brüllendes Hurra zurück.
Die „Klio“ stoppte, und bald legte das gerettete Boot

an ihrer Backbordseite an. Einer nach dem anderen
kletterten ungefähr zwanzig Schiffbrüchige an der Strick=
leiter herauf, wilde, durchnäßte Gestalten, die See=
räubern ähnlicher sahen als ehrlichen Matrosen. Als

letzter schwang sich der Anführer über die Reling und
ging auf den Kapitän zu.

„Well, Sir,“ sagte er, „hier bin ich wieder, aber
diesmal — um Ihre Gastfreundschaft zu erbitten. Ich
danke Ihnen im Namen der Überlebenden der ‚Windsor‘
für Ihr Rettungswerk und bitte Sie, uns in dem nächsten
Hafen, den Sie berühren, abzusetzen.“

Tychsen wußte die Schiffbrüchigen in Sicherheit; er
hörte zu, als spräche jemand aus weiter Ferne zu ihm.

„Wir hatten das Unglück, einem deutschen Unterseeboot in den Weg zu kommen," fuhr der Leutnant fort. „Es hieß uns stoppen; Kapitän Brown aber wollte die Prämie von fünfhundert Pfund verdienen und ging heran, um zu rammen. Im nächsten Augenblicke hatten wir den Torpedo im Bauche. Alles ist verloren. Uns allein gelang es, ein Boot ins Wasser zu bekommen."

„Und Ihr Gefangener?" fragte der Kapitän, dem ein Hoffnungsschimmer plötzlich die Seele erhellte.

Ein häßliches Lachen entstellte die Züge des jungen Mannes. „Der deutsche Spion? Sehen Sie, das war der zweite Fehler des Kapitäns Brown, daß er ihn frei auf Deck umherspazieren ließ, anstatt ihn einzusperren. Ohne Zweifel hat er dem herankommenden Tauchboote Zeichen gemacht. Wie hätten die sonst wissen können, daß unsere norwegische Flagge nicht echt —"

Der Kapitän erbleichte.

„Er ist nicht gerettet worden?" fuhr der Kapitän erregt dazwischen.

„Er schwamm auf unser Boot zu, als wir abstießen. War ein ausgezeichneter Schwimmer, Sir. Einige von uns wollten ihn hereinziehen. Ich aber drückte meine Pistole auf ihn ab, und weil das Ding naß geworden war und versagte, gab ihm der Bootsmann mit dem Riemen eins auf den Kopf, daß —"

Ein dumpfer Laut kam von den Lippen des Kapitäns. Mit einem einzigen derben Griff warf er den Leutnant zu Boden und setzte ihm das Knie auf die Brust. „Satan! Mörder!" heulte der Alte. „Kalt mache ich dich!"*)

„Halt ein, Kapitän!" schrie Petersen schon von weitem. „Machen Sie sich die Hände an dem Kerl nicht

---

*) Siehe das Titelbild.

schmutzig! Das Seegericht in Bergen soll sein Urteil sprechen."

„Hast recht, Steuermann." Tychsen schüttelte sich im Aufstehen, als säßen Kröten auf ihm. „Gulbrandson soll den Mann in Fesseln legen!"

„Im Namen Englands protestiere ich!" kreischte der Leutnant, der sich mühsam erhoben hatte. „Ich bestehe auf meinem Recht, als Schiffbrüchiger behandelt zu werden. Jede Verletzung der mir gebührenden Achtung wird von England blutig geahndet werden."

„Abwarten, mein Junge!" knirschte der Kapitän. „Fort mit ihm, Gulbrandson!"

„Still —!" rief Petersen.

Ein langgezogener klagender Laut kam mit dem Winde von Westen her. Schweigend sahen sich die Matrosen an. Solch ein Schrei der Todesnot auf hoher See und in finsterer Nacht greift auch dem Abgehärtetsten ans Herz, und wer ihn einmal gehört hat, vergißt ihn zeitlebens nicht wieder. Dem Kapitän Tychsen aber dünkte der Schrei wie himmlische Sphärenmusik.

„Geben Sie Antwort mit der Sirene!" befahl er hastig. „Ich gehe selbst ins Boot. Wenn er es wäre, Petersen!"

„Die Aussicht ist gering. Die vielen anderen Schiff= brüchigen —"

Aufs neue ein langanhaltender Schrei, lauter, ver= zweifelnder. Der Kapitän war schon im Boote.

„Es sagt mir etwas, daß er es ist. Vorwärts, Leute, was ihr rudern könnt! Es gilt einen braven Mann zu retten! Vorwärts, Jungens! Vorwärts!" —

Wohl vierundzwanzig Stunden dauerte es, bis Doktor Gebhardt das Bewußtsein wiedererlangte. Beinahe ebensoviel Zeit hatte er nötig, um zu begreifen, wie es

zuging, daß er wieder in der kleinen Kajüte lag, und daß
sein alter Freund Tychsen es war, der mit ihm plauderte.

„Ja, es ging hart am Ende vorbei, Doktor. Aber
dafür sind Sie jetzt wirklich gerettet."

„Meine Kräfte waren erschöpft; ich hatte schon den

Entschluß gefaßt, den unnützen Kampf aufzugeben und
mich sinken zu lassen. Da sah ich plötzlich meine Frau
und die Kinder vor mir, so deutlich, wie ich Sie sehe,
Kapitän, und die flehten mich an, noch eine letzte An=
strengung zu machen. Da stieß ich den Schrei aus, den
Sie gehört haben."

„Und der Sie gerettet hat. Ja, so muß es wohl
sein. Doch nun versuchen Sie, aufzustehen. Besser noch,
ich lasse Sie an Deck tragen; da will ich Ihnen etwas
Schönes zeigen."

„Was?"

„Ein Land, in dem es keinen Krieg gibt," sagte Kapitän Tychsen versonnen; dann lebhafter: „Ein Land, in dem man die Segnungen des Friedens ängstlich hütet, in dem man die fremden Nationen zu verstehen und zu achten sucht. Das Leuchtfeuer von Haugesund ist in Sicht — morgen sind wir in Bergen!"

Das eherne Hausgesetz

Roman aus reichsunmittelbaren Kreisen von
Horst Bodemer

(Fortsetzung und Schluß)

Im Jagdanzug, mit Kniehosen, den grünen Hut mit dem Gamsbart sehr schief auf dem Kopfe, selbstverständlich das Monokel im Auge, entstieg der Franzl dem Zug und fiel seinem Vetter gerührt in die Arme.

„Guten Morgen. Gott sei Dank, daß die Rüttelei ein End hat, weißt, ich bin ganz zerschlagen. Und wie geht's?"

Erwein lachte und sagte: „Herzlich willkommen!" und vorläufig weiter nichts. Als sie aber im Automobil auf Schwebda zufuhren, ging ihm der Mund durch.

„Du bleibst doch hoffentlich recht lange? Jetzt nach den Manövern wird wohl selbst bei den Windischgrätz-dragonern nicht allzuviel Dienst sein."

Der Franzl zog sich sein grünes Hütel noch schiefer und seufzte gotterbärmlich.

„Drei Tag, Erwein, länger kann i net."

„Na aber! Und wir haben uns so auf dich gefreut."

„Weißt, ich hab' mei Plag mit der Theres."

„Aha! Das Warten wird ihr wohl sauer?"

„Sakrisch sauer, Erwein! Siest, sie sagt: Meine Freundinnen sind alle verheiratet, haben zum guten Teil schon Buben oder Mädels, und ich lauf' halt immer noch ohne einen Mann daher. Und könnte an jedem Finger zehn haben."

Franzls kreuzunglückliches Gesicht machte Erwein Spaß. „So heirate doch. Auf was wartest du eigentlich?"

„Spann mich doch net auf die Folter. Hat sich der Erbprinz angemeldet?"

Wie der Franzl dasaß! Wie ein betrübter Lohgerber.

Seine Theres mußte ihm die Hölle nicht schlecht heiß machen. Also ihn vorläufig erst ein bißchen necken.

„Nein, nein! Wer wird's denn so eilig haben? Du, deshalb bist du doch nicht etwa gekommen? Das hätt' ich dir auch schreiben können."

Franzls Kopf sank in die Schultern. Dabei rutschte ihm sein Jagdhütel noch zwei Zentimeter weiter aufs rechte Ohr.

„Sie hat so arg Nerven gekriegt, die Theres. Sie sagt, sie wagt sich gar net mehr im kommenden Winter auf den Hofball. Mit einundzwanzig noch net mal wenigstens an Bräutigam, weißt, dös is in denen Kreisen a Schand. Und a Dummheit ist es auch. Ja, wenn die Dummheit net in der Welt wär'."

„Mein Gott, welch abgründig tiefe Weisheit. Und Dorothee hat gehofft, du würdest ganz Schwebda auf den Kopf stellen. Aber so heirate doch, Franzl. Worauf willst du denn warten? Auf meinen Tod? Du, ich fühl' mich mit meinen sechsundzwanzig Jahren wirklich noch ganz rüstig."

Der Franzl preßte seine Fäuste gegeneinander.

„Na, dös tu' ich net! Fällt mir net ein. Dös weiß auch die Theres. Eine Linie von den Schwebda soll reichsunmittelbar bleiben. Weißt, dann verbeißt man sich die ganz große Liab. Du hast's ja auch getan und kannst lachen. Na, i frei' mich, daß du lachen kannst."

Jetzt führte der Weg aufs Glatteis. Also lieber beizeiten eingelenkt. Kamen erst die Gedanken an Annemie wieder mit aller Macht über ihn, so ging womöglich die Qual von neuem los. Wenn sich die Gedanken in den letzten Monaten gemeldet hatten, dann hatte er immer Dorothee schleunigst in die Arme ge=

nommen, sie abgeküßt und angefangen von dem Kinde zu reden.

„Dein kreuzunglückliches Gesicht kann ich mir nicht länger ansehen, Franzl. Nun will ich dir den Kopf wieder gerade auf die Schultern setzen. Also — angemeldet hat sich was. Aber ob das ein Erbprinz ist, wie sollte ich das wissen?"

Da fuhr Franzls Kopf blitzschnell in die Höhe. Erst machte er ein ungläubiges Gesicht; als aber Erwein hellauf lachte, sagte er: „Gott — nain, was bist für'n unausstehlicher Kerl. Und daß an Erbprinz zur Welt kommt, ist selbstverständlich. Dös wär' ja noch schöner."

„Du, ich hab' mir mal von einer Zigeunerin wahrsagen lassen. Erst krieg' ich sechs Mädels und dann den ersten Jungen. Wie viele auf den folgen werden, hat sie mir aber nicht verraten."

Der Franzl wippte wie ein Schuljunge auf seinem Sitz. „An Stein ist mir runter vom Herzen, an Stein. Weißt, die Theres hätt' mich sonst womöglich vor die Tür gesetzt."

„Na, na. Das tun die kleinen Mädchen nicht so schnell. Besonders nicht, wenn derjenige der Fürst Franz Joseph Schwebda ist. Aber sag mal, Franzl, wenn der Erbprinz recht lange auf sich warten ließ, würdest du da wirklich auf ‚die große Liab' verzichten? Oder war das vorhin nur so dahergeredet von dir?"

Der Franzl rutschte auf seinem Sitz hin und her. Die Frage war ihm sichtlich peinlich. Aber dann sagte er ehrlich: „A ja! Es stimmt, was ich g'sagt hab'. Die Schwebda werden doch kleine Fürstenberg, wenn die Güter in Kärnten, Böhmen, Ungarn und Mitteldeutschland zusammenkommen. Man muß net nur an sich, man muß auch an die Familie denken." Er stöhnte

ganz jämmerlich. „Es hat halt an jeder seine Last."
Und dann machte er ein ganz pfiffiges Gesicht. „Die
Dorothee, ha, i glaub', mit sechs Mädels gibt die sich
für den Anfang net ab."

Erwein lachte wieder hellauf, so lustig und über=
mütig, als gäbe es keine Annemie Zwehren auf der
Welt.

Dorothee empfing den Herrn Vetter in der Halle.

„Grüß' di Gott, Frau Cousine. Is bös amol a Freid
für mich."

„Und für uns, Franzl. Recht vergnügt wollen
wir sein."

Als Dorothee erfuhr, daß der Franzl nur ein paar
Tage bleiben wollte, fügte ihr Mann hinzu: „Seine
Theres läßt ihm nämlich keine Ruh. Ich hab' ihm
zwar den Vorschlag gemacht, auf den Erbprinzen hier
zu warten; in zehn Jahren, denke ich, wird er dasein,
aber davon hat er nichts wissen wollen. Denn bis dahin
wär ‚die große Liab' erstorben, wenigstens bei seiner
Herzallerliebsten."

„Ach geh," sagte der Franzl, lachte und schlug mit
der Hand durch die Luft. „Das eine stimmt so wenig
wie das andere. Ja, nun wollen wir halt recht fidel
sein und drei Tag lang den Erbprinzen hochleben lassen.
Das wird helfen. Meinst net, Dorothee?"

„Kannst du nicht Karten legen, Franzl?"

Er konnte es. Und war ehrlich. Die Unterlippe
schob er vor. „Unsinn ist's, dös Kartenlegen. Es geht
halt nie auf."

Dorothee lachte ihn aus. „Und dabei hab' ich dreimal
nach mir zu abgehoben und an weiter gar nichts gedacht
als an den Erbprinzen."

Dem weichen Erwein ging „die Dummheit" auf die

Nerven. Er nahm die Karten, steckte sie in die Tasche und machte ein unwilliges Gesicht, als Dorothee und der Franzl ihn auslachten. „Natürlich ist's Unsinn! Mit solchen Dingen treibt man aber keinen Spaß."

Die Vettern gingen auf die Jagd, die übrige Zeit saßen sie mit Dorothee zusammen. Der Franzl war übermütig, und als er — nach fünf Tagen — unbedingt zu seiner Theres nach Wien fahren mußte, drohte er zum Abschied mit dem Finger.

„Ihr beiden. I komm' nur, wenn ihr den Erb= prinzen tauft. Also, ist euch daran gelegen, so merkt's euch."

„In diesem Falle wär' es doch wunderschön, deine Theres käm' mit ihren Eltern auch, da könnte die Ver= lobung in der Stammburg stattfinden," sagte Dorothee.

„Frau Cousine, dös wär' gradzu an Vorschlag, der gar net besser sein könnt'."

Erwein lachte und schlug ihn auf die Schulter.

„Na, dann unsere besten Empfehlungen, und wir laden hiermit ein."

Aber der Franzl schüttelte den Kopf. „Abwarten, Herrschaften! Die Einladung kommt noch früh genug."

„So um die Weihnachtszeit."

„Gott, wär' dös ein Christgeschenk."

Erwein Schwebda erwiderte nichts darauf. Im stillen schüttelte er aber den Kopf. Der Franzl war an kein „Hausgesetz" gebunden, und trotzdem wartete er auf den Erbprinzen. Wär' er in seiner Lage gewesen, er hätte nicht einen Tag gezögert. Und der Franzl war doch bis über beide Ohren in seine Theres verliebt, daran war gar kein Zweifel.

Dorothee fühlte sich in der nächsten Zeit sehr elend. Sie versuchte es vor ihrem Manne zu verbergen, aber es gelang ihr nicht. Sie, die Starke, brach eines Abends ohnmächtig zusammen, kam aber sehr schnell wieder zu sich und lächelte Erwein an, als sie sein angstver=zerrtes Gesicht sah.

„War weiter nichts. Hab' keine Sorge."

Er wollte nach dem Arzte telephonieren, aber das wünschte sie nicht. Am nächsten Morgen war sie wieder lustig und lachte ihn aus. „Das kommt vor in dieser Zeit. Hat wirklich gar nichts zu sagen. Und du weißt doch, vom Arzt will ich nichts wissen."

Er schwieg, um sie nicht aufzuregen, telephonierte aber an seine Mutter. Anderthalb Stunden später war sie da. Sie nahm die Lorgnette an die Augen und musterte Dorothee lange. Die wendete sich ab.

„Was hast du denn, Mama?"

„Kind, in deinem Zustand befragt man den Arzt. Das ist das Natürlichste von der Welt."

„Ich kräftige Frau."

„Es soll auch nur zur Beruhigung geschehen. Ich werde selbst telephonieren."

Da gab es keinen Widerspruch. Die Fürstin=Witwe hatte eine Art, gegen die man nicht aufkam.

Dorothee war Bettruhe verordnet worden. Die Fürstin=Witwe sah ihren Sohn an, das Herz schlug ihr bis zum Hals hinauf. Sie kannte sich in dem alten Hausarzt aus; irgend etwas war nicht in Ordnung. Erwein aber merkte nichts. Er sagte nur hastig: „Ich bitte um Entschuldigung, ich möchte zu meiner Frau gehen."

Die Fürstin=Witwe bewahrte auch weiter ihre ruhige Haltung, als sie mit dem Sanitätsrat allein im Zimmer war. „Also es steht ernst?"

„Vorläufig liegt keine Gefahr vor."

Die Fürstin-Witwe verbrachte eine schlaflose Nacht
und predigte sich doch immer wieder Schonung und
Ruhe. Wenn das Schicksal hart, unerbittlich war,
dann mußte sie zeigen, daß sie noch nicht abgeschlossen
hatte mit dem Leben. Dann mußte sie zeigen, daß sie
die Kraft hatte, die Zügel zu ergreifen, wenn sie am Boden
schleifen sollten. Allein sie konnte ihre Bangigkeit
nicht los werden; sie wußte, wie schwer dem alten Herrn
jedes Wort wurde, das nach Vorhersage aussah, wie
schwer gerade darum jede Silbe von ihm zu nehmen war.

Annemie Zwehren hatte mit Frau Geheimrat
Westschlag zusammen eine kleine Villa mit großem
Garten in Tharandt bei Dresden gemietet. Von dem nur
dreitausend Einwohner zählenden Städtchen aus konnte
man in einer halben Stunde in der sächsischen Residenz
sein. Der Herbst breitete seinen Goldglanz über die alten
Buchen, die „heiligen Hallen", wie man einen Teil
der Wälder dort nennt. Die „stille Liebe", ein anderer
Teil, besteht aus steilen Hängen und Felsvorsprüngen,
über die sich schmale Wege schlängeln. Das Rauschen
der Weißeritz bringt traumverloren durch die Blätter,
oben auf der Höhe dehnen sich die weiten Nadelwälder
meilenweit aus, mitten in ihnen liegt das königliche
Jagdschloß Grillenburg. Ein stilles Landstädtchen ist
Tharandt, wenn nicht die Studenten der Forstakademie —
eine Gründung Cottas, der oben im Spechtshausener
Revier im Schutze von achtzig hundertjährigen Eichen
mitten in den Wäldern ruht, die er so sehr geliebt — ihren
Jugenddrang durch übermütige, aber harmlose Streiche
betätigen. Immer neue Villen entstehen, in denen
pensionierte Offiziere und Beamte den Rest ihres Lebens
verbringen, in stiller Beschaulichkeit, in heller Freude

an den landschaftlichen Reizen des Ortes und der Um=
gebung.

Anfangs hatte sich Annemie Zwehren da sehr wohl
gefühlt. Sie hatte nun wieder ein Heim, war umgeben
von ihrem Hausrat. Als aber der Novemberregen an
die Fenster schlug, empfand sie seinen niederdrückenden
Einfluß auf ihre empfänglichen Nerven. Und Frau
Wefschlag ging es nicht anders. Sie konnte nicht eine
Stunde allein sein. Immer wieder klopfte sie an
Annemies Türe. Sie erzählte von ihrem guten Mann,
von ihrem Jungen, der jetzt in Glogau auf Kriegschule
war, und wandte sich dann mit einer Beharrlichkeit
Annemies Angelegenheiten zu, die immer weniger
behaglich stimmte.

„Liebes Fräulein Zwehren. Als wir durch die Welt
fuhren, da war's besser, nicht über Dinge zu reden, die
Ihnen nahe gingen. Aber jetzt -- ich bin doch Ihre
mütterliche Freundin. Schütten Sie mir Ihr Herz
aus, es tut wohl, glauben Sie es mir.“

Davon wollte Annemie nichts wissen. „Natürlich
trag' ich meine Last. Das habe ich nicht ganz verbergen
können, aber ich rede nicht davon. Bitte, liebe Frau
Geheimrat, rühren Sie nicht daran.“

Die verstand das nicht. Sich aussprechen war doch
ein Trost.

„Wirklich, ich bin nicht neugierig. Ich will Ihnen
doch nur helfen, über böse Zeiten hinwegzukommen.
Wer so schön und so reich ist wie Sie, dem muß das Herz
ganz tüchtig geblutet haben, bis er in Ihren Jahren
die Hände in den Schoß legt, mit zuckenden Mund=
winkeln. Das dauert lange. Und nun haben Sie
wahrhaftig Tränen in den Augen.“

Dann schlang die Frau Geheimrat ihren Arm um

Annemie, küßte sie, versuchte sie zu trösten und quälte das junge Mädchen wider Willen unsäglich. Und sie ließ nicht locker. Felsenfest war sie davon überzeugt, wenn sie erst über Annemies unglückliche Liebe genau Bescheid wüßte, so fand sie auch Mittel und Wege, ihr darüber hinwegzuhelfen.

Annemie wischte sich die Tränen aus den Augen, schüttelte den Kopf und sagte nichts. Aber die Erkenntnis kam ihr, daß es nicht gut war, mit der Frau Geheimrat Westschlag zusammenzuwohnen. Und der Mietvertrag lief auf drei Jahre. Das war nicht das Schlimmste. Aber wieder ruhe= und rastlos durch die Welt zu fahren, dazu reichten ihre Kräfte nicht mehr aus. Ihre Gedanken waren sowieso viel zu oft bei Erwein Schwebda. Ob er sich mit dem Leben ganz abgefunden hatte? Ob er glücklich war? Ob er bald Vater sein würde? Ob er noch dann und wann an sie dachte? Ganz sicher, denn Zwehren gehörte ja nun ihm. Ob er wohl manch= mal an dem Erbbegräbnis der Zwehren stand? Da packte sie die Unruhe mit aller Macht. Ihre Pflicht war es, sich einmal persönlich um die Gräber zu kümmern. Und — und, ach ja, sich zu erkundigen, ob er glücklich war.

Noch ein Zögern — ein Zögern von Wochen, ein letzter Kampf, dann reiste sie ab.

Der Göttinger Professor, den man auf Wunsch des Sanitätsrats Messerschmidt hinzugezogen hatte, war mit zwei Assistenten gekommen. Es hatte sich gezeigt, daß eine Operation nötig war. Da endlich begriff Erwein Schwebda, daß Gefahr im Verzuge war. Er wurde sehr aufgeregt; seine Mutter aber legte ihm die Hand auf die Schulter.

„Ruhe jetzt! Das Schicksal nimmt seinen Lauf.
Wir können nur tun, was in Menschenkräften steht,
und müssen aufrecht tragen, was uns auferlegt wird.
Das ist aller Weisheit letzter Schluß, mein Sohn."

Da setzte sich Erwein Schwebba und sah mit starren
Augen vor sich hin.

Wie langsam der Zeiger an der Uhr vorwärts kroch!
Der junge Fürst hatte einen einzigen Gedanken: Wenn
mir nur Dorothee nicht stirbt! An das Kind dachte er
nicht mit einem Atemzuge. Bis — endlich — der Sanitätsrat eintrat. Mit aufgerissenen Augen und offenem
Munde starrte ihn Erwein an.

„Durchlaucht, ich gratuliere, der Erbprinz ist da.
Ein ungemein kräftiges, kerngesundes Kind. Ich taxiere
elf Pfund."

„Die Mutter? Die Mutter?" schrie der junge Fürst.

Der Sanitätsrat rückte erst wieder einmal an seiner
goldumränderten Brille.

„Da läßt sich noch gar nichts sagen. Sehr schwach ist
sie nach der Operation. Nun, die Fürstin hat eine gute
Natur; sie wird sich schon erholen. Aber keinerlei Auf-
regungen jetzt, das bleibt die Hauptsache. Ja nicht
stürmisch sein beim Wiedersehen — das am besten
auf morgen verschoben wird. Und dann auch nur auf
einen Augenblick... Ich bleibe vorläufig mit dem
Herrn Professor noch hier. Er kann wohl um sieben
Uhr auf das Automobil rechnen?"

Mutter und Sohn wußten, die Gefahr war noch
lange nicht gebannt. Die Fürstin=Witwe vermochte es,
ein stilles Dankgebet zum Himmel zu schicken. Schwebba
blieb im Hauptstamm reichsunmittelbar. Ihr Sohn
aber lief durch die Zimmer, die flache Hand gegen die
Stirn gedrückt. Vor dem alten Hausarzte blieb er stehen.

„Herr Sanitätsrat, sagen Sie auch die volle Wahrheit?"

„Mein Ehrenwort! Und bitterernst bleiben die nächsten Tage."

Da fiel der junge Vater seiner Mutter um den Hals. „Sie lebt, Mama — sie lebt. Und ein Junge, ein Junge! Den darf ich mir aber doch ansehen?"

„Gewiß, Durchlaucht. In einer halben Stunde etwa, denke ich," sagte der Sanitätsrat und verließ das Zimmer wieder.

***

Annemie Zwehren war über Nacht in Eisenach geblieben, hatte sich am nächsten Morgen dort Blumen besorgt und war im Automobil nach Zwehren gefahren. Da sie sich nicht bei der Gutsverwaltung angemeldet hatte, hätte sie nur ein Zufall mit Erwein Schwebda zusammenführen können. Sie mochte sich noch so schelten, im stillen wünschte sie diesen Zufall herbei.

Im Winter gibt's auf dem Lande nicht viel zu tun. Als das Automobil vor der Gartenpforte neben dem Schlößchen vorfuhr, steckten nur ein paar Knechte und Mägde die Köpfe zu den Stalltüren heraus. Da griff sie schnell nach ihren Blumen und ging zum Erbbegräbnis. Sie stand davor und nickte nachdenklich. Gepflegt waren die Gräber. Hier sah sicher der neue Herr öfters nach dem Rechten. Wie einen herzlichen Gruß empfand sie das. Erwein Schwebda! Erwein Schwebda! Da kamen ihr die Tränen unaufhaltsam.

Nach einer Viertelstunde hörte sie Schritte hinter sich. Sie drehte sich um. Der Verwalter war es. Er zog den Hut, verbeugte sich eckig und blieb stumm drei Schritte von ihr stehen. Annemie Zwehren wischte sich die Tränen aus den Augen.

„Wollen Sie, bitte, Durchlaucht sagen, daß ich ihm danken lasse, weil er sich der Gräber hier so annimmt."

„Ich werde es ausrichten," erwiderte der Verwalter ernst.

Sie sah noch einmal die Gräber entlang und ging dann langsam der Gartenpforte wieder zu. Ihre Augen blieben auf dem Schlößchen haften, an den Ecken und Winkeln, Büschen, Bäumen und Laubengängen. Es war ja die verlorene Heimat, durch die sie in ihrer Kindheit Tagen getollt. Da, das Spalierobst hatte ihre tatkräftige Mutter gepflanzt; die Früchte reiften nun einem anderen entgegen. Ihm, an dessen Halse sie einst gehangen, der ihr lachend die Bedenken von den Lippen geküßt — und dem nun eine andere...

„Wollen gnädiges Fräulein heute nach Schwebda?"

„Nein, nein," wehrte sie ab.

„Es wäre auch nicht der rechte Tag," sagte der Verwalter. „Mit Ihrer Durchlaucht muß es schlimm stehen." Stockend fuhr er fort. „Eigentlich sollte man's nicht glauben. So kräftig wie Durchlaucht ist. Ein Professor aus Göttingen mit zwei Assistenten ist auf der Burg. Telephonisch hat mir's vor einer Viertelstunde der Schwebdaer Verwalter mitgeteilt."

Annemie Zwehren blieb stehen, der Kopf sank ihr nach vorn. „Nun, nun," erwiderte sie leise. „Es wird wohl aus Vorsicht geschehen sein. Schwebda ruht doch nur auf zwei Augen."

Der Verwalter schüttelte den Kopf. „Ich glaub's nicht, aber Gott geb' es!"

Annemie reichte ihm die Hand. „Ich will noch ein paar Familien besuchen, die unter meinen Eltern hier gedient haben. Bitte, lassen Sie sich nicht stören."

Wohin auch Annemie kam, sie traf auf ernste

Gesichter, wenn auch herzliche Freude zum Durchbruch
kam, sie wiederzusehen. Das Loblied der jungen Fürstin
wurde in allen Tönen gesungen.

„Gott ja, sie hat so furchtbar viel Geld! Da kann
man wohl leicht helfen, wo Not ist. Aber wie sie es tut,
gnädiges Fräulein. Nicht einfach wird einem, wie es
bei der Fürstin-Witwe auf den Schwebbaschen Gütern
war, ein Goldstück auf den Tisch gelegt. Nein, man
bekommt kräftiges Essen, und zwei Pflegeschwestern
sind für die Besitzungen auch angestellt. Keine Nummern
sind's mehr, die bei den Schwebba arbeiten, es sind
Menschen."

Mit zuckender Lippe sprach Annemie ihre Freude
darüber aus.

Zwei Stunden war sie nun schon im Dorfe; sie hatte
hier und da mit freundlichen Worten den Leuten ein
Geldstück in die Hand gedrückt; gerade wollte sie in
ihr Automobil steigen, als auf dem Schlößchen die
Fahne hochgezogen wurde. Der Veteran Meyer hum-
pelte auf seinem Stelzbein die Straße entlang und
schwang seine Glocke.

„Freudige Nachricht! In Schwebba ist ein Erbprinz
angekommen!"

Die Leute eilten auf die hartgefrorene Straße, als
könnten sie es noch nicht glauben. Da bestieg Annemie
Zwehren schnell ihren Wagen. Neid bohrte sich in ihr
Herz. Um Gottes willen, nur das nicht — nur das
nicht!

„Nach Eschwege."

Aber nach ein paar hundert Metern ließ sie halten,
lohnte den Fahrer ab und ging dem nahen Walde zu.
In dieser Aufregung konnte sie die Frau Sanitätsrat
Messerschmidt nicht begrüßen. Und zu der mußte sie,

wenn sie in Zwehren gewesen war. Jemanden wollte
sie auch in der Nähe haben, an den sie sich wenden
konnte. Ach nein, Schluß für immer! Nie mehr würde
sie hierher kommen, nie, nie mehr an ihres Vaters
Grab stehen! Fort, nur fort! Sie rief, der Fahrer hörte
es nicht mehr. Nun schritt sie den Fußweg entlang,
der durch den Wald führte und sie rascher nach Eschwege
brachte. Auf einmal stand sie vor der Köhlerhütte.
Wie sie an die Stelle gekommen war, wußte sie nicht. Sie
betrat den kleinen Raum. Wind und Wetter hatten
große Löcher in die Bedeckung gerissen. Auf die Bank
setzte sie sich und starrte zu Boden. Was war das?
Im nächsten Augenblick lag sie auf den Knien. Ihre
Augen wurden groß, auf die Hände gestützt neigte sie
sich tief hinab. Erwein Schwebda hatte hier gestanden!
Es konnte noch nicht lange her sein. Denn welcher
schmale Fuß mit Sporen an den Absätzen hatte hier
sonst etwas zu suchen? Es zog ihn also immer noch
hierher? Er hatte sie nicht vergessen! Hier verlebte er
die Stunden, die ihrem Gedenken gewidmet waren.
Mitnehmen hätte sie diese Fußspur mögen. Diese Fuß=
spur, die ihr mehr sagte als eine Million Worte.

Frau Sanitätsrat Messerschmidt schlug vor Staunen
die Hände zusammen, als Annemie vor ihr stand.
Aber in die Arme nahm sie sie nicht und küßte sie nicht
ab. „Sie, gerade heute!"

„Ich habe von nichts gewußt. Erst in Zwehren
erfuhr ich's. Gerade als ich den Ort verließ, wurde
bekannt, daß ein Erbprinz angekommen ist."

„Das weiß ich ja noch nicht einmal, liebe Annemie."
Das gute Herz der Frau Messerschmidt brach durch. Nun
küßte sie sie ab. „Und mein Mann ist noch nicht zurück.
Das Wartezimmer saß voll Leuten. Vorhin hat er sie tele=

phonisch auf abends acht wiederbestellt. Gott, Annemie, es muß doch Ruhe werden. Was hat mein Alter nicht die letzten Tage an seiner Brille gerückt, wenn das Gespräch auf Schwebda kam. Da weiß ich doch Bescheid. Und die junge Fürstin ist ja so kräftig. Vergöttert wird sie auf den Besitzungen. Liebe, liebe Annemie! Nun bleiben Sie aber, bis mein Mann zurückkommt. Wie wird er sich freuen, Sie wiederzusehen!"

Annemie Zwehren war einer Ohnmacht nahe. „Wenn ich mich hier ein wenig ausruhen darf, liebe Frau Messerschmidt. Der Besuch der Gräber und alles andere — ich hab' natürlich auch die Leute besucht, die bei meinen Eltern in Lohn und Brot standen — es hat mich sehr mitgenommen."

„Herrgott und gegessen werden Sie auch noch nicht haben. Einen Augenblick, liebe Annemie."

Die beiden saßen zusammen und redeten nicht viel. Annemie war zu abgespannt. Um halb acht fuhr das Schwebdasche Automobil vor. Die Frau Sanitätsrat eilte ihrem Manne entgegen.

„Gustav, Fräulein v. Zwehren ist da! Und wie geht's auf der Burg?"

Der alte Arzt war eingetreten, rückte an seiner Brille und hielt dann mit ernstem Gesicht Annemie die Hand hin.

„Ein böser Tag heute, ein böser Tag. Für Schwebda. Der Erbprinz ist da, die Mutter — tot."

„Tot?"

„Ja, Frau." Er sah auf Annemie, die mit geschlossenen Augen in der Sofaecke lehnte. „Und die Fürstin ist selbst schuld. Wollte nach der Operation durchaus ihren Mann sehen. Geradezu wahnsinnig aufgeregt war sie. Wir mußten ihr den Willen lassen. Blutungen traten ein — es war gleich vorbei."

Vor Annemies geistigem Auge wollte die Fußspur in der Köhlerhütte nicht weichen. Da riß sie die Lider hoch und erhob sich.

„Ich . . . ich möchte jetzt zum Bahnhof gehen."

„Und ich werde Sie begleiten," sagte der Sanitätsrat.

Als er wieder zurückkam, ging er erst lange mit gesenktem Kopfe im Zimmer hin und her. Dann blieb er vor seiner Frau stehen. Mochten seine Patienten noch einen Augenblick warten.

„Du, die junge Fürstin fühlte, daß sie sterben mußte. Und da hat sie ihrem Mann zugeredet, Annemie Zwehren zu heiraten. Der Erbprinz sei ja nun da. Und lieb habe sie ihn gehabt über alle Maßen. Ehe er ihr's versprechen konnte, war alles vorüber. Vor Dorothee Schwebda muß man Respekt haben. Das war einmal ein ganzer Mensch."

Dann ging Sanitätsrat Messerschmidt zu seinen Kranken.

———

Die Fürstin-Witwe war wieder auf die Burg gezogen. Erwein Schwebda saß stundenlang an dem Bettchen seines Kindes — teilnahmlos. Oft kam Fürst Albrecht Hockstein, er klopfte nach seiner Art seinem Schwieger= sohn auf die Schulter und sagte nicht viel. Das Kind gedieh; das war vorläufig die Hauptsache.

Als Hockstein im Sommer einmal mit der Fürstin= Witwe allein zusammen saß — Erwein war zu einem Spaziergang förmlich gezwungen worden — ließ der Fürst die Mundwinkel hängen und meinte in seiner derben Art: „So geht der Trödel aber nicht weiter, beste Freundin. Erwein muß nun endlich sein Gleich= gewicht wiederfinden."

Die Fürstin-Witwe erwiderte gelassen: „Das wird er schon. Wenn wir ihn nicht drängen."

Fürst Hockstein schlug sich mit der Faust aufs Knie.

„Drängen? Mein Gott, was heißt — drängen? Seien wir doch ehrlich. Der Tag kommt, an dem er Annemie Zwehren — wenn sie noch will, und warum soll sie nicht wollen — in dieses Haus führt."

„Das wäre abzuwarten."

„Beste Freundin, jetzt hat's gar keinen Sinn, sich noch zu sperren. Der Erbprinz ist da, Franz Joseph hat geheiratet; ich kenn' mich in solch weichen Naturen aus. Entweder heiratet er diese Annemie oder er macht eines Tages eine ganz ausgefallene Dummheit. Stürzt sich zum Fenster hinaus, schießt sich tot, was weiß ich."

„Um Gottes willen."

„Na ja, und das wollen wir doch beide nicht. Dem Hausgesetz ist — wenigstens nach Erweins Auffassung — Genüge getan. Lassen wir ihn ruhig bei diesem Glauben. Was er jetzt braucht, ist zielbewußte Arbeit. Denn endlich muß das Kopfnicken, wenn der Kammerrat ihm Vortrag hält, aufhören. Er hatte doch schon einmal einen recht hübschen Anfang gemacht. Lassen Sie mich das in die Hand nehmen, ich pack' ihn schon beim rechten Ende an."

„Probieren Sie es," sagte die Fürstin.

Erwein Schwebba saß in der Köhlerhütte und las dort auf der Bank einen langen Brief seines Vetters Franz Joseph, der die Flitterwochen auf seinem Gut in Kärnten verbrachte. „... Und im Herbst kommst zu uns in die Tatra! Nicht nur ein paar gute Hirsche sollst haben, auch einen Bären. Meine Theres kann Dich halt gar nit schnell genug kennen lernen!"

Wie herzlich der ganze Brief war. Ein glücklicher Mensch hatte ihn geschrieben. Erwein ließ den Kopf hängen; er hatte kein Glück in der Welt. Seine liebe,

arme Dorothee! Daß er der schwere Stunden bereitet
hatte. Und sie hatte nicht nur großzügig vergeben und
vergessen. Sie hatte ihn lieber gehabt von Tag zu Tag.
Noch auf dem Totenbette kannte sie keinen anderen
Gedanken als den, ihm die Zukunft lichtvoll zu gestalten.
Da sah er sich um in der von den Stürmen zerfetzten
Köhlerhütte. Nicht denken jetzt, das war ja Frevel!
Er erhob sich und wanderte müde heimwärts. Als er
sein Arbeitszimmer betrat, fand er dort den Fürsten
Hockstein vor. Gemütlich, die Beine übereinander=
geschlagen, saß er da, die Zigarre im Mund.

„Na, Erwein, nun werd aber ein bißchen munterer.“
Der zog nur stumm die Schultern hoch und ließ
sie wieder fallen. Da fuhr der Fürst grobes Geschütz auf.
„Deinethalben komm’ ich so oft hierher. Das ist ein
Opfer von mir, denn ich hab’ wahrhaftig keine Zeit
zum Bummeln. Ein junger Kerl wie du sollte sie erst
recht nicht haben. Nur davon kommen die dummen
Gedanken. Ich hab’ die Dorothee länger als zwanzig
Jahre gehabt und laß den Kopf nicht hängen. Du ganze
zehn Monate. Und meine Frau hab’ ich auch vor der
Zeit begraben müssen. Ein Mann findet sich damit ab
und blickt mit zusammengebissenen Zähnen vorwärts.
Für den Anfang. Dann kommt der wohlverdiente
Ausgleich. Geschenkt wird uns nämlich nichts in
diesem Jammertal, mein Junge. Also mach dir Arbeit.
Stecke nun Dorothees Mitgift in industrielle Unter=
nehmungen hier auf deinen Gütern. Ich geh’ dir
wirklich gern zur Hand und leg dir den Kappzaum nicht
an, hab keine Sorge! Es kommt ja mal meinem
Enkelkind zugute... Und von den Einkünften aus deinem
Vermögen leg’ einen anständigen Teil auf Zins und
Zinseszinsen. Für deine nachgeborenen Kinder, die

nicht Prinzen werden. Du siehst also, ich red' ganz
offen."

Und weil der Fürst keine Antwort bekam, stand er
auf und faßte seinen Schwiegersohn bei der Schulter.
"Herrgott, so nimm dich doch zusammen. Werd endlich
ein Mann."

"Also wir wollen zusammen arbeiten, Papa. Für
Dorothees Jungen. Ich danke dir."

"Das war endlich eine verständige Antwort."

Albrecht Hockstein ließ nicht locker. Was er an=
packte, mußte vom Fleck kommen. Es wurden zwei
Sägmühlen gebaut und die Vorarbeiten getroffen,
um den Steinbruchbetrieb im großen einzurichten.
Alle vierzehn Tage kam der Fürst. Die Fürstin=Witwe
wagte einmal zaghaft zu sagen: "Wenn das nur nicht
zu viel für Erwein wird."

Albrecht Hockstein lachte sie aus. "Das bißchen und
zu viel? Das wär' noch schöner. Ich erledige das doch
nebenbei. Was sollte ich alter Mann da sagen? Ich
denke jetzt freilich dran, meinen ältesten Jungen zu
mir zu nehmen. Und heiraten soll er auch. Ja und der
Erwein? Hat er nicht einen festeren Blick und ge=
sündere Farbe bekommen? Na also! Halb hab' ich
ihn schon über den Berg. Und wenn erst der kleine
Engelbert so weit ist, daß er seinem Vater über die
Stiefel krabbelt, dann kommt ganz von selber der
sehr vernünftige Gedanke: Dem Kerlchen muß ich wieder
eine Mutter geben. Und Sie, liebe Freundin, werden so
vernünftig sein und diese Schwiegertochter, die Annemie
Zwehren heißen wird, gerührt in die Arme schließen."

Da die Fürstin=Witwe gar nichts sagte, war er ganz
zufrieden.

Erwein Schwebda hatte Lust an der Arbeit gefunden.

Er freute sich über die ersten Geschäftsabschlüsse. Wenn man die Dinge vom kaufmännischen Standpunkte ansah, war's gar nicht so übel. Und nach der Arbeit schlief man gut und hatte am nächsten Morgen einen klaren Kopf. Konnte mitunter sogar schon ein wenig lachen, wenn der Junge vor Lebenslust aufkreischte. Ganz recht hatte ja sein Schwiegervater. Das Kerlchen brauchte eine Mutter. Es kam wirklich ganz darauf an, von welcher Seite man die Dinge ansah. Albrecht Hockstein war in seiner Art ein großzügiger Mensch. Und Dorothee hatte ihn doch selbst gebeten ... Nun, das hatte wohl Zeit. Aber oft ging er selbst jetzt im Winter nach der Köhlerhütte — und nach dem Zwehren=schen Erbbegräbnis, um nachzusehen, ob dort nicht frische Blumen lagen.

***

Annemarie Zwehren wußte kaum, wie sie wieder nach Hause gekommen war. Ein völliger Nerven=zusammenbruch stellte sich ein. Der Arzt verordnete strengste Ruhe und ermahnte Frau Geheimrat West=schlag, die Kranke nicht mit Fragen zu peinigen. Sie nahm sich zusammen und pflegte Annemie hingebend. Tiefes Mitleid empfand sie mit dem jungen Mädchen, das da draußen in der Welt sicher eine neue Enttäuschung erfahren hatte.

Als Annemie im Frühjahr am Arm der Freundin zum ersten Male wieder durch den Garten ging, sah die Genesende die Welt mit anderen Augen an. Hatte nicht das Schicksal für sie entschieden? Ein Erbprinz war da, und der Tod hatte Erweins Ehe gelöst. War es denn Sünde, daß das Blümlein Hoffnung in ihrem Herzen von neuem aufblühte? Wohl kamen ihr oft Bedenken. Der reiche Erwein, würde er die Kraft haben,

sie nun in die Burg seiner Väter zu holen? Dann hatte
er sicher vorher heftige Kämpfe mit seiner Mutter zu
bestehen. Was man sich aber erkämpfte, hatte man
doch doppelt lieb.

Da kam ein Brief der Frau Sanitätsrat Messer=
schmidt, in dem sie Annemie schrieb, was Dorothee
ihrem Manne auf dem Totenbette gesagt hatte. Er=
kundigungen mußte die mütterliche Freundin über sie
eingezogen haben, denn sie schien genau zu wissen, daß
sie schwer krank gewesen sei. Es stand zwischen den
Zeilen. Und in dem Brief stand auch noch mehr.

„Verraten Sie aber um Himmels willen nie, was ich
Ihnen geschrieben habe. Ein Arzt spricht mit seiner Frau
über mancherlei, was andere nicht wissen dürfen. Es könn=
ten sonst böse Tage für mich kommen, liebe Annemie!"

Am besten war wohl, sie antwortete überhaupt
nicht. Aber es quälte sie, daß in dem Briefe kein Wort
über Erwein stand. Nach ihm zu fragen verbot ihr der
Stolz. Trotzdem tat der Brief Wunder. Sie erholte
sich rasch. Und als der Arzt ihr riet, viel spazieren zu
gehen, nahm sie den Rat gut auf. Erwein Schwebda
sollte eine gesunde Frau haben. Bei gutem Wetter
machte sie mit der Frau Geheimrat Weßschlag weite
Spaziergänge durch die Wälder. Oft nahmen sie das
einfache Abendbrot in der Talmühle bei Hintergrosdorf,
in Hartha oder in der Wirtschaft, die zum Grillenburger
Jagdschlosse gehörte, ein. Sie wurden auch mit einigen
Tharandter Familien bekannt. Als der Herbst kam,
war Annemie schöner als je zuvor. Und so heiter hatte
sie die Geheimrätin nie gesehen. Ein einziges Mal bat
sie Annemie, doch ihr vertrauensvoll das Herz aus=
zuschütten. Da straffte sich das junge Mädchen auf,
tiefernst wurde ihr Gesicht.

„Liebe Frau Geheimrat, stellen Sie, bitte, die Frage nie wieder."

Frau Westschlag erschrak vor dem abweisenden Blick und fragte nicht mehr.

Der Herbst kam, der Winter. Bald war das Trauerjahr vorüber. Zu Weihnachten hoffte sie auf eine Zeile von Erwein, zu Neujahr. Aber er ließ nichts von sich hören. Da wurde sie unruhig. Und als es Frühling wurde, rang sie in hartem Kampfe mit sich. Oft hatte sie schon die Feder zur Hand genommen, um an Frau Messerschmidt zu schreiben, aber noch immer hatte sie sie wieder weggelegt. Und eines Tages war der feste Entschluß gefaßt. Wozu brauchte sie einen dritten Menschen? War es nicht ihr gutes Recht, an das Grab ihres Vaters zu treten? Und war das Frevel, wenn sie es tat, den im Herzen, dem jetzt Zwehren gehörte? War Erwein der weiche Mensch immer noch, der zwei Jahre in ihrer Nähe gewohnt und nicht die Kraft gefunden, die Widerstände zu überwinden, die seine Eltern und „das Hausgesetz" vor ihm aufgetürmt? Das Hausgesetz war erfüllt, und er war der Fürst. Aber nachlaufen wollte sie ihm nicht. Fand er sie in Zwehren nicht, dann — dann wollte sie nach einem ganz kurzen Besuch bei ihrer mütterlichen Freundin in Eschwege nach Tharandt zurück.

Und wieder fuhr sie mit Blumen im Automobil von Eisenach nach Zwehren. Wieder schritt sie durch die Gartenpforte in den Park. Sauber waren die Wege, mit Kies bestreut. Und auf ihres Vaters Grab blühten Blumen. Sie nickte nachdenklich vor sich hin. Das war ein Gruß an sie. Dieses Mal aber ließ sich kein Verwalter sehen. Sie besuchte wie vor sechzehn Monaten die Leute, die bei ihren Eltern gearbeitet hatten, blieb nicht lange und lohnte den Fahrer ab. Und dann ging sie die Eschweger Landstraße entlang, bog rechts ab auf den Fußweg, der durch den Wald führte. Noch ein kurzes Zögern, dann betrat sie den Holzabfuhrweg, der zur Köhlerhütte führte. Mit aller Gewalt zog es sie dahin. Am Boden wollte sie suchen nach seiner Fußspur. Die halbe Gewißheit, die sie am Grabe ihres Vaters erlangt, zur ganzen machen.

Als sie die Hütte betrat, stand er neben dem Tisch. „Annemie!"

Sie lag an seiner Brust — lange — wortlos. Und dann legte er seine Wange an die ihre.

„Willst du meines Kindes Mutter sein? Willst du die achten und lieben lernen, der es schwer gefallen ist, meinen — und Dorothees Wunsch zu erfüllen?"

„Ja, Erwein, das will ich."

Sie traten ins Freie. Sahen sich an. Erwein Schwebda war ein anderer geworden, ein ernstes Lächeln lag um seinen Mund. Das Schicksal hatte ihn zum Manne gehämmert. Hand in Hand gingen sie zur Burg. Als sie die Halle betraten, kam die Fürstin-Witwe die Treppen herunter, das Kind auf dem Arm. Sie hielt ihr das Kind hin, das in junger Lebensfreude aufjauchzte und das dicke Ärmchen um Annemie Zwehren schlang, und sagte ernst: „Willkommen in Schwebda, liebe Tochter. Sei diesem Kind eine gute Mutter und meinem Sohne eine gute Frau."

Das Kind auf dem Arm beugte sich Annemie Zwehren über die Hand der Fürstin-Witwe und küßte sie. Es war ein stummes Gelöbnis.

Ende.

Das höchste Ziel
Roman von Reinhold Ortmann

Jn Reinhard Volckers Herzen war ein seltsames Hin=
undher von Niedergeschlagenheit und Hoffnung,
während er langsam die breiten Treppen in dem
neuen, palastartigen Geschäftshause des „Tageblattes"
hinabstieg. Er hatte den Weg hierher nicht mit über=
schwenglichen Erwartungen angetreten. Dazu war sein
Selbstvertrauen noch zu gering, und dazu war er viel=
leicht auch vom Leben bisher nicht genug verwöhnt
worden. Etwas mehr aber, als er jetzt davontrug,
mochte er sich immerhin versprochen haben. Denn es
war eigentlich nichts weiter als ein freundlich er=
munterndes Wort und ein guter Rat. Sein Manuskript
hatte er wieder in der Tasche, und der Traum, daß es
ihm den Weg zu der ersehnten journalistischen Lauf=
bahn erschließen könnte, war kläglich zerronnen. Aber
die wohlwollend gütige Art der Abweisung hatte ihn
vor gänzlicher Entmutigung bewahrt. Der Redakteur
hatte mit freundlicher Anerkennung von seiner Arbeit
gesprochen, die tüchtiges Wissen und bemerkenswerte
stilistische Begabung offenbare. Er hatte ihn zu gelegent=
lichen weiteren Einsendungen aufgefordert und ihm
zuletzt jenen Rat erteilt, den Reinhard Volcker nun
als große und schwierige Frage in seinem Kopfe wälzte.

„Wenn es Ihnen Ernst ist mit dem Wunsche, sich
ganz der Tagesschriftstellerei zu widmen," hatte er
gesagt, „das heißt, wenn Sie hinlänglich darüber im
klaren sind, daß Sie sich damit für einen der schwersten,
aufreibendsten und dornenvollsten aller Berufe ent=
schieden haben, so dürfen Sie Ihre Tätigkeit nicht im
Getriebe einer großen Tageszeitung beginnen. Da hat
selten jemand Zeit, sich um Ihre fachliche Ausbildung
zu kümmern. Man weist Sie einer der vielen streng

geſchiebenen Abteilungen zu und gibt Ihnen eine Ihren
Fähigkeiten entſprechende Beſchäftigung, bei der Sie
vielleicht in Jahren das innerſte Weſen und die äußer=
lichen Erforderniſſe des Journalismus noch nicht
tiefer erfaßt und kennen gelernt haben, als das heute
ſchon der Fall iſt. Man geht ja jetzt mit dem Plane um,
die Tagesſchriftſteller auf Hochſchulen zu züchten; ich
als alter Praktiker bin aber der Meinung, daß ein Zei=
tungsſchreiber von der Pike auf gedient haben muß,
wenn er in ſeinem Beruf etwas Ordentliches leiſten ſoll.
Suchen Sie bei irgend einem kleinen Blatte anzu=
kommen, wo Sie alles überſehen können und überall
zufaſſen müſſen. Da werden Sie aus Ihren Miß=
griffen und Irrtümern lernen. Beſitzen Sie übrigens
Vermögen?"

„Nein. Ein kleines Erbe, das meine Eltern mir
hinterlaſſen haben, iſt während meiner Studienjahre
faſt ganz daraufgegangen. Ich habe davon nur noch
ein paar hundert Mark."

„Dann würden Sie alſo zu allem andern auch noch
lernen müſſen, Ihre Anſprüche für eine lange Zeit auf
das denkbar geringſte Maß zu beſchränken. Denn es ſind
nur die Auserwählten unſeres Berufs, die es meiſt erſt
nach langer Bewährung zu gutbezahlten Stellungen
bringen. Und reich wird keiner. Über dem Schreib=
tiſch jedes Journaliſten ſollte eine Tafel hängen mit
der Mahnung: ‚Lerne entſagen!‘ Nur wer ſich ſtark
genug fühlt, um der Sache willen, der er dient, auf
alles zu verzichten, was ſonſt den Geiſtesarbeiter locken
mag: auf perſönlichen Ruhm und dankbare Aner=
kennung, auf behagliches Wohlleben und ausgiebigen
Gewinn — nur der ſoll und darf Tagesſchriftſteller
werden. Denn ein blanker Ehrenſchild iſt das Wichtigſte

in unserem Stande, und es braucht vielleicht keiner so viel Selbstverleugnung und so viel standhaften Opfermut, um seinen Ehrenschild blank zu erhalten, als gerade ein Journalist."

Damit war Reinhard Volcker entlassen worden, und nun ging er durch die Straßen als ein Zweifelnder, der zwar das lockende Ziel, im Dienst der Öffentlichkeit für Recht und Wahrheit zu wirken, noch immer vor Augen hatte, dem aber recht bange darum war, wie er den rechten Weg zu diesem Ziel finden solle.

Er war in eine schmale Seitengasse geraten, die zwei der wichtigsten städtischen Verkehrsadern miteinander verband. Unzähligemal schon hatte er sie durchschritten, ohne daß ihm je die blecherne Tafel aufgefallen war, an der heute sein Blick haften blieb.

„Neue Abendzeitung" stand darauf zu lesen. „Expedition und Redaktion: Rückgebäude, 1. Stock."

Das Schild sah nichts weniger als prahlerisch aus. Es war neben einem halbdunklen Torweg befestigt, der in einen schmalen und düsteren Hofraum mündete. Man hätte sich keinen gewaltigeren Gegensatz vorstellen können als zwischen dem prunkhaften Riesengebäude des „Tageblattes" und den Geschäftsräumen dieser „Neuen Abendzeitung", deren Namen Reinhard Volcker bisher nie gehört, und von der er noch nie eine Nummer in der Hand gehabt hatte. Er wollte weitergehen, aber nach einigen Schritten kehrte er um und las das Schild von neuem.

„Suchen Sie bei irgend einem kleinen Blatte anzukommen," hatte ihm der erfahrene und wohlwollende Redakteur geraten. Und nur Schüchternheit hatte Volcker abgehalten, nach so einem Blatte zu fragen. Nach der ganzen Umgebung zu schließen, hatte er jetzt ganz unversehens eines gefunden. Daß man gerade da Verwendung für ihn haben würde, dünkte ihn zwar recht unwahrscheinlich, aber wie sollte er jemals zu einem Erfolg gelangen, wenn er nicht jeder Möglichkeit, die sich ihm bot, nachging.

Die frische Nachwirkung des eben geführten Gespräches machte ihn unternehmend; vierundzwanzig Stunden später hätte er sicherlich nicht mehr den Mut aufgebracht, durch den Torweg und über den schmutzigen Hof die schmale Steintreppe empor bis in das erste Stockwerk des Rückgebäudes zu steigen. Es mußte da irgendwo auch eine Druckerei sein, denn es roch stark nach Druckerschwärze, und man hörte das Geräusch von Maschinen. An einer Tür klebte ein Zettel mit dem Aufdruck: „Verlag und Expedition. Ohne Anklopfen eintreten." Trotzdem pochte Reinhard Volcker erst zweimal an; als indes von drinnen keine Antwort kam, drückte er die Klinke nieder und trat ein.

In dem mäßig großen Raume, der mit alten, abgenützten Kontormöbeln ziemlich dürftig ausgestattet war, stand ganz allein, mit dem Rücken gegen den Eintretenden, ein kleiner krummbeiniger Mann mit dichtem kurzgelockten Haar und schrieb emsig. Daß er ihm blitzschnell einen prüfenden Seitenblick zugeworfen hatte, war Volcker in seiner Verlegenheit ganz entgangen. Er sagte artig: „Guten Morgen!" und wartete, bis der kleine Herr Zeit fände, sich mit ihm zu befassen.

Das währte ungefähr zwei Minuten, dann fragte der Schreibende, ohne in seiner Beschäftigung innezuhalten, so nebenhin: „Sie wünschen?"

„Ich möchte den Redakteur der ‚Neuen Abendzeitung‘ sprechen."

„Den Redakteur? Herrn Doktor Gresser — meinen
Sie? Was wollen Sie von ihm? Wenn Sie eine
Rechnung haben oder dergleichen — während der
Redaktionsstunden ist Herr Doktor Gresser ·in solchen
Angelegenheiten nicht zu sprechen."

„Ich bitte um Verzeihung, eine Rechnung habe ich
nicht. Mein Name ist Volcker. Ich bin angehender
Schriftsteller und gedachte mich um eine Anstellung
zu bewerben."

Nun erst gönnte ihm der andere den Anblick seines
Gesichts. Es war ein rundes, etwas aufgeschwemmtes
Gesicht mit wulstigen Lippen und winzig kleinen, ver=
schmitzten Augen. „Anstellung? — Ich bedaure sehr.
In der Redaktion sind sämtliche Posten besetzt. Ich
bin nämlich der Verleger und habe allein darüber zu
bestimmen. Mein Name ist Karstens."

Volcker verbeugte sich tief. „Dann entschuldigen
Sie die Störung, Herr Karstens. Ich habe die Ehre,
mich Ihnen zu empfehlen."

„'n Morgen! Übrigens — haben Sie denn schon bei
einer Zeitung gearbeitet?"

„Nein. Es wäre mir vor allem um die berufliche
Ausbildung zu tun gewesen. Ich hätte mich gefreut,
wenn ich als Volontär —"

Herr Karstens wurde lebhaft. „Ohne Gehalt — mei=
nen Sie? Und Sie sind ein leidlich gebildeter Mensch?"

„Ich habe acht Semester studiert — zuletzt, da ich
Journalist werden möchte, vorwiegend Volkswirtschaft."

„So? Verstehen Sie auch was von Finanzsachen?"

„Soweit es sich um theoretische Fragen handelt,
darf ich mir wohl einiges Verständnis zutrauen. An
praktischer Erfahrung mangelt es mir allerdings noch."

„Na, das ließe sich ja lernen. Wenn nur die Grund=

lage da iſt. Korrekturen verſtehen Sie doch auch zu
leſen, nicht wahr? Na ja, wenn Sie akademiſch ge=
bildet ſind —! Gehalt beanſpruchen Sie alſo keins?"

„Solange meine beſcheidenen Mittel mich in den
Stand ſetzen, darauf zu verzichten —"

„Ein Redaktionsvolontär bezieht niemals Gehalt,"
entſchied Herr Karſtens mit unzweideutiger Beſtimmt=
heit. „Später, wenn Herr Doktor Greſſer mit Ihnen
zufrieden iſt, läßt ſich ja vielleicht noch mal über den
Punkt reden. Wann könnten Sie eintreten?"

„Jederzeit, Herr Karſtens."

„Auch ſofort? Gleich auf der Stelle?"

„Gewiß."

„Dann will ich's meinetwegen mit Ihnen verſuchen.
Noch eins: Sie ſind doch noch nicht beſtraft?"

Reinhard Volcker machte große Augen. „Beſtraft?"

„Wegen ehrenrühriger Sachen, meine ich? Man
muß vorſichtig ſein — Sie verſtehen wohl, Herr — wie
war doch der Name?"

„Reinhard Volcker. Nein, Herr Karſtens, ich bin
ſelbſtverſtändlich noch nicht beſtraft."

„Selbſtverſtändlich iſt gut," ſagte der kleine Verleger
mit einem breiten Schmunzeln. Und dann legte er
ſeinen Federhalter nieder. „Kommen Sie alſo, Herr
Volkmar! Ich werde Sie meinem Chefredakteur, Herrn
Doktor Greſſer, als neuen Kollegen vorſtellen."

Volcker war wie in einem Traum. Unter allen
Möglichkeiten, die er ſich ausgemalt hatte, während er
die ausgetretene Steintreppe emporſtieg, war die eine,
daß er zehn Minuten ſpäter bereits der „Kollege" eines
Chefredakteurs ſein würde, ſicherlich nicht geweſen.
Und noch immer fürchtete er insgeheim, alles würde
an dem Widerſpruch dieſes Doktor Greſſer ſcheitern, vor

dem er einen gewaltigen Respekt hatte, noch ehe er ihn gesehen.

Er folgte dem kraushaarigen Herrn Karstens bis an das Ende des langen, unsauberen Ganges. Da führte eine offenstehende Tür in etwas wie ein Vor= zimmer, dessen Einrichtung in einem mit Wachstuch überzogenen Tischchen und zwei schabhaften Rohr= stühlen bestand. Von einem dieser Stühle erhob sich bei ihrem Erscheinen eine männliche Gestalt von so abenteuerlicher Länge und Magerkeit, wie Volcker sie bisher nur aus Bildern in Witzblättern kannte. Auf dem dürren Leibe saß ein fast haarloser Kopf mit einem Gesicht, das nur noch aus Knochen und lederartigen Hautfalten zu bestehen schien.

„Was machen Sie denn hier draußen, Wolter?" fragte Herr Karstens barsch. „Gibt es in der Redaktion gar nichts für Sie zu tun?"

Die knochigen Hände des alten Mannes, die aus viel zu kurzen Ärmeln hervortauchten, waren bei der unfreundlichen Anrede in nervös zappelige Bewegung geraten. „Jawohl, Herr Karstens," sagte er sehr unter= würfig.

„Was heißt: jawohl?" fuhr ihn der Verleger an. „Warum Sie hier draußen sitzen und dem lieben Gott die Zeit abstehlen, möchte ich wissen."

„Jawohl, Herr Karstens — es ist wegen dem Schnei= der von Herrn Doktor Gresser. Er wollte heute wieder= kommen, und er hat gesagt, er würde —"

Ohne das Ende der Mitteilung abzuwarten, öffnete Karstens eine zweite Tür, auf der in großen Buch= staben zu lesen war: „Redaktion. Unbefugten ist der Eintritt streng verboten." Mit formlosem Ungestüm segelte er auf den Herrn zu, der vor einem gewaltigen, mit Zeitungen, Büchern und Papieren dicht bedeckten Tische saß und aus einer langen Papierspitze eine dicke, kohlschwarze Zigarre rauchte.

„Ich habe soeben einen zweiten Redakteur engagiert, Herr Doktor, Herrn Raimund Volkhardt —“

„Volcker — bitte,“ wandte der Vorgestellte schüchtern ein. Aber der kleine Verleger hatte nur eine abweisende Handbewegung.

„Na ja, das habe ich ja gesagt. Der Herr hat auf Volkswirtschaft studiert, und Sie werden ihn deshalb am besten für den Finanzteil des Blattes verwenden, Herr Doktor. Er wird seine Stellung sogleich antreten. Das Geschäftliche ist bereits zwischen ihm und mir geordnet. Sonst was Neues, Herr Doktor?“

Der Herr am Tische schob die Zigarre langsam in den entlegensten Mundwinkel, und ohne Herrn Karstens und seine Frage weiter zu beachten, musterte er Volcker über die Gläser seines Kneifers hinweg mit einem aufmerksamen Blick.

„Sehr erfreut, Ihre Bekanntschaft zu machen, Herr Kollega! Sie befinden sich, wie ich sehe, noch im Stadium der hoffnungsvollen Jugend.“

„Ich bin vierundzwanzig Jahre alt, Herr Doktor.“

„Ihrem Aussehen nach hätte ich Ihnen höchstens zweiundzwanzig gegeben. Aber das ist ein Fehler, dessen Sie sich weiter nicht zu schämen brauchen. Bitte, nehmen Sie Platz. Sie kommen mir eben recht, um das ‚Vermischte‘ zusammenzustellen. Denn ich bebrüte gerade einen welterschütternden Leitartikel und hätte ohne Ihre gesegnete Dazwischenkunft das ‚Vermischte‘ aus einer Nummer vom vorigen Monat wiederholen müssen.“

Volcker fühlte sich von der Art des Mannes ebenso

sonderbar berührt wie von seiner äußeren Erscheinung.
Doktor Gresser mochte ein Fünfziger sein. Sein mächtiger
Schädel war bis zum Scheitel hinauf kahl wie eine
Billardkugel und der schlechtgepflegte, weit auf die
Brust herabwallende schwarze Vollbart stark mit grauen
Fäden durchzogen. Scharfe, tief eingeschnittene Linien
durchfurchten ein Gesicht, das vielleicht zu irgend einer
weit zurückliegenden Zeit von großer männlicher Schön=
heit gewesen war, und das den unverwischbaren Stempel
der Klugheit aufwies. Aber um die Augen herum und
von den Nasenflügeln bis zu den Mundwinkeln herunter
waren häßliche Züge, wie Schauspieler sie sich für die
Maske eines Schelmen oder eines boshaften Spötters
anschminken.

Von dem übrigen Personal der Redaktion, in der
nach der Versicherung des Herrn Karstens alle Posten
besetzt sein sollten, war — in diesem Raume wenigstens —
nichts zu erblicken. Und Volcker, dem noch das Bild
des fast verschwenderisch ausgestatteten Arbeitszimmers
vor Augen schwebte, in dem er dem Schriftleiter des
„Tageblattes" gegenübergesessen hatte, überflog mit einem
Blick des Erstaunens seine Umgebung. Außer dem
großen Tische, einem Sofa, das mit verschossenem grünen
Rips überzogen war, einem Bücherregal und etlichen
Stühlen war nichts vorhanden, das auf die Bestimmung
des Raumes hingedeutet hätte. Dafür schmückten Fahr=
pläne, Landkarten, Abreißkalender und Photographien
von Damen und Herren aus der Theaterwelt die Wände.

Volcker hatte Zeit zu dieser Betrachtung, denn
Karstens war dicht neben den Stuhl des Doktor Gresser
getreten und führte im Flüsterton eine Unterhaltung
mit ihm. Das heißt, eigentlich sprach nur er allein,
während der andere sich auf ein gelegentliches Brummen

und ein paar Kopfbewegungen beschränkte, die nicht gerade wie Gebärden der Zustimmung aussahen. Zuletzt fuhr er kurz und grob in das eifrige Gewisper des kleinen Verlegers hinein. „Lassen Sie mich mit solchen Geschichten in Ruhe. Ich habe Ihnen meine Arbeitskraft verkauft, nicht meine unsterbliche Seele. Außerdem lassen Sie sich sich gesagt sein, daß es eine heillose Dummheit wäre. Und nun möchte ich in meinem Leitartikel nicht weiter gestört sein."

Er stützte den Kopf in die Hand wie jemand, der sich bereit macht, in tiefes Nachdenken zu versinken, und Herr Karstens zog sich zurück. Volcker hätte sehr gerne erfahren, wie er es anfangen solle, das „Vermischte" zusammenzustellen. Aber Doktor Gresser schien seine Anwesenheit vollständig vergessen zu haben, und er wagte nicht, ihn durch eine Frage seiner Gedankenwelt zu entreißen. Minutenlang herrschte tiefe Stille, nur hie und da unterbrochen durch ein paar kreischende Federzüge und ein dumpfes, unmutiges Knurren des Chefredakteurs. Plötzlich schleuderte Doktor Gresser den halbverkohlten Stummel seiner schwarzen Zigarre samt der Papierspitze in eine Ecke und rief mit dröhnender Stimme: „Wolter!"

Die Tür knarrte, und die ausgedörrte Gestalt des alten Mannes aus dem Vorzimmer schob sich in all ihrer übermenschlichen Länge herein. „Jawohl, Herr Doktor!"

„Holen Sie ein Dutzend Zigarren. Aber eine kräftigere Sorte als die gestrige. Das war ja das reine Stroh. Übrigens können Sie auch ein paar belegte Brötchen mitbringen und ein Glas Bier."

„Jawohl, Herr Doktor." Unterwürfig, aber in einem merkwürdig kläglichen Tone kam die Antwort des

Alten heraus. Während er mit gesenktem Kopfe neben der Tür stehen blieb, waren seine Knochenhände in beständiger nervöser Bewegung.

„Na, worauf warten Sie denn noch? Sie sehen doch, daß ich nichts mehr zu rauchen habe. Und ich möchte frühstücken."

„Jawohl, Herr Doktor," klang es ängstlich zurück. Und Wolter verschwand.

„Nun, Herr Kollega, wie steht's mit unserem ‚Vermischten'? Ich brauche es notwendig. Jaso, Sie finden sich noch nicht zurecht. Da drüben steht der Kleistertopf, und hier haben Sie die Schere. Die Zeitungen liegen vor Ihnen. Aber seien Sie vorsichtig, damit wir keine Nachdruckshonorare zahlen müssen. In solchen Sachen versteht Ehren-Karstens keinen Spaß."

„Verzeihen Sie, Herr Doktor, aber ich bin als Neuling so ganz unbewandert im technischen Betriebe einer Zeitungsredaktion, daß ich wirklich nicht weiß —"

„Sie haben also noch gar nicht journalistisch gearbeitet? Und da stellt Karstens Sie als zweiten Redakteur an? Na, das sieht ihm ähnlich. Aber machen Sie nicht ein so niedergeschlagenes Gesicht. Wenn es sein muß, will ich Sie schon anlernen. Übrigens — Sie müssen meine Wißbegierde entschuldigen — wie sind Sie gerade zu uns gekommen?"

Volcker berichtete der Wahrheit gemäß. Aus der schwarzen Wildnis von Doktor Gressers Vollbart kamen wieder ein paar unbestimmbare Töne, die wie ein knurrendes Lachen klangen. Und als der junge Mann mit seiner Erzählung zu Ende war, sagte er kurz: „Na ja — lernen können Sie hier schon allerlei. Ob mein verehrter Berufsgenosse vom ‚Tageblatt' bei seinem Rat gerade meine Zeitung im Sinne hatte,

spielt dabei weiter keine Rolle. Und nun, wenn Sie
mir einen Freundschaftsdienst erweisen wollen, sehen
Sie mal draußen nach, ob es, wie ich vermute, unser
Faktotum Wolter ist, das vor den Toren des Tempels
wieder mal in Schmerz zerfließt."

Auch Volcker hatte sonderbare Töne vernommen
und sie für das halbunterdrückte Gewinsel eines Hundes
gehalten. Aber als er die Tür zu dem kleinen Vorzimmer öffnete, sah er, daß der alte Mann neben dem
Pfosten stand und in die vor das Gesicht gelegten Hände
schluchzte.

„Mein Gott, was ist Ihnen denn?" wollte er teil-
nehmend fragen. Aber schon dröhnte von drinnen
Doktor Gressers Stentorstimme: „Wolter!"

„Jawohl, Herr Doktor," stammelte der Gerufene
und stelzte hinein.

„Warum heulen Sie denn schon wieder? Habe
ich Ihnen das nicht tausendmal verboten? Sie haben
also keine Zigarren bekommen? Und keine Semmeln?
Und kein Bier? Der Kredit der ‚Neuen Abendzeitung‘
ist wieder mal erschöpft? Na, dann holen Sie mir den
Stummel wieder her, der da am Fenster auf dem Boden
liegt. Den knurrenden Magen für eine Weile zu be-
trügen, ist er noch gut."

Volcker war geneigt, alles für Scherz zu halten.
Aber da er gewahrte, wie Wolter sich wirklich nach der
weggeworfenen Zigarre bückte, faßte er sich ein Herz.
„Wenn ich mir erlauben dürfte, Herr Doktor, den
kleinen Betrag auszulegen — es würde mir ein auf-
richtiges Vergnügen bereiten."

„Und es wäre unverantwortlich, wenn ich Sie
dieses Vergnügens berauben wollte. Tun Sie Ihren
Gefühlen keinen Zwang an. Wolter, lassen Sie den

Stummel liegen, oder rauchen Sie ihn selber. Die
Redaktion ist wieder flott."

Mit dem Taler, den Volcker ihm in die Hand drückte,
ging der Alte fort. Doktor Gresser aber fragte: „Sie
sind also Kapitalist, Herr Kollege?"

„So kann man es wohl kaum nennen. Mein Ver=
mögen beläuft sich nur auf wenige hundert Mark."

„Und die gedenken Sie für Ihre Lehrzeit bei un=
serem Blatte aufzuwenden? Fürwahr, es gibt noch
kindlich reine Gemüter. Darum also hatte Ehren=
Karstens es so eilig, Sie anzustellen. Nun, es geht
mich nichts an. Sie sind ja auch der erste nicht, der
hier als Säugling seine glänzende Laufbahn beginnt.
Und Sie sehen an unserem trefflichen Wolter, wie
weit man es dabei bringen kann."

„Wolter? Das ist doch der alte Herr, der —"

„Der eben vergebens die ganze Stadtgegend ab=
suchte, um ein Dutzend Zigarren auf Pump zu erhalten.
Jawohl. Der Mann war vierzig Jahre lang Dorf=
schullehrer in Mecklenburg. Dann entdeckte seine vor=
gesetzte Behörde, daß er niemals für diesen Posten
getaugt hätte, und entließ ihn mit einem Ruhegehalt
von monatlich fünfzehn Mark. Verwöhnt durch das
üppige Leben, das er bis dahin von seinem glänzenden
Einkommen geführt hatte, glaubte er, mit dieser Pension
nicht auszukommen, und suchte sein Heil in der Groß=
stadt. Aber es ist hier erstaunlich wenig Nachfrage
nach pensionierten Dorfschullehrern von sechzig und
etlichen Jahren. Nach vielen Irrwegen führte ihn sein
guter Stern endlich zu uns. Gehalt bezieht er zwar
vorläufig noch nicht; denn Karstens hat sich eine
sechsmonatige Probedienstzeit ohne Entschädigung aus=
bedungen. Aber er hat doch nun wenigstens wieder eine

Möglichkeit, sich zu betätigen. Das bewahrt ihn vor
trübseligen Gedanken. Und Sie werden zugeben, daß
das auch schon eine Wohltat bedeutet. — Nun, Wiechers,
Sie widerwärtiger Quälgeist, was wollen Sie denn
schon wieder?"

Die Frage galt einem Manne in gelbem Arbeits=
kittel, der ohne anzuklopfen eingetreten war. Die
Antwort erfolgte in sehr verständlichem Ton.

„Manuskript, Herr Doktor! Wir brauchen noch
zweihundert Zeilen. Es ist die allerhöchste Zeit; sonst
kann ich keine Verantwortung dafür übernehmen, daß
die Form rechtzeitig in die Presse kommt."

„Zweihundert Zeilen! Zu meinem Leitartikel be=
nötige ich noch mindestens eine Stunde. Und nun
haben wir nicht einmal das ‚Vermischte‘ als Retter in
der Not. Aber da fällt mir ein, sprachen Sie nicht
vorhin von einem Aufsatz, Herr Kollege, den der Re=
dakteur des ‚Tageblattes‘ Ihnen zurückgegeben habe?
Wovon handelt er denn?"

„Es ist eine Studie zur Frage der Bodenreform,
Herr Doktor."

„So? Das paßt zwar nicht besonders in den Rah=
men unserer Zeitung. Aber darauf kommt es nicht
weiter an. Es liest’s ja doch keiner. Die Hauptsache
ist, daß wir die zweihundert Zeilen beschaffen. Wollen
Sie mir den Aufsatz überlassen, Herr Volcker? Ehren=
halber natürlich — das heißt ohne klingende Ent=
schädigung?"

Volcker hatte das Manuskript schon aus der Tasche
gezogen. Sein Herz klopfte vor Freude. „Wenn Sie
glauben, den Aufsatz verwenden zu können, Herr Doktor,
— aber Sie müßten ihn doch wohl zuvor lesen."

„Nicht nötig. Ich sage Ihnen ja, von unseren

Abonnenten lieſt ihn auch niemand. Da, Wiechers. Aber warten Sie noch einen Augenblick; ich werde eine kleine Fußnote machen." Er ſchrieb ein paar Zeilen auf die erſte Seite und hielt Volcker das Blatt unter die Augen. „Wie gefällt Ihnen das? Sie ſehen, ich bin nicht undankbar."

Reinhard Volcker las:

„Der Verfaſſer, der unſeren Leſern ſicherlich längſt als eine hervorragende Autorität auf volkswirtſchaft= lichem Gebiete bekannt iſt, hatte die Freundlichkeit, uns dieſe überaus wertvolle neue Arbeit zur erſten Ver= öffentlichung zu überlaſſen. Wir zweifeln nicht, daß ſie in weiten Kreiſen berechtigtes Aufſehen und leb= haften Meinungsaustauſch hervorrufen wird.

Die Redaktion."

Volcker war dunkelrot geworden. „Aber, Herr Doktor!"

Doch der Faktor war ſchon draußen, und Doktor Greſſer unterbrach ihn mit ſeinem überlegenen Lachen. „Sie ſind doch zu uns gekommen, um etwas zu lernen, was Sie beim ‚Tageblatt‘ nicht hätten lernen können. Und das iſt nur ein ſehr beſcheidener Anfang. Es kommt noch viel beſſer."

Wolter kam zurück, mit Schätzen reich beladen, denn er hatte es für ſeine Pflicht gehalten, den Taler bis auf den letzten Pfennig auszugeben. Doktor Greſſer lud den jungen Kollegen großmütig zur Teil= nahme an dem üppigen Frühſtück ein; aber er nahm ihm die höfliche Ablehnung erſichtlich nicht übel. Er kaute noch mit vollen Backen, als Wolter wieder den Kopf zur Tür hereinſteckte.

„Ein Herr und eine Dame möchten ihre Aufwartung machen, Herr Doktor."

„Wenn die Dame jung und hübsch ist, in Gottes Namen."

„Jawohl, Herr Doktor. Wie ein Engel."

„Na, da werden wir also wenigstens erfahren, wie sich ein mecklenburgischer Dorfschulmeister die lieben Engelein vorstellt. Nehmen Sie Ihr Herz in beide Hände, Herr Kollege. Herein!"

Die Dame kam zuerst. Und wenn Reinhard Volcker den Eindruck hätte schildern sollen, den ihre Erscheinung auf ihn machte, so würde er sich vielleicht eines ähnlichen Bildes bedient haben wie der alte Wolter. Auch ihm schien sie von fast überirdischer Schönheit. Sie war noch sehr jung, wohl kaum über das Backfischalter hinaus; aber zu dem fußfreien Kleide von sehr auf= fallender Farbe trug sie einen übergroßen, breit= randigen Hut mit wippenden Straußfedern, wie sie eben in Mode gekommen waren. Und das gab ihr trotz ihres süßen Kindergesichts und ihrer fast unnatürlich großen Augen das Aussehen einer Dame. Eine Wolke von Wohlgeruch verdrängte den abscheulichen Duft von Doktor Gressers schlechten Zigarren. Aber es war nicht einmal gewiß, ob diese Wolke von der jungen Dame ausging oder von dem Herrn, der mit tiefer Verbeugung hinter ihr eingetreten war. Denn dieser etwa vierzig= jährige Herr in dem kurzen zitronengelben Überzieher, der schreiend bunten Krawatte, dem spiegelblanken Zylinderhut und dem Einglas im linken Auge sah so lächerlich geckenhaft aus, daß man recht wohl auch den aufdringlichen Geruch auf seine Rechnung setzen konnte.

„Ganz gehorsamster Diener, meine sehr verehrten Herrschaften," sagte er, indem er auf die erste allgemeine Verbeugung noch eine besondere für jedes der beiden Redaktionsmitglieder folgen ließ. „Gestatten Sie,

daß ich mich verstelle: Martiny, Direktor und Impresario — meine Nichte, Fräulein Reta Martiny, Tanzkünstlerin."

Volcker fuhr von seinem Sitz in die Höhe und ver-
neigte sich ehrerbietig vor dem jungen Mädchen. Er
fand es in hohem Maße unschicklich, daß Doktor Gresser
ruhig sitzen blieb und nicht mehr als ein flüchtiges Kopfnicken für die beiden Besucher hatte. Um diesen Verstoß gegen alle gute Sitte wenigstens einigermaßen
wieder gutzumachen, eilte er zum Fenster, wo ein
altersschwacher Polsterstuhl stand, und rückte ihn für
die junge Dame zurecht.

„Wenn Sie gefälligst Platz nehmen wollen, mein
Fräulein —"

Unter ihrem mächtigen Hute blickte sie zu ihm auf
und lächelte dankend. Er sah das flüchtige Aufschimmern
einer weißen Zahnreihe und zwei rote Lippen, die ihn
an die taufeuchten Blütenblätter einer Rose erinnerten.
Eine grenzenlose Verwirrung hatte sich seiner bemäch-
tigt, und es sauste ihm in den Ohren, während er sich
wortlos auf seinen Platz an der Schmalseite des Tisches
zurückzog.

Er hatte bis jetzt sehr wenig Umgang mit jungen
Mädchen gehabt, mit Künstlerinnen noch nie. Und
einem so schönen, eleganten Wesen gegenüber fühlte
er sich unbeholfen wie ein verschüchtertes Kind. Aber
er empfand es gleichzeitig als etwas Köstliches, daß er
sie immerfort ansehen durfte. Er konnte das ohne Un-
bescheidenheit tun; denn sie hatte sich dem Doktor Gresser
zugewendet und mochte es darum kaum bemerken.
Er sah ihr Gesicht nur verloren von der Seite, aber er
sah die wundervoll feine Linie einer sanft gerundeten
Wange, sah die goldig schimmernden Löckchen, die sich

an der Schläfe und über der winzigen, rosig angehauchten
Ohrmuschel kräuselten — und er war gewiß, daß es
auf der Welt nichts Reizenderes gab als dies.

Von dem Wortschwall des Herrn mit dem Einglas
hörte er so gut wie nichts. Nur der Name „Alhambra=
theater" klang ein paarmal wie von ferne an sein Ohr,
und es war ihm, als hätte der Herr von Charakter=
tänzen und von getanzten Tondichtungen gesprochen.
Er hoffte, daß endlich auch das junge Mädchen etwas
sagte. Aber sie blieb stumm, und als der Redestrom
ihres Begleiters plötzlich versiegte, gab es eine große
Stille.

Doktor Gresser sprach kein Wort. So unbeweglich
und mit so spöttischem Gesicht saß er da, daß Volcker ihn
in diesem Augenblick geradezu haßte. Der Herr in dem
gelben Überzieher war sicher gern bereit, auf jede er=
denkliche Frage Auskunft zu geben; aber da niemand
eine Frage an ihn richtete, verließ ihn seine bisherige
Sicherheit. Er räusperte sich und drehte sich gleichsam
hilfeheischend nach Volcker um. Das junge Mädchen
tat dasselbe, und in ihren schönen Augen war es wie
eine Erwartung oder eine Bitte. Wieder spürte er das
eigentümliche Sausen in den Ohren und den beklemmen=
den Druck an der Kehle. Aber er raffte sich zusammen.
„Sie werden also im ‚Alhambratheater' auftreten,
mein Fräulein?"

„Ja," sagte sie, „heute abend zum ersten Male. —
Ach, und ich habe solche Angst. Denn in einem so
großen Hause habe ich noch nicht getanzt."

Ihre Stimme war wie helle, liebliche Musik, wenig=
stens für Reinhard Volckers Ohr. Es war eine richtige
Kinderstimme voll Unschuld und Süßigkeit. Er zer=
marterte sein armes Gehirn, um eine recht artige Er=

widerung zu finden, die zugleich Huldigung und Er-
mutigung wäre. Aber noch ehe er sie gefunden hatte,
machte Doktor Gressers ungezogene Plumpheit alles
zuschanden.

„Ich werde jemand hinschicken,“ sagte er. „Und
wenn Sie etwas Gutes leisten, werden wir es selbstverständlich gebührend anerkennen. Es hätte dazu
der persönlichen Bemühung gar nicht bedurft. Und
jetzt entschuldigen Sie wohl — wir sind sehr beschäftigt.“

Die junge Tänzerin erhob sich. Volcker bemerkte,
daß ihre Wangen sich höher gefärbt hatten, und daß es
wie Unmut oder Gekränktsein an ihren Mundwinkeln
zuckte. Jetzt wußte er, daß er zu diesem Doktor Gresser
niemals würde in ein freundschaftliches Verhältnis
treten können. Nur ein Mensch von herzensroher Art
konnte sich so gegen ein weibliches Wesen benehmen,
das sich vertrauensvoll an seine Ritterlichkeit gewandt
hatte. Er hätte wer weiß was darum gegeben, den
häßlichen Eindruck zu verwischen. Aber er konnte
nichts weiter tun, als ihr mit einer tiefen Verbeugung
und mit einem Blick, der um Verzeihung flehte, die Tür
zum Vorzimmer zu öffnen. Daß sie diesen Blick richtig
verstanden, daß sie wieder dankend den Kopf neigte
und ihm zum zweiten Male freundlich zulächelte, nahm
ihm eine schwere Last vom Herzen. Er lauschte auf
das knisternde Rascheln ihres seidenen Untergewandes
und auf den rasch verhallenden Klang ihres leichten
Schrittes. Ein tiefes Aufatmen hob seine Brust, als
er wieder vor dem Tische Platz nahm.

„Wolter, machen Sie ein Fenster auf,“ rief Doktor
Gresser. „Die Leute haben einen Dunstkreis um sich,
daß einem schlecht werden kann. Aber Ihr Geschmack
ist gar nicht so schlecht, Sie alter mecklenburgischer

Dorflebemann. Eine verteufelt hübsche Krabbe, .die
Kleine! Man sollte ihr einen Stein um den Hals
hängen und sie ins Meer werfen, wo es am tiefsten ist.
Denn wie ich ihre Augen und ihr Lächeln beurteile,
wird sie noch mehr Unheil in der Welt anrichten, als alle
Insassen eines mittleren Zuchthauses zusammengenom=
men."

Reinhard Volcker hielt es nicht für der Mühe wert,
zu antworten. Oder vielleicht schwieg er auch nur des=
halb, weil die Erwiderung, die sich ihm auf die Lippen
drängen wollte, zwischen ihm und dem Doktor Gresser
für alle Zukunft das Tafeltuch zerschnitten hätte.

Der erste Tag von Reinhard Volckers journalistischer
Tätigkeit näherte sich seinem Ende. Übergroße geistige
Anstrengungen waren ihm nicht angesonnen worden.
Er hatte etliche im Stil schlechte Notizen von Bericht=
erstattern in erträgliches Deutsch übersetzen müssen,
hatte Korrekturen gelesen und einige aus anderen Zei=
tungen entnommene Mitteilungen nach der Anleitung
seines Vorgesetzten so zurechtgestutzt, daß Doktor Gresser
sie guten Gewissens mit dem Vermerk „Privatmittei=
lung" oder „Originaltelegramm" versehen konnte. In
vorgerückter Nachmittagsstunde war der krummbeinige
Herr Karstens hereingestürmt, hatte ein paar Fragen
an Doktor Gresser gerichtet und sich dann gegen Volcker
gewendet.

„Ich habe etwas für Sie, Herr Volcker. Etwas,
wobei möglicherweise sogar ein anständiges Honorar
für Sie abfällt. Wenn Sie Ihre Sache gut machen,
heißt es. Eine Finanzangelegenheit. Sie sagten doch,
daß das Ihr Spezialfach wäre. Übrigens werden Sie
nicht viel aus eigener Wissenschaft dazu zu geben brauchen.

Das Material wird Ihnen geliefert. Melden Sie sich
morgen vormittag elf Uhr bei Herrn Heinrich Marx,
Elisenstraße 17. Da werden Sie alles Nähere erfahren.
Ich habe ihm Ihren Besuch schon telephonisch an=
gekündigt. Das Honorar müssen Sie sich natürlich von
ihm zahlen lassen. Sie brauchen dabei nicht zimperlich
zu sein. Aber Sie müssen es schlau anfangen. Denn
Heinrich Marx ist mit allen Wassern gewaschen — nicht
wahr, Doktor?"

„Was weiß ich von Ihrem Heinrich Marx," knurrte
Doktor Gresser. „Hier kommt er mir nicht über die
Schwelle, das habe ich Ihnen schon erklärt. Wozu Sie
ihm Ihre Zeitung zur Verfügung stellen wollen, geht
mich nichts an. Ich zeichne ja nicht als verantwortlich."

„Sie sind ein Murrkopf, Doktor! Es wird nach=
gerade unmöglich, mit Ihnen auszukommen."

„Und Sie möchten mich am liebsten vor die Tür
setzen. Ja, das weiß ich sehr wohl. Aber es ist nicht so
leicht, Verehrtester! Wer mich einmal auf dem Hals
hat, der wird mich nicht früher los, als es mir selber
paßt. Und — damit Sie sich keine vergeblichen Hoff=
nungen machen — vorläufig paßt es mir noch nicht."

Herr Karstens zuckte mit den Achseln und ging zur
Tür. Auf der Schwelle drehte er sich noch einmal zu
Volcker um. „Sie dürfen nicht alles für bare Münze
nehmen, was Doktor Gresser sagt. Er hat so seine be=
sondere Art, witzig zu sein. Aber es ist meist nicht so
schlimm gemeint. Also pünktlich um elf Uhr, hören
Sie? Und stellen Sie sich gut mit Heinrich Marx. Der
Mann kann Ihnen für die Zukunft von großem Nutzen
sein."

Als er draußen war, fragte der Redaktionsfrei=
willige: „Möchten Sie mir nicht sagen, Herr Doktor,

was für eine Bewandtnis es mit dem Auftrag hat, der mir da erteilt worden ist?"

„Nein. Weshalb sollte ich mir den Mund ver= brennen? Sie werden schon selber sehen. Jedenfalls haben Sie da eine gute Gelegenheit, sich Ihre journa= listischen Sporen zu verdienen. Übrigens — haben Sie Lust, heute ins ‚Alhambratheater' zu gehen und über das erste Auftreten des kleinen Satans zu berichten, der uns am Vormittag auf die Bude gerückt ist? Da liegen die Eintrittskarten. Sie können auch Ihre Flamme mitnehmen, wenn Sie wollen."

Reinhard Volckers Pulse schlugen schneller. „Ich ginge allerdings sehr gern hin. Aber für die zweite Karte habe ich keine Verwendung."

„Um so besser für Sie. Je länger Sie sich von allen Weibergeschichten freihalten, desto wohler werden Sie sich befinden. Sehen Sie mich an, falls Ihnen mal ein abschreckendes Beispiel von Nutzen sein sollte. Daß ich auf meine alten Tage hier als Ehren=Karstens Tinten= kuli sitze und seine Geschäfte besorge, habe ich in erster Linie den lieben, süßen Frauen zu verdanken."

Volcker schwieg. Dieser Doktor Gresser war sicher= lich der letzte, mit dem er sich auf ein Gespräch über die Frauen hätte einlassen mögen. Am wenigsten in einem Augenblick, wo alle seine Gedanken wieder bei dem himmlischen jungen Geschöpf waren, das heute wie eine Lichtgestalt aus anderen, schöneren Welten an ihm vorübergeglitten war.

Als die ersten Exemplare der neuen Nummer die Presse verlassen hatten, nahm Volcker seinen Hut. Er war nicht gerade entzückt über den Verlauf dieses ersten Arbeitstages in dem ersehnten Beruf, aber ein Gefühl freudigen Stolzes über die Veröffentlichung seines

Auffaßes überwog doch jede andere Empfindung. Die gutgemeinte Fußnote des Doktor Greffer war ihm aller= dings peinlich. Er dachte daran, mit welchem Geficht er wohl daftände, wenn ihn etwa einer feiner Bekannten mit höhnischem Lächeln zu der schnell erlangten Autori= tät beglückwünschte. Und er war entschloffen, folchen Gesprächen nach Möglichkeit aus dem Wege zu gehen.

Dann erinnerte er fich, daß er am Morgen mit der Abficht ausgegangen war, ein Zimmer zu fuchen. Denn feine bisherige Wirtin mußte in zwei Tagen ihre alte Wohnung verlaffen und konnte ihn zu ihrem und feinem Bedauern nicht in die neue mitnehmen. Er hatte die läftige Umfchau nach einem anderen Unter= kommen immer wieder hinausgefchoben, und nun war infolge feines rafchen Eintritts in die Redaktion der „Neuen Abendzeitung" auch heute nichts daraus ge= worden. Aber er tröftete fich damit, daß das Verfäumte wohl noch nachzuholen fei, und ging geradeswegs nach Haufe, um fich für den Befuch des „Alhambratheaters" umzukleiden. Denn es war ihm nicht anders, als rüfte er fich zu einem großen Feft. Reta Martiny würde ihn felbftverftändlich inmitten der Zuschauermenge nicht bemerken, und wenn er fich mit befonderer Sorgfalt herrichtete, gefchah es alfo gewiß nicht, weil er einen vorteilhaften Eindruck auf fie zu machen wünschte. Es war eine Huldigung, die er ihr lediglich aus innerem Bedürfnis darbrachte und ohne jede törichte Hoffnung auf einen Dank.

Seine Eintrittskarte lautete auf einen Platz in der Profzeniumsloge. Als er fich niederließ, erkannte er mit heißer Freude, daß er der Bühne ganz nahe war, faft fchon jenfeits der Rampenlichter, die das Reich des fchönen Scheins von der Welt der nüchternen Wirklich=

keit trennten. Während der ersten Programmnummern freilich wollte es ihm zuweilen scheinen, als wäre eine größere Entfernung vorteilhafter gewesen. Der keuchende Atem und der in Strömen herabrinnende Schweiß der Akrobaten beeinträchtigten ihm die Freude an ihren Leistungen, die sich aus der Ferne so spielend leicht ausnehmen mochten. Und allzu deutlich sah er auf den Gesichtern der Sängerinnen die alten, verlebten Züge unter der dick aufgelegten Schminke. Aber er war ja auch nicht um der Akrobaten und der Liedersängerinnen willen gekommen. Für Genüsse dieser Art hatte er niemals eine besondere Empfänglichkeit besessen. Und als ein sogenannter Humorist das Publikum zehn Minuten lang mit seinen geistlosen und zweideutigen Plattheiten unterhielt, ertappte er sich auf einer Empfindung beinahe schmerzlichen Bedauerns, daß ein Geschöpf wie Reta Martiny verurteilt sein sollte, in einer gewissen Gemeinschaft mit solchen „Künstlern" zu leben.

Ihre Nummer stand fast am Ende des langen Theaterzettels. Und die fetten Buchstaben, mit denen sie aus der Reihe der anderen hervorgehoben war, ließen darauf schließen, daß das eine Auszeichnung bedeutete. Aber es stellte die Geduld des vor Erwartung Fiebernden auf eine harte Probe. Und als sich die Gardine endlich vor der Radfahrertruppe geschlossen hatte, auf deren Vorführungen das Auftreten der jungen Tanzkünstlerin folgen sollte, atmete er tief auf wie jemand, der sich für einen großen und feierlichen Augenblick bereitet.

Die Pause war länger als die früheren. Die Musik spielte zur Füllung einen feurigen Straußschen Walzer, der vom Publikum lebhaft beklatscht wurde. Dann hob der Kapellmeister abermals seinen Stab, und unter

einer sanften, lieblichen, nur von den Holzbläsern ge=
spielten Melodie rauschte der Vorhang auseinander.

Durch das von dickem graublauen Zigarettenqualm
erfüllte Haus ging eine hörbare Bewegung. Denn
auf dem grüngestrichenen Versatzstück im Hintergrunde,
das wohl eine Rasenbank darstellen sollte, von einem
dicken Bündel elektrischer Lichtstrahlen hell beschienen,
ruhte in der anmutigen Pose einer Schlummernden
eine weibliche Gestalt von berückendem Liebreiz. Das
Bild, das Reinhard Volcker vom Vormittag her in der
Erinnerung bewahrte, verblaßte zu einem Schatten
vor dieser Offenbarung vollkommenster weiblicher
Schönheit. Er hielt den Atem an, und es rieselte ihm
eiskalt über den Rücken. Daß die Wirklichkeit etwas
so Bezauberndes hervorzubringen vermöchte, hätte er
nimmer für möglich gehalten. Er wünschte, sie möchte
so liegen bleiben, und er könnte bis in alle Ewigkeit
hier sitzen, um sie anzustaunen. Aber das holde Bild
gewann allgemach Leben, und die liebliche Schläferin
erwachte. Langsam richtete sie sich auf, warf mit einer
reizenden Kopfbewegung die fessellose Flut ihrer gold=
roten Haarmassen über die Schultern zurück und
schwebte auf den Spitzen der winzigen nackten Füße
nach vorn.

Sie erschien Volcker jetzt viel größer als in ihrem
Straßenkleid, aber sie sah noch kindlicher aus als in
diesem damenhaften Aufputz. Und ihre schlanke, durch
das lange, schleierartige Gewand kaum verhüllte Ge=
stalt war trotz der noch unausgereiften Formen ohne
Fehl und Tadel. Sie lächelte unbefangen ins Publikum
hinein, breitete die weißen Arme aus und begann zu
tanzen.

Ob das, was ihre Bewegungen ausdrückten, ein

„Charaktertanz" oder eine „getanzte Tondichtung" war, entzog sich der Beurteilung Reinhard Volckers. Er verstand nichts von choreographischen Dingen; seine Erfahrungen auf diesem Gebiet beschränkten sich auf die unbestimmte Erinnerung an einige trippelnde Ballettmädchen in steif abstehenden Röckchen. Darum empfand er Reta Martinys künstlerische Darbietung als das Schönste und Anmutigste, was ein menschliches Wesen in der Sprache der Gebärden und der Glieder zu offenbaren vermag. Auf dem Zettel stand zu lesen, daß das, was sie vorführte, der „Tanz einer arkadischen Schäferin" sei. Und es war ohne Zweifel eine ganze Skala wechselnder Empfindungen, die ihr Gesicht und ihr geschmeidiger, biegsamer Körper zum Ausdruck bringen sollte. Aus dem sorglos heiteren Getändel ging es über ein Zwischenspiel schmachtender Liebes= sehnsucht aufwärts bis zur lodernden Leidenschaft und zur mänadischen Raserei. Volcker verstand das alles sehr gut, und sein klopfendes Herz folgte ihr in rest= loser Hingebung über die ganze Stufenleiter nach. Aber er sah in jeder ihrer Stellungen, in jeder ihrer Bewegungen doch vor allem ihre unvergleichliche, sinn= betörende Schönheit, die sich ihm in tausend Einzelheiten einprägte, als würde sie mit einem glühenden Griffel in seine Seele gezeichnet.

Zuweilen bei ihrem wirbelnden Hinundher über die Bühne war sie ihm so nahe, daß er meinte, mit der ausgestreckten Hand einen Zipfel ihres wehenden Schleiergewandes berühren zu können. Und wenn ihn dabei einer ihrer Blicke traf — rein zufällig, wie er sehr wohl wußte — dann schoß ihm das Blut so heiß aus dem Herzen zur Stirn empor, daß es sich für Sekun= den wie ein flimmernder Schleier vor seine Augen legte.

Er wußte nicht, ob es Minuten oder Viertelstunden gewesen waren, die er in einem Zustande nie gekannten Verzücktseins zugebracht. Es war ihm zumute wie einem, der jäh aus großer Höhe herabgestürzt wird, als sich die Gardine schloß und als statt der zu einem rauschenden Fortissimo angeschwollenen Musik das häßliche Geräusch klatschender Hände an sein Ohr drang.

Aber er fand sich rasch in die Wirklichkeit zurück. Und voll so stolzer Freude, als gölte es seinen eigenen Erfolg oder den Erfolg eines über alles geliebten Wesens, harrte er des gewaltigen, brausenden Beifallsturmes, der jetzt losbrechen mußte. Er wartete vergebens. Auf der Galerie zwar und in den hintersten Gebieten des Saales, wo sich's nach jeder Programmnummer sehr stark geregt hatte, wurde lebhaft geklatscht; auf den besseren Plätzen blieb es bei vereinzelten Beifallsbezeigungen, die sich auch nicht verstärkten, als der Vorhang noch einmal aufging und die schöne junge Tänzerin aus der Kulisse schwebte, um sich zu lächelndem Dank nach allen Seiten zu verneigen. Hinter Volcker aber, in der Tiefe der Proszeniumsloge, wo beim Beginn der Tanznummer zwei Herren mit scharfgeschnittenen Gesichtern erschienen waren, erklang eine Stimme: „Hab' ich's Ihnen nicht gesagt, Direktor? Stümperei, krasser Dilettantismus! Sie hat keine Ahnung vom Tanzen. Und wie ich ihre Anlagen beurteile, wird sie's auch im Leben nicht lernen."

„Ach was," meinte der andere. „Die macht schon ihren Weg. Wenn man so aussieht! Und sie ist noch in der Entwicklung. Denken Sie an die Cléo de Mérode und an die Cavalieri. Haben die vielleicht was gekonnt? Na also!"

Volcker stand auf. Die Musik hatte lärmend ein=

gefetzt, um Stimmung für die Schlußnummer, das
Auftreten der „Mufical Excentrics Humpty & Dumpty",
zu machen. Das zu ertragen, ging über seine Kraft.
Voll heiligen Zornes gegen das Publikum und gegen
die beiden Herren im Hintergrund der Loge ging er
hinaus, um sich in der Garderobe Hut und Überrock
geben zu laffen. Auf dem Wege zum Ausgang mußte
er an einer im Vorraum aufgestellten Anrichte vor=
über. Da stand ein Mann in kurzem zitronengelben
Überzieher, einen weit nach hinten geschobenen spiegel=
blanken Zylinderhut auf dem Kopfe.

Als der feiner anfichtig wurde, rief er ihm mit lauter
Stimme zu: „Guten Abend, Herr Doktor! Welche
Ehre, daß Sie sich selbst bemüht haben. Darf ich Ihre
kostbare Zeit vielleicht noch für eine Minute in Anspruch
nehmen?"

Kein Zweifel, es war Reta Martinys Onkel. Schon
aus Höflichkeit hätte Volcker es nicht über sich gewonnen,
die Bitte abzuschlagen. Auch den überaus herzlichen
Händedruck des Herrn Martiny ließ er sich ohne Wider=
streben gefallen.

„Nun, was sagen Sie, Herr Doktor? Hat Ihnen
die Kleine gefallen?"

„Ich war entzückt, mein Herr! Nie vorher habe ich
etwas so Holdfeliges und Bezauberndes gesehen." Das
Herz war ihm zu voll. Irgend einem Menschen mußte
er aussprechen, was ihn bewegte.

Der andere ließ das Glas aus dem Auge fallen
und legte ihm wie in tiefer Bewegung beide Hände
auf die Schultern. „Das ist ein Wort, für das ich bis
an das Ende meines Lebens Ihr Schuldner bleibe,
Herr Doktor. Also hat sie doch wenigstens vor e i n e m
Menschen getanzt, der etwas von der Kunst versteht.

Dieses Publikum! Es wäre zum Lachen, wenn es
nicht zum Weinen wäre. Aber ich mache mir nichts
daraus. Die Presse ist alles! Wenn sie eine gute Presse
hat, pfeife ich auf diese Banausen. Sie werden doch
schreiben — nicht wahr?"

„Ich bin mit dem Auftrage hergeschickt worden,
über Fräulein Martiny zu berichten."

„Dem Himmel sei Dank; dann ist mir nicht bange.
Denn Sie sind ein Sachverständiger, ein Mann, der
das echte Gold von Talmi und Tombak zu unterscheiden
weiß. Aber Sie müssen noch ein bißchen dableiben,
lieber Doktor. Sie müssen der Kleinen ein gutes Wort
sagen. Sie war ja ganz begeistert von der Liebens-
würdigkeit, mit der Sie sie heute in der Redaktion aufgenommen haben."

„O Herr Martiny!" wehrte Volcker verlegen ab.
„Ich hatte ja leider keine Möglichkeit —"

„Ich weiß — ich weiß. Aber weibliche Wesen
haben ein sehr feines Urteilsvermögen, wenn es sich
um das andere Geschlecht handelt. Reta fand, daß
Sie sehr nett sind. Und sie würde mir eine Szene
machen, wenn ich ihr erzählte, daß Sie fortgegangen
seien, ohne ihr auch nur einen Gruß vergönnt zu haben.
Das Kind ist so dankbar für jede Freundlichkeit."

Und Reinhard Volcker blieb. Er ließ sich von dem
Impresario in den „Tunnel" hinabführen, in dessen
hinterstem Winkel sie an einem langen, noch unbe-
setzten Tische Platz nahmen.

„Das ist die Artistenecke," erklärte Herr Martiny.
„Die Herrschaften werden sich gleich einfinden; Sie
können hier sehr interessante Bekanntschaften machen.
Ich darf mir doch erlauben, Sie zu einem Fläschchen
Sekt einzuladen, Herr Doktor?"

„Ich danke Ihnen, aber ich ziehe ein Glas Bier vor. Und ich bitte, es selbst bezahlen zu dürfen. Außerdem: ich habe noch keinen Anspruch auf den Doktortitel, Herr Martiny."

„Aber ich bitt' Sie — als wenn der Titel etwas zu bedeuten hätte bei einem Mann von Ihrer Bildung und von Ihrer Stellung. Ein ausgezeichnetes Blatt, Ihre ‚Neue Abendzeitung'. Gleich nachdem wir hier angekommen waren, wurde uns gesagt: Das ist eine Zeitung, mit der Sie sich halten müssen. Es sollen mitunter höllisch scharfe Sachen darin stehen. Klein aber fein! Na, wir verstehen uns. Prosit, mein verehrter Herr Doktor!"

Zögernd tat Volcker Bescheid. Er zitterte in seliger Hoffnung bei dem Gedanken an ein Wiedersehen mit der jungen Tänzerin; in der Gesellschaft ihres Verwandten aber war ihm nicht recht wohl.

Der Impresario schien davon glücklicherweise nichts zu bemerken. Er sah, daß er vorläufig die Kosten der Unterhaltung zu bestreiten hätte, und er war um Gesprächsstoff nicht in Verlegenheit. „Für wie alt halten Sie eigentlich meine Nichte, Herr Doktor? Ich wette, Sie raten's nicht. Sechzehn Jahre — nicht einen Monat darüber. Das wird eine Schönheit — wie? Und Rasse! Vollblut, sage ich Ihnen, reinstes Vollblut. Es kann ja auch gar nicht anders sein. Wenn man Martha Martinys Tochter ist. Sie haben doch von ihr gehört?"

„Von Martha Martiny? Nein, ich muß zu meinem Bedauern bekennen —"

„Freilich, Sie sind ja noch jung. Und Artisten werden schnell vergessen, selbst wenn sie zu ihrer Zeit so berühmt gewesen sind wie meine Schwester Martha.

Aber Sie brauchen sich nur bei einem vom Bau zu er=
kundigen. Eine Schulreiterin, wie wir noch keine wieder
gesehen haben. Sie war noch nicht dreißig, als sie starb.
Es ist ewig schade. Damals haben wir die arme kleine
Reta zu uns genommen, meine Frau und ich. Lange
Zeit waren wir im Zweifel, ob wir eine Artistin aus
ihr machen sollten oder nicht. Wir meinten, sie hätte
doch vielleicht zu viel blaues Blut in den Adern. Sie
verstehen, lieber Doktor, vom Vater her. Oh, Sie würden
Augen machen, wenn ich Ihnen den Namen nennen
würde. Aber ich darf nicht darüber sprechen. Dis=
kretion Ehrensache — Sie begreifen."

Wer weiß, wie weit er in seinen Mitteilungen aus
dem intimen Leben der Familie Martiny gegangen
wäre, wenn sie nicht jetzt Gesellschaft bekommen hätten.
Drei Herren in langen Überziehern und mit englischen
Sportmützen auf dem kurzgeschorenen Haar setzten
sich zu ihnen. Volcker würde in ihnen niemals die
sehnigen Akrobaten wiedererkannt haben, die vorhin
bei ihren ikarischen Spielen so fürchterlich gekeucht und
geschwitzt hatten. Sie waren ihm in ihren Trikots wie
Athleten erschienen, jetzt aber fand er, daß sie bei=
nahe dürftig aussahen. Außerdem machten sie todernste
Gesichter und sprachen kaum ein Wort miteinander.
Herrn Martiny hatten sie nur mit einem Kopfnicken
gegrüßt, aber als ihnen der Impresario seinen Gesell=
schafter vorstellte, wurden sie lebendiger. Den Namen
Volckers kannte er ja selbst nicht, aber das war auch
offenbar Nebensache.

„Der Herr Doktor von der ‚Neuen Abendzeitung‘ —
ein Sachverständiger ersten Ranges auf artistischem
Gebiet. Wir werden morgen aus seiner Feder eine Kritik
zu lesen bekommen, wie unsereins sie leider nur selten

erlebt. Es ist schrecklich, wie stiefmütterlich die Presse noch immer das Varieté behandelt, obwohl doch jeder zugeben muß, daß dem Varieté und dem Kino die Zukunft der deutschen Kunst gehört. Aber die Kritik hat nicht Schritt gehalten mit dieser Entwicklung; in eine Oper schickt man niemand, der nicht wenigstens eine blasse Ahnung von Musik hat. Über Gymnastik und Tanz aber urteilen noch immer Leute, die nicht das geringste von der Sache verstehen. Da freut man sich doppelt, unter den Herren Kritikern mal auf eine Autorität zu stoßen."

Die drei „Brüder Morrison", die natürlich ebensowenig Brüder als Engländer waren, stimmten einmütig zu, Volker aber glaubte die Schamröte auf seinen Wangen brennen zu fühlen. Wenn er schon am ersten Tage seiner journalistischen Tätigkeit zu einer „Autorität" auf zwei so weit voneinander entfernten Gebieten geworden war, was mochte ihm dann noch weiter an unverdienten Ehren und Auszeichnungen bevorstehen. Und er hatte so gar kein Talent, mit guter Miene eine Anerkennung hinzunehmen, auf die er nach seiner eigenen Überzeugung keinen Anspruch hatte. Er wehrte sich, aber man achtete nicht darauf. Auch den Doktortitel wurde er nicht wieder los. Als sich der Tafelrunde noch einige weitere Herren und Damen aus der Schar der augenblicklich im „Alhambratheater" auftretenden Artisten zugesellten, sah er sich mit wachsender Verlegenheit mehr und mehr zum Mittelpunkt eines Kreises werden, in dem er fremder und unbeholfener war als jemals in der Gesellschaft neuer Bekannter. Und schon überlegte er ernstlich, ob er nicht doch lieber die Flucht ergreifen solle, als plötzlich ihm gerade gegenüber auf der in den Tunnel hinunterführenden Treppe Reta

Martinys gertenschlanke Gestalt erschien. Sie hatte ihr prachtvolles Haar nur lose aufgesteckt und einen duftigen weißen Seidenschal locker um den Kopf gelegt. Aber für Volcker bedeutete nun einmal jede kleine Veränderung in ihrer äußeren Erscheinung zugleich eine Erhöhung ihres Liebreizes.

Er fuhr von seinem Stuhl empor. Aber sie hatte ihn augenscheinlich gar nicht bemerkt.

„Ich gehe ins Hotel," rief sie von der Treppe herüber. „Willst du nicht mitkommen, Onkel?"

„Warum denn so eilig, Kind?" gab er zurück. „Setz dich noch für ein Weilchen zu uns. Da -- sieh her, was für angenehme und ehrenvolle Gesellschaft wir haben."

Aber sie blieb stehen und schüttelte den Kopf. „Ich mag nicht," sagte sie in dem schmollenden Ton eines eigensinnigen Kindes. „Ich bin müde und will nach Hause."

„Sei vernünftig, Reta! Das ist doch der Herr Doktor von der ‚Neuen Abendzeitung‘, der heute so freundlich mit dir gewesen ist. Er ist eigens hergekommen, um über dich zu schreiben."

Nun erst schenkte sie Volcker einen Blick und kam zögernd näher. „Das ist sehr hübsch von Ihnen, Herr Doktor. Ich danke Ihnen. Aber ich bin wirklich so sehr müde. Und wenn du nicht mitkommen willst, Onkel, gehe ich eben die paar Schritte allein."

„Was soll man nun gegen diesen kleinen Starrkopf ausrichten. So geh in Gottes Namen! Daß Sie dem Kinde für den kurzen Weg Ihren Schutz angedeihen lassen, darf ich Ihnen doch wohl nicht zumuten, lieber Doktor?"

„Es würde mir natürlich ein sehr großes Vergnügen sein. Aber ich weiß nicht, ob Fräulein Martiny —"

Für einen Augenblick sah sie ihn wie prüfend an.
Aber wenn es wirklich eine Prüfung gewesen war,
mußte sie wohl zu seinen Gunsten ausgefallen sein.
Denn sie erwiderte freundlich: „Ich wäre Ihnen aller=
dings recht dankbar. Denn ich fürchte mich so vor den
abscheulichen Menschen, von denen man abends be=
lästigt wird."

Sie waren wohl schon zwei Minuten nebeneinander
her gegangen, als Volcker endlich mit unsicherer Stimme
das Schweigen zu brechen wagte. „Ich möchte Ihnen
doch aussprechen, Fräulein Martiny, daß Sie mir an
diesem Abend einen unvergleichlichen und unvergeß=
lichen Genuß bereitet haben. Wie glücklich müssen
Sie sein in dem Bewußtsein, so vielen zur Freuden=
spenderin zu werden!"

Mit einer halben Kopfwendung sah sie zu ihm auf.
Ihr ernstes Gesichtchen hatte sich erhellt, und es war
ihm, als sähe er ein freudiges Leuchten in ihren wun=
derschönen Augen. „Ist es wahr? Sind Sie ganz
aufrichtig? Habe ich Ihnen wirklich gefallen?"

„Gefallen? Das wäre wohl das rechte Wort nicht.
Ich war hingerissen und bezaubert."

„Nein, das sollten Sie nicht sagen. Denn dann
kann ich Ihnen nicht glauben. Ich weiß ja, daß ich
beim Publikum nicht gefallen habe. Nur ein einziger
Hervorruf! Und der Regisseur ist nachher so unfreundlich
gegen mich gewesen."

„Dann — dann ist er ein Idiot," fuhr Volcker auf.
„Was waren denn alle die anderen neben Ihnen? Nichts
— weniger als nichts. Ich wollte, daß ich Ihnen stun=
denlang hätte zusehen dürfen."

Nun lachte sie hellauf. Allzu tief konnte ihre Be=
trübnis also doch wohl nicht gewesen sein.

„Ich danke schön. Eine Viertelstunde ist mehr als genug. Aber ich habe Sie wohl gesehen und Ihnen auch ein paarmal zugenickt. Aber Sie taten so stolz, als ob Sie es gar nicht bemerkten. Ich bin Ihnen deshalb eigentlich ein bißchen bös gewesen."

„Sie haben, Sie hätten mir —? Oh, ich bitte um Verzeihung, wenn ich mich ungeschickt benommen habe. Aber wie konnte ich annehmen, daß Sie mich überhaupt wiedererkennen würden. Nach einer so flüchtigen Begegnung."

„Ich habe ein sehr gutes Gedächtnis für Gesichter. Wenigstens, wenn sie mich interessieren. Und nun wollen Sie über mich schreiben?"

„Ich bin glücklich, daß ich es darf."

„Und Sie werden mich nicht herunterreißen, nicht wahr? Der Onkel sagt, meine ganze Zukunft hinge davon ab, daß ich hier gute Kritiken bekomme. Und mir ist so bange. Bei den anderen Redaktionen sind wir gar nicht vorgelassen worden. Ich glaube, das ist ein schlechtes Zeichen. Wird Ihre Zeitung von sehr vielen Leuten gelesen?"

„Ich weiß es nicht. Aber ich fürchte fast, allzu viele werden es nicht sein."

„Ach, wie schade! Warum schreiben Sie denn nicht lieber für eine große Zeitung?"

„Weil ich noch ein Anfänger bin, Fräulein Martiny."

„Ja? Dann können wir uns die Hand geben. Eine Anfängerin bin ich ja auch. Ich studiere erst seit anderthalb Jahren. Und Fräulein Cotrelly, die alte Ballettmeisterin, bei der ich Unterricht nahm, war im Anfang gar nicht mit mir zufrieden. Ich habe ihr schreckliches Rohrstöckchen oft genug zu fühlen bekommen. Meine Beine waren mitunter braun und blau. Seien

Sie froh, Herr Doktor, daß es bei Ihnen so etwas nicht gibt."

„Nun aber ist Ihre Kunst Ihnen sicherlich eine Quelle der reinsten Freude. Es war ja offenkundig, daß Sie ihr mit Leib und Seele ergeben sind."

Fräulein Reta legte das Köpfchen ein wenig auf die Seite. „Ach, ich weiß nicht. Ein rechtes Vergnügen macht mir das Tanzen nicht. Ich wäre viel lieber Schauspielerin. Aber der Onkel meint, dazu hätte ich noch weniger Talent. Und das ginge auch viel zu langsam."

„Zu langsam? Wieso?"

„Bis man Erfolg hätte. Großen Erfolg, meine ich, so daß die ganze Welt von einem spricht."

„Es ist also das Ziel Ihrer Sehnsucht, daß die ganze Welt von Ihnen spricht?"

„Aber natürlich. Was denn sonst? Ich will so berühmt werden wie die Saharet. Und so viele Brillanten will ich haben wie die Otero. Sie kennen doch die Saharet? Ist sie nicht himmlisch? Und glauben Sie, daß ich es auch so weit bringen werde wie sie?"

„Ich kann keine Ansicht äußern, denn ich habe die Dame, von der Sie sprechen, nie gesehen. Aber ich bin überzeugt, daß Sie es in Ihrer Kunst ebenso weit bringen werden wie irgend eine andere."

„Wie nett Sie sind! So hat noch niemand mit mir gesprochen. Fräulein Cotrelly und der Onkel hatten beständig an mir zu tadeln. Und die anderen Herren — die aus dem Publikum, reden immer nur davon, wie niedlich ich ausgesehen hätte. Das hört man ja auch ganz gern. Aber schließlich bin ich doch kein Modell, sondern eine Tänzerin."

Er wußte nicht gleich, was er ihr antworten sollte. Ihre Schönheit war ihm etwas so Hohes und Heiliges,

daß er niemals gewagt hätte, in der Form einer platten
Schmeichelei zu ihr davon zu sprechen. Mit stillem
Ingrimm nur konnte er sich die unverschämten Gecken
vorstellen, die den Mut hatten, Reta Martiny zu sagen,
daß sie niedlich ausgesehen hätte.

„Warum sind Sie so still?" fragte sie. „Habe ich
etwas Dummes geschwatzt?"

„Nein, gewiß nicht. Ich dachte nur über Ihre
frühere Äußerung nach. Darüber, daß Sie viele Brillanten haben möchten. Halten Sie das wirklich für
etwas so Schönes und Erstrebenswertes?"

„Ja, was soll eine Artistin sich denn überhaupt
wünschen, wenn nicht das? Aber ein Auto will ich natürlich auch haben. Und schöne Kleider und Pelze.
Oh, Sie können sich nicht vorstellen, wie ich für Pelz
schwärme. Wenn ich reich wäre, würde ich niemals
anders ausgehen als in Pelz gehüllt von den Schultern
bis zu den Füßen."

„Fliegen Ihre Wünsche da nicht etwas hoch, mein
Fräulein? Hat denn eine Tänzerin die Möglichkeit,
solche Schätze zu erwerben?"

Sie sah zu ihm auf mit einem ungewissen Lächeln,
als sei sie im Zweifel, ob sie seine Worte ernsthaft zu
nehmen habe. „Andere können es doch," erwiderte sie
etwas zögernd. „Es gibt ja auch reiche und freigebige
Menschen, die einem so etwas schenken."

„Sie ist ein Kind an Reinheit und Unschuld," dachte
Reinhard Volcker, und er würde es für ein Verbrechen
gehalten haben, ihre Träume durch ein häßlich aufklären-
des Wort zu zerstören. Aber das Herz war ihm schwer
geworden. Ein großer Schmerz, über dessen Ursprung
er sich selber wohl kaum hätte Rechenschaft geben können, nahm immer mehr Besitz von seiner Seele. „Sie

leben nicht immer hier in der Stadt?" fragte er nach einem kleinen Schweigen.

Reta verneinte. „Onkel hatte bis vor kurzem die Direktion von einem Varieté in Leipzig. Aber er hat sie aufgegeben, um nur noch mit mir zu reisen. Auf sechs Monate hinaus habe ich bereits feste Verträge. Es ist ein großes Glück für mich, daß ich Onkel Julius habe. Er ist so nett mit mir, als wäre er mein Papa. Meinen wirklichen Papa habe ich leider gar nicht gekannt."

„Und wie lange gedenken Sie hier zu verweilen?"

„Wenn mein Vertrag verlängert wird, einen Monat. Aber der Regisseur meinte, nach dem schwachen Erfolg des heutigen Abends wäre das noch sehr zweifelhaft. Es käme alles auf die Kritiken an. Ach, wenn Sie doch recht nett über mich schreiben wollten, Herr Doktor! Es wäre so beschämend für mich, wenn ich nur die vierzehn Tage hier bleiben dürfte, auf die meine Abmachung lautet."

„Ich werde jedenfalls zu schreiben versuchen, wie es dem Eindruck entspricht, den ich erhalten habe. Aber es wird mir freilich schwer fallen, alles das in Worte zu fassen, was ich bei Ihrem Tanz empfunden habe."

„Oh, Sie werden es schon können. Sie sind ja so klug. Aber nun sind wir wieder bei meinem Hotel. Wir sind nämlich schon zweimal daran vorübergegangen. Und jetzt muß ich wohl hinaufgehen."

Volcker war ganz erschrocken. „Ist es möglich? Wir wären —"

„Ja, wir sind doch immer dasselbe Straßenstück auf und nieder gegangen," lachte sie. „Haben Sie das denn gar nicht gemerkt? Ich wollte Ihnen nicht früher sagen, daß ich hier zu Hause bin. Es war so nett, mit Ihnen zu plaudern."

Das Haus, in dessen offenem, matt beleuchtetem Eingang sie stehen geblieben war, war kein eigentliches Hotel, sondern, wie ein Porzellanschild neben der Tür besagte, ein „Hotel garni", und es gab darum auch unten im Hausgang weder einen Pförtner noch sonst einen Angestellten, unter dessen neugierigen Blicken sie ihre Verabschiedung hätten beschleunigen müssen.

„Ich danke Ihnen von Herzen, Fräulein Martiny, daß Sie sich meine Gesellschaft so lange haben gefallen lassen. Ich werde diesen Abend gewiß nicht vergessen."

„Ich auch nicht. Sie sind so lieb zu mir gewesen. Und nun weiß ich nicht einmal Ihren Namen."

Er nannte ihn, und sie fand ihn sehr hübsch. Aber mit der drolligen Aufrichtigkeit, die ihren Reden etwas so unverfälscht Kindliches gab, fügte sie hinzu: „Nur, daß ich leider gar kein Namensgedächtnis habe. Wenn ich ihn mir nicht gleich aufschreibe, habe ich ihn sicherlich morgen früh vergessen. Haben Sie nicht einen Bleistift bei sich, Herr — Herr Reinhard?"

Es ging ihm heiß durchs Herz, als sie ihn bei seinem Vornamen nannte, obwohl er sicher war, daß es nur geschah, weil sie ihn infolge ihres schlechten Gedächtnisses bereits mit dem Familiennamen verwechselte. Aber nach einem Bleistift suchte er vergebens in allen Taschen. Da fühlte er die knisternden Zeitungsblätter auf seiner Brust, und nachdem er eine Anwandlung schämiger Verlegenheit überwunden, brachte er eines von ihnen zum Vorschein. „Da haben Sie ihn schwarz auf weiß — meinen leider noch ganz unberühmten Namen. Er wird, wie ich fürchte, auch dann noch der Name eines Unbekannten sein, wenn der Ihrige be=

reits von vielen Tausenden mit Bewunderung genannt
wird."

„Es wäre sehr hübsch, wenn das einträfe," sagte
sie naiv. Und sie las: „Von Reinhard Volcker. — Also
das haben Sie geschrieben? Ich darf es doch lesen? Ist
es eine Geschichte?"

Er beklagte tief, daß es keine war. Es kam ihm
in diesem Augenblick sehr töricht und sehr überflüssig
vor, Dinge zu schreiben, die für ein Wesen wie Reta
Martiny unmöglich das allergeringste Interesse haben
konnten. Und es klang wie eine Entschuldigung, da er
erwiderte: „Nein, es ist leider nur eine volkswirtschaft=
liche Betrachtung. Ich kann Ihnen kaum raten, sich
damit zu beschäftigen. Denn Sie würden es gewiß sehr
langweilig finden."

„Das macht nichts. Lesen werde ich es doch — weil
es von Ihnen ist. — Und nun gute Nacht, Herr Rein=
hard! Ich erlaube Ihnen, von mir zu träumen."

Sie hatte ihm ihre Hand gereicht, und sie standen
sich in dem schmalen Hausgang ganz nahe gegenüber.
Er sah in ihr lächelndes Gesicht und in ihre voll zu ihm
aufgeschlagenen leuchtenden Augen. Wie unsichtbare
eiserne Fäuste preßte es ihm Brust und Kehle. „Viel=
leicht hätte ich das auch ohne Ihre Erlaubnis getan,
Fräulein Martiny. Noch einmal: meinen heißen Dank
und — gute Nacht!"

Noch immer ließ sie ihm ihre Hand. Es war beinahe,
als ob sie auf etwas warte. Aber von Reinhard Volcker
kam nichts mehr als ein schwerer Atemzug; dann gab
er die warmen, weichen Finger frei und lüftete seinen
Hut.

. Auf den letzten Treppenstufen drehte sie sich noch
einmal nach ihm um. „Sie kommen doch wieder ins

Theater? Ja, ja, Sie müssen kommen. Das nächste Mal tanze ich nur für Sie."

Mit hellem Lachen eilte sie die Stiege empor. Und wie der Klang eines silbernen Glöckleins tönte ihm dies Lachen im Ohre wider, während er gleich einem Traumwandler durch die nächtlich stillen Straßen schritt. Er war unaussprechlich glücklich, und doch lauerte hinter diesem Glücksgefühl noch immer der große, dumpfe Schmerz, dem er keinen Namen geben konnte und von dem er nur wußte, daß auch er etwas Hohes und Heiliges war.

Unmittelbar nach der Heimkehr begann er mit der Abfassung seiner Kritik. Er brauchte lange Zeit, bis er die einleitenden Sätze gefunden hatte. Dann aber flossen ihm die Worte ungesucht aus der Feder. Mit glühenden Wangen schrieb er und mit hastig atmender Brust. Er wußte, daß dies das Hohelied seiner Liebe war, und keinen Augenblick kam ihm ein Bedenken wegen der Aufnahme, die Doktor Gresser oder der kleine Herr Karstens dieser überschwenglichen Verherrlichung weiblicher Holdseligkeit bereiten könnten. Er schrieb eben, wie er schreiben mußte. Seiner tiefinnersten Überzeugung nach gab es keine andere Form, in der man von Reta Martinys „Tanz einer arkadischen Schäferin" sprechen konnte.

Als er die fertige Arbeit überflog, lächelte er stolz. Nun zweifelte er nicht mehr an seinem schriftstellerischen Beruf. (Fortsetzung folgt.)

Wohin steuert unsere Volkswirtschaft?

Von Franz Anton Bechtold

Während des Krieges gilt es, den Frieden vorzubereiten. Daß es nach dem Friedenschluß nicht genau da weitergehen wird, wo wir beim Kriegsbeginn stehen geblieben sind, leuchtet jedem ein. Wir müssen mit den veränderten Verhältnissen rechnen und uns ihnen anpassen. Schon heute taucht die Frage auf: Wohin steuern wir? Wir wollen uns aber nicht treiben lassen, sondern das Ruder ergreifen, um Weg und Richtung zu beeinflussen. Die Losungsworte heißen: Umorganisation und Neuaufbau der Volkswirtschaft.

Organisieren heißt irgend ein Gebiet menschlichen Tuns und Handelns so einrichten, daß mit verhältnismäßig geringem Aufwand eine möglichst zweckentsprechende hohe Wirkung erzielt wird. Organisieren heißt Ungeordnetes ordnen, zerstreute und vereinzelte Kräfte zu gemeinsamem Tun zusammenfassen, so daß jeder einzelne mehr leistet als bei gesondertem Vorgehen. Organisation bedeutet demnach immer Kräftezusammenfassung und Kräftesteigerung. Das Gegenteil von Organisation ist Desorganisation: Zersplitterung und Vergeudung von Kräften, Auseinanderreißung von Zusammengehörigem und Zusammenpassendem, unwirtschaftliche Geschäftseinteilung und Geschäftsführung. Und wiederum: Organisierung verlangt den rechten Mann am rechten Platz. In einem gut organisierten Geschäft steht der dafür tauglichste Mann mit den besten Hilfsmitteln am geeigneten Platz.

Organisation besagt, daß sich keine Erstarrung vollziehen soll, daß Augen und Ohren auf der Hut sind, und

daß der Verstand stets bereit ist, Verbesserungen und
Neuerungen passend in den Geschäftsrahmen einzu=
fügen. Eine gute Geschäftsorganisation ist aber kein
Apparat, der nur in sich die größte Vollkommenheit
erstrebt, sie muß vielmehr anpassungswillig und an=
passungsfähig sein. Organisieren heißt dem Leben und
seinen Bedürfnissen nachgehen, sie finden und decken,
aber auch vermutlich schlummernde Bedürfnisse decken
und wecken, Bedürfnisse schaffen und ihre Befriedigung
regeln.

In den kommenden Tagen verlangt die Umorgani=
sierung Kenntnis anderer Volksarten und Volksstämme,
ihrer Sitten und Gewohnheiten, ihrer Bildung und
ihres Verwaltungswesens. Wir müssen wissen, was
andere Länder erzeugen und was sie nach ihrer Boden=
beschaffenheit erzeugen könnten. Welche Mineralien,
Öle, Erze und so weiter gewonnen werden und gewonnen
werden könnten. Welche Maschinen und Geräte im
Gebrauch sind, und wer sie geliefert hat. Welche Ver=
besserungen hier nötig und hier möglich sind. Eigentums=
und Vermögensverhältnisse, Grundbesitzverteilung, Geld=
und Kreditwesen sind zu erforschen, und das Schul= und
Fachschulwesen muß man kennen lernen. Dann kann
die Organisation beginnen.

Das gilt vor allem für die Landesteile, die nach dem
Kriege mehr unter deutschen Einfluß kommen, es gilt
aber auch für die Länder, die heute noch gegen uns sind.
Mit diesen wird es natürlich schwer sein, Geschäfte zu
machen; aber Kriege schließen nicht nur ab, sondern auch
auf. Die Berührung mit dem Feinde macht auch mit
seinen Einrichtungen vertraut, und ein Feind, der siegreich
ist, setzt sich in Achtung. Man wird fragen, wodurch hat
er gesiegt? Man wird Ähnliches schaffen wollen, und

da man es nicht einfach wird nachmachen können, wird
man mit ihm in Verbindung treten müssen. Alle
Drohungen, uns zu boykottieren, scheinen mir schon aus
diesem Grunde vielfach nur trotzige Gebärden. Der
deutsche Kaufmann wird auch immer wieder die Sprache
des Landes lernen, in dem er Geschäfte machen will. Der
Krieg hat nichts an dem schon früher als richtig Erkannten geändert.

Durch die Länge des Krieges und die massenhaften
Einberufungen aus allen Berufs-, Erwerbs- und Bil-
dungsschichten vollzieht sich auch bei uns ein gewisser
Verwandlungs- und Verschmelzungsvorgang. Der
eine wird vom anderen mit Neuerungen bekannt gemacht,
von ihrer Zweckmäßigkeit und von ihrem Nutzen überzeugt. Die Waffenbrüderschaft macht zutraulich, sie
bewirkt mehr als die tastenden Versuche der sonst
üblichen Kundenwerbung. Der Sinn der draußen im
Felde Stehenden wird für die moderne Technik ge-
schärft. Immer wieder erzählen die Krieger, daß die
von uns besetzten Landesteile kulturell weit hinter uns
zurück sind. Daraus darf man schließen, daß sie zum
Vergleichen angeregt werden, daß ihr Sinn für Fort-
schritte empfänglicher gemacht wird, und daß sie sich
später leichter entschließen werden, ihre Betriebe mit
besseren maschinellen Einrichtungen zu versehen. Dazu
drängt ja auch der Verlust an gut eingearbeiteten Arbeits-
kräften. Die Landwirtschaft wird nach dem Kriege ihre
Erträge noch zu steigern suchen und ihre maschinellen
Einrichtungen vervollkommnen, zumal sie gute Ernten
und gute Preise hatte.

Davon werden auch die elektrische Industrie, die
davon abhängigen Gewerbe und der Handel Nutzen
ziehen. So wird die Textilindustrie nach dem Kriege

wieder starken Bedarf zu decken, ein großer Teil der für
Heeresbedarf arbeitenden Gewerbe noch eine Zeitlang
militärischen Bedürfnissen zu dienen haben.

Es spricht heute nichts dafür, daß nach diesem Kriege
ein großer Wettbewerb im Abrüsten entstehen wird. Es
wird von neuem gerüstet werden, und wenn die Rüstun-
gen auch nicht vermehrt würden, so gäbe es doch zu tun.
Die Lehren aus dem Kriege werden auch den Festungsbau
beeinflussen, es werden neue Werkzeuge zur Einnahme
der also verbesserten Befestigungswerke ersonnen werden.
Das optische Gewerbe wird Friedensheereslieferungen
nach dem neuesten Stand der Wissenschaft und nach den
Erfahrungen des Krieges zu machen haben. Die
Kriegswirtschaft wird so Gelegenheit erhalten, sich
für die Friedensbedürfnisse einzurichten. Ganz ohne
Reibungen wird es wohl nicht abgehen. Die Umorganisierung und die Neuanpassung wird an manchen
Stellen Massen von Arbeitern anlocken, so daß an
anderen Stellen Mangel und Arbeitslosigkeit entsteht.
Die Arbeitgeber- und Arbeitnehmerverbände sind aber
schon fest am Werk, durch Lohntarife und Arbeits-
vermittlungsämter die anströmenden Massen aufzu-
fassen und passend zu verteilen. Im gesamten wird der
Eigenbedarf nach dem Kriege so groß sein, daß viele
Gewerbe einfach die früher geübte Tätigkeit wieder
aufnehmen und weiter fortführen können.

Es gilt deshalb auch nicht entfernt in dem Maße für
uns, was eine englische Zeitschrift für England wahr-
sagte: „1. Heftige Störungen des Arbeitsmarktes. Die
Demobilisierung nach der Friedensunterzeichnung schleu-
dert innerhalb dreier Monate unerhörte Massen von
Soldaten auf den Arbeitsmarkt, die sich nur zu kleinem
Teile einen neuen Beruf suchen wollen, zum Teil je

nach ihren früheren Kontrakten ihre alten Plätze schon
besetzt finden und arbeitslos bleiben, zum Teil ihre
Platzhalter verdrängen, die ihrerseits arbeitslos werden.
Die Störung des Arbeitsmarktes wird vertieft werden
durch den natürlichen Umstand, daß die ausgedehnten
Kriegsgelegenheitsindustrien sogleich eingestellt werden,
während die unterbrochenen Friedensindustrien nur viel
langsamer und zögernder ihre Arbeit aufnehmen werden;
endlich aber auch durch den peinlichen Verlust alter,
gründlich durchgeschulter Arbeitskräfte. 2. Eine kurze
Periode fieberhafter Handels= und Industrietätigkeit
wird einsetzen, da viele vom Krieg betroffene, aber in=
dustriell minder entwickelte Länder zahlreiche, unab=
weislich gewordene Bedürfnisse des Konsums werden
erfüllen müssen, und weil allgemein die Ausbesserung
entstandener Schäden, die Ausfüllung von Lücken
(zum Beispiel im Schiffsverkehr) für kurze Zeit viele
Hände beschäftigen wird. 3. Eine lange Periode tiefster
wirtschaftlicher Depression wird kommen infolge der
beispiellosen Verarmung der Welt an Geld, Menschen,
Intelligenz und Unternehmungslust."

Diese Ausführungen zeugen zugleich von Mutlosig=
keit und Kraftlosigkeit sondergleichen. England hat sein
Horn eben in einen Felsen gebohrt, aus dem es nicht mehr
heraus kann; es hat die Führung im internationalen
Geld= und Kreditwesen verloren und, seitdem es die
Beschlagnahme der „feindlichen" Gelder bei seinen Ban=
ken verfügte, das Vertrauen als Hüterin und Wahrerin
großer Geldschätze verloren. Es gerät in finanzielle Ab=
hängigkeit, es wird Schuldnerstaat. Sein Zinsfuß wächst,
die Produktionsmöglichkeiten werden dadurch erschwert,
die Steuern drohen ins Riesenhafte anzuschwellen. Innere
Kämpfe und Zerwürfnisse steigen drohend auf.

Wir dagegen sind vom Siegesbewußtsein erfüllt und sehen die Zukunft schon deshalb rosiger. Die großen Fragen, die der Weltkrieg mit sich bringt, berühren auch uns: die Überleitung in die Friedenswirtschaft, die Versorgung der Kriegsbeschädigten, der Witwen und Waisen, höherer Zinsfuß, höhere Steuern und vielleicht höhere Wohnungsmieten; aber wir jammern und klagen nicht, sondern fassen die zu lösenden Fragen beherzt an. Wir tun es im Vertrauen auf unsere Kraft, auf unser bewiesenes Organisationstalent und unser bewährtes Geld- und Kreditwesen. Warum aber sind unsere Aussichten besser? Welches sind die tieferen Ursachen dafür?

Frankreich ist ein Rentnerstaat, England in einem etwas anderen Sinne ebenfalls. Solche Länder können schwere Schläge schlechter ertragen als die mit tatkräftiger, arbeitsamer Bevölkerung. Das aus Arbeit stammende Einkommen kann nicht so leicht zerstört werden. Ein fast nur auf Arbeit angewiesenes Volk hat eine härtere Schule durchgemacht, ist gefestigter und kann solchen Stürmen eher trotzen. Frankreich hat Rußland viele Milliarden gegeben, sich dabei aber immer wieder ausbedungen, daß ein großer Teil davon für militärische Verbesserungen angelegt werde. Das Geld ist verschwunden und versunken, ohne seinen Zweck zu erfüllen; England hat diese Rolle übernommen und dabei keineswegs bessere Erfahrungen gemacht. Wer auf schlechte Karten setzt, verliert notwendig.

Wir brauchen denen nicht nachzulaufen, die drauf und dran sind abzuwirtschaften; sie werden zu uns kommen müssen. Alles Gerede vom Ausschluß deutscher Waren ist und bleibt Wunsch. In der Natur aller Dinge ist es begründet, daß der Stärkere über den Schwächeren hinauswächst. Herr Reymond Swing hat es auch nach

Amerika gekabelt, Londoner Zeitungen druckten es nach, und die Londoner Cityleute faßten sich an den Kopf, als sie es lasen: daß der Blockierende arm, der Blockierte aber stark sein würde. England gehe aus dem Kriege mit einer schweren Verschuldung an das Ausland hervor. Die Beherrschung der Meere würde sich als ein höchst kostspieliger Ruhm erweisen. Die deutsche Industrie habe aus dem Kriege die wertvollste Lehre gezogen. Das merkwürdigste wäre gewesen, daß sich die erfundenen Ersatzstoffe in vielen Fällen als wertvoller herausstellten als die ursprünglichen Stoffe.

Die Umorganisierung der Kriegs= in die Friedens=wirtschaft wird schon deshalb nicht allzu schwierig werden, weil einmal alle Reste, fast alle alten Ladenhüter aufgebraucht wurden. Stark empfundene Bedürfnisse haben noch allemal zu umfangreicher Produktion geführt. Der Inlandsbedarf, die Stütze der deutschen Volkswirtschaft, wird groß sein. Es wird Arbeit vorhanden sein, verdient werden, und das große Schwung=rad der gesamten Volkswirtschaft wird in erneuerten Gang kommen.

Von einigen Miesmachern wird das Schreckgespenst der Versorgung der Kriegsinvaliden, Witwen und Waisen an die Wand gemalt. Wer das alles aufbringen soll, fragen sie. Wir hoffen, daß unsere Feinde etwas hierzu beisteuern, und das übrige werden wir schaffen. Die Herren Miesmacher übersehen, daß der weitaus größte Teil der Kriegsbeschädigten bis zu 75 Prozent und noch darüber hinaus wieder arbeitsfähig wird, und daß ihre gewährten Renten doch auch wieder im Lande bleiben. Allen denen, die schon jetzt unter der späteren Last seufzen, sei gesagt, daß es Mittel und Wege gibt, die Kriegsschäden ohne Gefahr für die Gesamtheit zu über=

winden. Wir müssen mehr verdienen als vor dem Kriege.
Das können wir. Straffe, auf die volkswirtschaftlichen
Bedürfnisse bedachte Organisationen können dazu bei=
tragen. Im gesamten müssen wir etwas mehr Kopf=
arbeit leisten und sehen wo wir an Materialien sparen,
wie wir sie besser ausnützen können. Wir müssen durch
Kopfarbeit die Handarbeit vereinfachen und erleichtern,
so daß dieselbe Person bei gleicher Anstrengung und
Arbeitszeit mehr leistet und verdient. Der Gesamtertrag
in der deutschen Volkswirtschaft kann wesentlich ge=
steigert werden, wenn wir uns auf Herz und Nieren
prüfen, und wenn die gefundenen Erkenntnisse in die
Tat umgesetzt werden.

Dazu wird die deutsche Reichsbank im Verein mit
den vielen anderen Kreditanstalten des Deutschen Reiches
und der mit ihm verbündeten Länder sorgen, daß ge=
nügend Geld für die neuen Aufgaben vorhanden ist.
Wenn wir Kleinasien erschließen, schaffen wir viele neue
Werte, viele neue Milliarden an Geldeswert. Mit
Geduld, Anspannung und Ausdauer wird der National=
reichtum gehoben. Es gilt nur, Menschen für die neuen
Aufgaben heranzubilden und mit allem Nötigen aus=
zurüsten. Darin haben wir ja einiges Geschick bekundet,
von dem wir hoffen, daß es uns auch in Zukunft nicht
im Stiche läßt.

Kanada
Von C. C. Weber
Mit 10 Bildern

Kanada, die englische Riesenkolonie im Norden Amerikas, besaß kurz vor Ausbruch des Welt= krieges, an dem es sich, von der Idee des briti= schen Imperialismus gefesselt und von neidgeblähtem Jingohaß gegen Deutschland beseelt, in verhältnismäßig starkem Maße beteiligt, auf einem Flächenraum von 9 660 000 Quadratkilometern eine Bevölkerung von an= nähernd 8 Millionen. Es ist demzufolge etwa siebzehn= mal größer als Deutschland, seine Einwohnerzahl acht= mal kleiner als die unserige. Während im Süden der Provinz Manitoba Mais reift, die Provinzen Neu= braunschweig, Ontario und Britisch=Kolumbia Äpfel, Pfirsiche und Aprikosen in Fülle hervorbringen, daß der jährliche Ertrag an Obst auf 105 Millionen Mark geschätzt wird, und die Weizenbaugrenze bis zum 60. Grad nördlicher Breite hinaufgeht, ist die im Osten tief ein= greifende Hudsonbai nur in zwei Monaten völlig eis= frei und fällt die Temperatur, die Sommers in den Prärieprovinzen 40 Grad Celsius erreicht, beispiels= weise in der östlichen Provinz Quebec im Winter bis auf mehr als 30 und in der westlichen Prärieprovinz Manitoba auf mehr als 45 Grad Celsius. Beide Tat= sachen, die ungeheure Bodenfläche bei einer sehr dünnen Bevölkerung und die großen klimatischen Gegensätze im Jahresverlauf, kennzeichnen die Vorzüge wie die Schattenseiten des „Dominion of Canada".

Die Statistik lehrt, daß Kanada vor dem Kriege in auffallend raschem Aufstieg begriffen war. Im Jahr 1891 belief sich die Bevölkerung auf 4 833 000 Köpfe, im nächsten Jahrzehnt wuchs sie um eine halbe Million, in den folgenden zehn Jahren aber um 2 Millionen, und zwei Jahre später hatte sie, wie erwähnt, die Höhe von etwa 8 Millionen erreicht. Allein im Jahre 1911/12 wanderten 345 000 Menschen dort ein. Die Bevölkerungszunahme erstreckte sich im wesentlichen auf die westlichen, der Landwirtschaft erst neu gewonnenen Gebiete. In der Provinz Alberta stieg in zehn Jahren die Einwohnerschaft von 73 000 auf 374 000, in der Provinz Saskatchewan von 91 279 auf 492 432 und in der Provinz Britisch-Kolumbia von 178 657 auf 392 840 Seelen. Die Stadt Winnipeg, das Einfallstor zu den Prärieländereien in der Provinz Manitoba, verdreifachte im gleichen Zeitraum seine Einwohnerzahl bis auf 136 000 Köpfe, und Vancouver, der zukunftreiche Hafenplatz von Britisch-Kolumbia, das vor 35 Jahren noch ein winziges Fischerdorf war, zählt heute über 100 000 Menschen.

Ein verfolgter Elch durchschwimmt einen Fluß.

Erbeutete Renntiere.

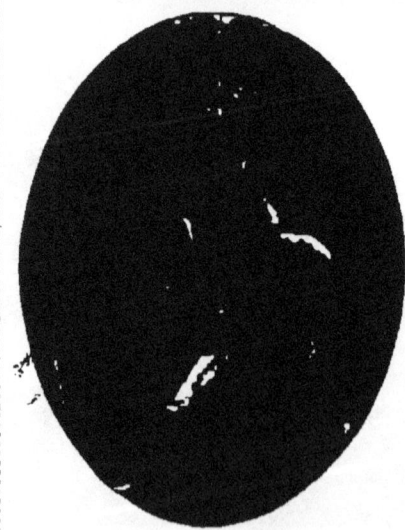

Ein strammer Wolf.

Eine jede der drei sogenannten Prärieprovinzen, Manitoba, Saskatchewan und Alberta, wohin sich außer auf Britisch-Kolumbia der Einwandererstrom besonders lenkte, besitzt ziemlich die Größe von Frankreich. Alberta und Saskatchewan umfassen etwa 88 Millionen Hektar für die Landwirtschaft geeigneten Boden, auf Manitoba entfällt ungefähr noch die gleiche bebauungsfähige Fläche, und Britisch-Kolumbia dürfte also gegen 20 Millionen Hektar besitzen, die für den Ackerbau, den Obstbau oder für die Viehzucht verwendet werden können. Bestellt werden die Äcker vorzugsweise mit Weizen, Gerste, Hafer und Lein. Die Ernte an Körnerfrüchten ist im Jahre 1911 auf rund 1000 Millionen Mark geschätzt worden. Dieser Ertrag wurde auf etwa 5 Millionen Hektar erzielt, also auf einem sehr kleinen Teil des überhaupt anbaubaren Landes.

Wie hoch die Ertragfähigkeit des Landes von den Ansiedlern geschätzt wird, läßt die Steigerung der Bodenpreise erkennen. Im Jahre 1904 noch wurde in den Westprovinzen ein Hektar günstig gelegenes Land mit 50 bis 60 Mark bezahlt. 1913 kostete der Hektar schon mehr als 300 Mark, und zweifellos würde der Preis noch weiter ansehnlich gewachsen sein, wenn

Kanadenfische.

seitdem der Krieg nicht dazwischengekommen wäre. Ob der Bodenwert auch nach dem Kriege eine aufsteigende Tendenz haben wird, ist mehr als zweifelhaft, da ja die Einwanderung bei dem voraussichtlichen Ausscheiden Deutschlands und Österreich-Ungarns weit hinter der früheren Höhe zurückbleiben wird.

Wie die Landwirtschaft, so wirft auch die Waldausnützung bedeutende Gewinne ab. Es lassen sich in

Kanada drei große Waldzonen unterscheiden. Die am nördlichsten gelegene Fichtenzone zieht sich von Labrador um die Hudsonbai herum bis über den Mackenziefluß. Ein zweiter Gürtel, der hauptsächlich von der Weißkiefer gebildet wird, reicht bis zum Winnipegsee in Manitoba und wird im Süden von einem schmalen Laubholzstreifen eingefaßt. Dieser Gürtel wird von der

Heimkehr vom Störfang mit reicher Beute.

holzlosen Prärie begrenzt, an die sich dann im Westen die Douglastannenzone anschließt. Außer von den Douglastannen ist dieses Waldgebiet von Weiß- und Rotkiefern, Fichten und Zedern bestanden. Im ganzen ist Kanada auf etwa 4 Millionen Quadratkilometer mit Wald bedeckt, wovon gegen 40 Millionen Hektar Nutzhölzer tragen. Der jährliche Erlös aus der Holzausbeutung beläuft sich auf ungefähr 300 Millionen Mark. Bei der Fällung, der Fortschaffung und der Zerlegung

der Baumstämme in den Sägmühlen, die meist gleich
in den Schlägen angelegt werden, finden viele Hunderte
von Männern Beschäftigung, und zwar auch im Winter,
wo in den landwirtschaftlichen Betrieben Ruhe herrscht.
Zur Beförderung der ganzen Baumstämme werden
vielfach Waldbah=
nen gebaut, auf
denen das Holz bis
zum nächsten Fluß
befördert wird. Hier
werden aus den
Stämmen Flöße
gebildet, die nach
den Bedarfsorten
verfrachtet werden.

   Wirtschaftlich
bedeutungsvoll ist
ferner für Kanada
der Obstbau. Es
werden Äpfel, Pfir=
siche, Aprikosen,
Kirschen, Birnen,
Pflaumen, Wein=
trauben, Erdbeeren
und Himbeeren

Fang des Schwarzbarsches mit
dem Netz.

teils in den Hausgärten, teils in ausgedehnten Pflan=
zungen gezogen. Das Hauptgebiet der Obstzucht ist
die Provinz Ontario, die drei Viertel der gesamten
Ernte liefert. Außerdem aber zeichnen sich noch durch
einen bemerkenswerten Obstbau auch Neuschottland,
Neubraunschweig und Britisch=Kolumbia aus. Der jähr=
liche Ertrag dieser Gebiete wird, wie schon bemerkt,
auf 105 Millionen Mark bewertet. In den Weizenpro=

Eigenartiger Schwellenunterbau.

Waldbahn für den Holztransport in Kolumbia.

vinzen Manitoba, Saskatchewan und Alberta liegt die
Obstzucht noch in den Anfängen. Die erste Stelle unter
den Obstsorten nimmt der Apfel ein. Von ihm wurden
jährlich für 12 Millionen Mark ausgeführt. Die Äpfel
gehen vorwiegend nach England. Auch Deutschland war
vor dem Kriege ein guter Abnehmer. An den Apfel
reiht sich der Ertragsmenge nach der Pfirsich, von dem
neuerdings auch auf den deutschen Markt beträcht=
liche Sendungen gelangen. Ein Hektar Apfelpflan=
zung wird je nach der Apfelsorte — am meisten ge=
schätzt wird der große Northern Spy — und je nach
dem Alter der Bäume mit 1500 bis 5000 Mark be=
zahlt. Ein Hektar Pfirsichpflanzung kostet 3000 bis
10 000 Mark.

Außerordentlich reich sind gewisse Teile Kanadas
an Wild. Das beste Jagdgebiet im Osten ist Neubraun=
schweig. Infolge des eingeführten Jagdschutzes kommen
hier Elche oder, wie sie auch genannt werden, Moose=
tiere in so großer Anzahl vor wie sonst nirgends in
Kanada. Daneben können kanadische Renntiere, Rot=
wild und schwarze Bären erlegt werden. Im Westen
bietet Britisch=Kolumbia, und zwar besonders im
Cassiarbezirk, eine vortreffliche Jagdgelegenheit. Außer
an Elchen, Renntieren und schwarzen Bären kann hier
der Jagdliebhaber seine Treffsicherheit an Wapiti=
hirschen, Wildschafen, Wildziegen, grauen Bären und
Wölfen beweisen.

Manitoba, Saskatchewan und Alberta sind bekannt
durch die Unmengen ihres Wassergeflügels. Die Wasser=
becken sind von Enten und Gänsen bevölkert, aber auch
Schnepfen und Haselhühner sind sehr zahlreich ver=
treten.

Eine Fülle von schmackhaften Fischen bieten die

Fang des Schwarzbarſches mit der Angel im Pickerelfluß.

Flüſſe und Seen. Lachsfiſcherei im großen wird vornehmlich an der Küſte des Stillen Ozeans betrieben.

Ein Luruszug der Kanada-Pazifikbahn im Felſengebirge (Britiſch-Kolumbia).

Die dortigen Lachſe werden bis zu 70 Pfund ſchwer. Der Kanadenfiſch iſt im Sankt-Lorenz-Strom und den großen Seen heimiſch. Er erreicht ein Gewicht von 40 bis

Im Hafen von Esquimault: Kanonenboote kehren von einer Erkundungsfahrt zurück.

50 Pfund. Doch bedarf es zu seiner Erbeutung großer Geschicklichkeit. Auch Störe von ansehnlicher Größe gehen an die Angel. Dagegen wird der nur in Amerika vorkommende Schwarzbarsch selten schwerer als 6 Pfund. Man fängt ihn mit dem Netz oder mit der Angel. Er ist außerordentlich vorsichtig und kräftig, so daß ihn nur erfahrene und gewandte Angler aus dem Wasser holen können. Reich an Schwarzbarschen sind namentlich der Temaganisee, der French- und der Pickerelfluß in Ontario, sowie die Rideauseen bei Ottawa.

Die Verkehrsverhältnisse lassen zwar immer noch viel zu wünschen übrig, haben sich aber in den letzten Jahren gegen früher wesentlich gebessert. Unter den Eisenbahnen steht die Kanada-Pazifikbahn, die von Montreal im Osten quer durch den Kontinent nach Port Moody verläuft, an der Spitze. Sie besitzt mit ihren Seitenlinien eine Schienenlänge von 8900 Kilometern. Der Sankt-Lorenz-Strom ist bis Montreal hinauf durch Baggerung auf 8,5 Meter vertieft worden, so daß jetzt Schiffe von 3,6 Meter Tiefgang auf dem Strom, den zur Umgehung der Stromschnellen angelegten Kanälen und den Seen auf einer 3837 Kilometer langen Wasserstraße von Montreal bis zum westlichen Ufer des Oberen Sees gelangen können. Zum Schutze der Fischerei- und Handelsinteressen ist neuerdings in Esquimault an der Südküste der Vancouverinsel eine Marinestation eingerichtet.

Um die Einwanderung zu steigern, überließ die Regierung jedem arbeitsfähigen Ankömmling 6400 Ar Land unentgeltlich. Dafür mußte sich der Einwanderer verpflichten, britischer Untertan zu werden, die ersten drei Jahre mindestens je sechs Monate lang auf seinem Besitztum zu leben und jährlich eine bestimmte Anzahl von Äckern neu unter die Kultur zu nehmen. Diese Vergünstigung erscheint außerordentlich vorteilhaft. Jedoch ist dabei zu bedenken, daß die Landstrecken an den Eisenbahnlinien längst vergeben waren und die Verfrachtung der Ernte von entfernteren Farmen mit den größten Schwierigkeiten verknüpft ist. Infolgedessen kann nicht allzu selten die sonst befriedigende Ernte überhaupt nicht abgesetzt werden. Weiterhin verhindern die plötzlich und frühzeitig hereinbrechenden Schneestürme in den Prärieprovinzen mitunter die Aberntung der Felder, so daß man das Getreide ungeschnitten stehen lassen muß. Endlich erfordert auch die Errichtung der Farmgebäude beträchtliche Geldmittel, da nicht nur die Baumaterialien, sondern auch die Transportkosten sehr teuer sind. Wie sich die kanadische Einwanderung nach dem Kriege gestalten wird, läßt sich heute natürlich noch nicht sagen. So viel aber dürfte, wie oben bereits angedeutet, mit Sicherheit zu erwarten sein, daß weder Deutschland noch Österreich-Ungarn, welch letzteres bekanntlich das Hauptkontingent der Einwanderer gestellt hat, so bald wieder Lust verspüren wird, seine Staatsangehörigen an ein Land abzugeben, das sie im gegebenen Falle einfach entrechtet und mit dem gleichen Zynismus wie sein edles Mutterland die Vernichtung des Deutschtums als erstrebenswertes Ziel des großen Völkerringens offen genug bekundet hat.

Die lachende Azhischlange

Von Th. Seelmann

Auf einem hohen Prunkbau am Grand Quai in Genf lag mit blassem Schein die Wintersonne. In schrägem Streifen glitt er durch das breite, von einem Goldgitter unterfangene Eckfenster des ersten Stockwerks. Die matten Strahlen ließen die tiefblaue Intarsia eines Bronzetischchens aufflimmern, an dem sich das feingeschnittene Gesicht einer jungen Dame über eine Stickerei beugte. „Liebe Tante Claudine," sagte sie mit wohllautender Stimme, „ich kann zwar Gaston recht gut leiden, aber —"

„Das genügt vollkommen. Es ist sogar mehr als nötig. Ich spreche aus eigener Erfahrung. Als mein seliger Maurice um mich anhielt und mich heiratete, war er mir durchaus gleichgültig, und dann bin ich doch mit ihm sehr glücklich geworden. Es wurde mir nicht leicht, ihm meine Hand zu reichen. Bedenke, ich, eine Claudine Avillon aus einem der ältesten und vornehmsten Geschlechter Genfs, sollte den grobschlächtigen Draht= fabrikanten Maurice Cordonnier heiraten! Aber ich besaß nichts als meinen Namen und meine Schönheit. Ich habe die Heirat nie bereut. Er ist immer mein unterwürfiger Diener gewesen, mein Maurice. Er hätte es ja nicht wagen dürfen, aber er hat auch selbst nicht den leisesten Versuch gemacht, es mich jemals in unserer langen Ehe fühlen zu lassen, daß er mich der Dürftigkeit entriß und ich mein Wohlleben seinem riesigen Reichtum verdankte.

Als er vor zwei Jahren starb, habe ich ihn aufrichtig betrauert. Das weißt du. Ich kam mir ohne den teuren Entschlafenen unsagbar vereinsamt vor, und des= halb nahm ich dich hierher in meine Villa nach Genf."

Die alte Dame mit dem sorgfältig frisierten Haar, die am Fenster des in einem zarten Meergrün gehaltenen Salons saß, richtete die klugen grauen Augen forschend auf ihre Nichte Jeanne Avillon. Ihre Worte hatten wohlwollend geklungen, aber in ihrem schmalen, leicht gepuderten Gesicht bekundeten sich leise Zeichen der Ungeduld. Erregt klopften ihre schwerberingten Finger auf dem Fensterbrett.

Jeanne Avillon legte die Stickerei auf das Bronze=tischchen und erhob sich von dem malvenfarbigen Seiden=sessel. „Ich bin dir auch sehr dankbar dafür, liebe Tante," sagte sie mit herzlicher Wärme. „Allen deinen Wünschen füge ich mich gern, aber ich empfinde doch nun einmal für Gaston bloß verwandtschaftliche Ge=fühle. Und was noch schlimmer ist: Gaston will mich gar nicht."

„Dieses Hindernis werde ich wegzuräumen wissen, und zwar gleich nachher, wenn er kommt, um sich die Antwort auf seinen Brief zu holen. Erfüllt er die Bedingung nicht, die ich ihm stelle, dann bleibe auch ich gegen sein Anliegen hartnäckig." Die alte Dame strich hastig mit der hageren Hand über den Spitzenbesatz ihres grauseidenen Kleides.

„Aber er ist doch mit Fleure Givet so gut wie ver=lobt."

„So gut wie — ist noch keine öffentliche Verlobung. Seine Liebe zu Fleure Givet ist eine große Torheit. Sie ist noch größer als die, daß er aus dem Justizdienst aus=schied und die Ingenieurlaufbahn ergriff. Er hatte die vorzüglichsten Aussichten, in die Kanzlei des Bundes=präsidenten berufen zu werden, und versteift sich plötzlich darauf, Ingenieur zu werden und unter die Erfinder zu gehen. Ich konnte leider nichts dagegen tun. Aber

was hat er jetzt? Nun vollends noch diese Liebschaft mit
Fleure."

„Sie ist doch ein reizendes Mädchen."

„Gewiß, das ist sie. Aber sie ist arm, und er ist arm.
Ihre Mutter lebt von der Pension, die sie als Witwe
eines Studienrats bezieht. Und Gaston? Bevor seine
Erfindung unter den jetzigen Kriegsverhältnissen einen
Gewinn abwirft, kann er längst verhungert sein."

„Doktor Bürgli," warf Jeanne zögernd ein, „sagt
aber auch, daß Gastons Liliputmotor einen wichtigen
Fortschritt bedeutet."

„Doktor Bürgli, Doktor Bürgli!" erwiderte Frau
Claudine spöttisch und erhob die Hand zur Abwehr. „Er
ist Gastons Freund und Kunsthistoriker. Er versteht von
den angeblichen Vorzügen des neuen Motors so wenig
wie du und ich oder vielleicht noch weniger."

„Nun . . ."

„Bitte, laß mich aussprechen, beste Jeanne. Selbst
wenn die Maschine gut ist, was nützt es ihm? Besitzt
er das Vermögen, um eine Fabrik zu gründen und seinen
Motor im Ausland auf den Markt zu bringen? Heute,
wo überall der Krieg tobt. Du weißt ja, daß ich ihm
helfen soll. Deshalb ist es ein Unsinn, sich an ein armes
Mädchen zu ketten. Er ist ein Enkel von meines seligen
Maurices Stiefschwester, und du bist meine Nichte und
meine nächste Verwandte. Euch beiden zusammen
werde ich gern, sogar sehr gern, eine hübsche Summe
zukommen lassen. Ihr haltet mich für geizig. Aber
ich bin es nicht, ich bin nur überlegsam. An eurem
Hochzeitstag empfangt ihr von mir ein ansehnliches
Vermögen. Dann soll Gaston wieder bei der Justiz
eintreten. Er wird bei seiner Befähigung bald auf=
rücken. Er soll als dein Mann, als der Gatte einer

Avillon, einst zu den Führern im Nationalrat und
Bundesrat zählen."

Claudine Cordonnier blickte ihre Nichte beobach=
tend an.

Jeanne strich sich nachdenklich eine herabgesunkene
Strähne ihres mattblonden Haares aus der weißen
Stirn. Ein Zug von Entschlossenheit kam in ihren
sanften Gesichtsausdruck.

„Glaubst du, liebe Tante," fragte sie mit einem
leisen Unterton von Bangigkeit, „daß Onkel Maurice
ebenso auf unsere Vereinigung gedrungen und Gastons
Berufswechsel verworfen hätte?"

„Onkel Maurice?" fuhr Frau Claudine unangenehm
berührt auf. „Er hatte sich meiner Leitung zu fügen.
Bei den vielen Fehlern, die er besaß . . ."

Jeannes Augen weiteten sich erstaunt. „Oh, Onkel
Maurice war doch seelensgut. Und Fehler? Du lobst
ihn ja sonst allerwegen."

Frau Claudine nagte verlegen an der Unterlippe.
„Ein großer Fehler war schon seine Sammelwut, seine
unsinnige Liebhaberei für antike Kunstgegenstände. Sie
hat viel, sehr viel Geld verschlungen. Ich habe ihn
davon abzubringen gesucht, aber hierin war er starr=
köpfig. Es grenzte schon fast an Verschwendung. Er
hatte die kostspielige Narretei von seinem Großvater
geerbt. Der ritt auch schon dieses Steckenpferd."

Jeanne lachte belustigt auf. „War Onkels Groß=
vater nicht Viehhändler? Wie kam er dazu, Altertums=
freund zu werden?"

„Ganz so verwunderlich ist dies nicht," erwiderte
die alte Dame unmutig. „Meines lieben Maurices
Großvater hielt sich lange Zeit in Frankreich auf und hat
als Armeelieferant Napoleon I. nach Italien, Ägypten,

Kleinasien und Rußland begleitet. Er sah dort vielerlei
Kunstaltertümer. Dadurch wird die Sammelsucht bei
ihm angefacht worden sein. Seine Erwerbungen
hat er meinem seligen Maurice hinterlassen, der nun
der gleichen Schrulle verfiel."

„Bist du nicht der Ansicht," fragte Jeanne zaghaft,
„daß sich Onkel Maurice bei seinen Ankäufen oft hat
übervorteilen lassen?"

„Übervorteilen lassen?"   Frau Claudine hüstelte
betreten. „Kann schon sein. Er hat, wie ich schon er=
wähnte, Unsummen für seine Schnurrpfeifereien ver=
geudet. Aber wieso stellst du die Frage?"

„Doktor Bürgli äußerte gelegentlich bei Frau Givet,
daß Onkel oft recht leichtgläubig gewesen sein muß."

„Doktor Bürgli mag sich äußern, wie er Lust hat."

„Du hast eine Abneigung gegen ihn, liebe Tante."

„Oh, nicht doch -- keineswegs, Jeanne! Obgleich
ich einen Grund dazu hätte. Vor einem Vierteljahr,
kurz bevor du zu mir kamst, habe ich meines teuren
Maurices Sammlung von ihm besichtigen und abschätzen
lassen, weil ich sie verkaufen wollte. Herr Doktor Ar=
mand Bürgli gefiel sich darin, über den Wert vieler Stücke
sehr abfällig zu urteilen. Er nannte einen großen Teil
Gerümpel. Ich habe dann die Verkaufsabsicht auf=
gegeben, weil ich das Andenken meines Maurices in
Ehren halten wollte. Wie oft hat er nicht beteuert, daß
seine Sammlung ein Prachtstück aufweise, das in der
ganzen Welt ohnegleichen sei!"

„Was ist das?"

„Ein antiker Schmuck. Mein seliger Maurice nannte
ihn die Azhischlange oder auch den Armreif der Stateira.
Und ich nenne ihn die lachende Azhischlange."

„Die lachende Azhischlange? Wie verhält sich's damit?"

„Sie ist das Hochzeitsgeschenk Alexanders des Großen an seine Braut, die persische Königstochter Stateira."

„Dann ist der Armreif gewiß sehr schön und kostbar?"

Frau Claudine lachte spöttisch auf. „Schön und kostbar heiße ich anders. Wenn ich Alexander der Große gewesen wäre, hätte ich meiner Braut zum wenigsten nicht einen silbernen, sondern einen goldenen Schlangenreif geschenkt."

„Aber warum nennst du die Schlange lachend?"

„Sie ist hohl. Wenn man das Ding schüttelt, klappert es inwendig. Mein seliger Maurice versicherte, dies sei ein besonderer Beweis für die Echtheit." Frau Claudine hob verächtlich die Schultern. „Er behauptete, das klirrende Geräusch bedeute Lachen. Da Alexander der Große seiner Braut einen hohlen Armreif schenkte, muß er jedenfalls ein sehr sparsamer Herr gewesen sein."

„Und wie sprach sich Doktor Bürgli über den Armreif aus?"

„Doktor Bürgli? Nachdem er im allgemeinen über meines seligen Maurices Sammlung so wegwerfend geurteilt hatte, sah ich von der Ehre ab, mich von ihm über den Wert der Azhischlange belehren zu lassen. Dein drittes Wort ist übrigens Doktor Bürgli. Du hast dich doch nicht etwa in ihn verliebt?"

„Oh, Tantchen," stammelte Jeanne, während ein leichtes Rot über ihr Gesicht huschte, „ich — ich ... Es war rein zufällig."

„Hoffentlich. Auch wenn mein Plan für dich und Gaston nicht feststünde, könnte aus dir und Bürgli nie etwas werden. Er ist ein Mann ohne Amt und Namen. Kunsthistoriker nennt sich Herr Doktor Armand Bürgli. Aber die Kunst, die er betreibt, ist brotlos. Außerdem ist er, wie man mir gesagt hat, ein wirrer Kopf."

„Wer hat ihn denn bei dir verleumdet, liebe Tante?"

„Verleumdet nicht. Aber Profeſſor Picard hat ihn
ſo bezeichnet. Deſſen Sachkenntnis dürfteſt du wohl
anerkennen. Er iſt nicht umſonſt, was allbekannt iſt,
der Verfaſſer von einer Reihe bedeutender Werke. Vor
Jahren hat ſich Profeſſor Picard die Sammlung meines
teuren Maurices angeſehen und ſie ſehr gelobt. Mein
Maurice erachtete ihn für eine Größe erſten Ranges."

„Und Doktor Bürgli denkt von ihm das Gegenteil."

„Das iſt Gelehrtenneid. Sie haben beide vor einiger
Zeit einen Streit miteinander gehabt. Daraus erwächſt
leicht bittere Mißachtung."

„Ich werde mit dir über die Befähigung der beiden
Herren nicht rechten, liebe Tante. Aber auf die Azhi=
ſchlange bin ich jetzt neugierig geworden. Willſt du ſie
mir nicht einmal zeigen?"

„Das kann geſchehen."

Die hohe Flügeltür des Salons öffnete ſich. Ein
Diener in dunkelgrüner Livree meldete die Ankunft
Gaſton Pleſſis'.

„Er iſt mir willkommen," verſetzte Frau Claudine
würdevoll. „Ich werde es," wandte ſie ſich an Jeanne, als
der Diener gegangen war, „ſo einrichten, daß ihr allein
bleibt, wenn Gaſton ſeine Angelegenheit mit mir er=
ledigt hat. Du kennſt meinen Willen, und ich erwarte,
daß dein Verhalten Gaſton gegenüber meiner Abſicht
entſpricht. Ihn ſelbſt werde ich ſogleich in die erforder=
liche Behandlung nehmen."

„Aber liebe Tante . . ."

„Bitte, kein Aber," ſchnitt Frau Claudine den Ein=
wurf ab und klopfte mit dem Fuß unmutig auf den
kurzgeſchorenen Perſerteppich.

„Wenn du darauf beſtehſt, daß ich . . ."

Ohne Jeanne ausreden zu lassen, sprang Frau Cor=
donnier von ihrem Sessel auf und schloß ihre Nichte
mit überschwenglicher Zärtlichkeit in die Arme. „Ich
wußte es ja, daß du ein verständiges Mädchen bist.
Doch still jetzt, ich höre Gaston kommen."

Gaston Plessis, eine biegsame Männererscheinung mit
offenem Gesichtsausdruck und dunkelblitzenden Augen,
begrüßte die Damen und erkundigte sich nach ihrem
Befinden. Dann ergriff er die Hand der Tante und
streichelte sie lieblosend. „Du wirst meinen Brief er=
halten haben. Darf ich dich um Antwort bitten?"

Jeanne warf einen teilnehmenden Blick auf Gaston
und verließ den Salon.

„Die ist nicht so kurz gegeben, liebster Gaston,"
erwiderte Claudine mit einem kühlen Lächeln. „Also,
ich soll dir fünfzigtausend Franken schenken?"

„Eigentlich nur leihen, Tantchen."

„Oh, das läuft auf das gleiche hinaus. Und mit
dieser Summe beabsichtigst du, Fabrikant zu werden."

„Nein, in eine schon bestehende Fabrik als Teilhaber
einzutreten, um dort meinen neuen Motor zu bauen."

„Und daraufhin zu heiraten."

„Allerdings, auch dies."

„Es ist wohl sogar die Hauptsache. Liebster Gaston,
ich bin bereit, dir die Summe zukommen zu lassen,
gerade deshalb, damit du heiraten kannst."

„Wie überaus großherzig von dir, beste Tante!"

„Aber ich stelle dabei eine Bedingung: Du heiratest
Jeanne."

„Wen?" fuhr Gaston überrascht auf.

„Jeanne Avillon, deine Cousine." entgegnete Frau
Claudine in liebenswürdigem Ton. „Nicht Fleure
Givet."

„Tante, beste Tante Claudine, ist das auch wirklich dein Ernst?"

„Ich pflege in wichtigen Dingen nicht zu scherzen."

„Aber wie kommst du auf diesen Einfall?"

„Weil Jeanne mir soeben mitgeteilt hat, daß sie deine Werbung annehmen wird, wenn du dich ihr jetzt erklärst."

„Das sollte Jeanne gesagt haben? Sie weiß doch, daß ich . . ."

„Gefühlswandlungen gehören nicht zu den Unmöglichkeiten. Die Sachlage ist die, mein lieber Gaston: Wenn du um Jeanne anhältst, wie ich es wünsche, so weise ich dir noch heute fünfzigtausend Franken an. Baue damit meinetwegen einstweilen deinen berühmten Liliputmotor. Heute, wo durch den Krieg der Absatz nach Deutschland, Frankreich und Italien gehemmt ist, wirst du mit dem Geld und zugleich mit deiner Ingenieurweisheit bald zu Ende sein. An eurem Hochzeitstag gebe ich Jeanne eine Mitgift von hundertfünfzigtausend Franken, und dann trittst du wieder in den Justizdienst ein. Also, wie denkst du über meine Vorschläge, mein lieber Gaston?"

„Aber Fleure Givet, Tante?"

„Sie wird sich zu trösten wissen. Es ist nicht der erste Fall dieser Art."

„Ich würde mir aber stets als ein Wortbrüchiger erscheinen."

„Der Besitz eines ansehnlichen Vermögens wird dieses Herzeleid bald heilen. Reichtum ist für einen Mann der kräftigste Schrittmacher, der ihn auf seinem Lebensweg im Schwung vorwärts reißt. Diese allmächtige Wirkung habe ich in allernächster Nähe verspürt. Cordonnier war reich, sehr reich. Diesem Vorzug verdankte er fein Ansehen, sonst aber war er ein ausgemachter Hohlkopf."

„So nennst du Onkel Maurice, Tante, obgleich du ihm immer vor der Welt Achtung und Zuneigung bezeigt haft?"

„Man muß den Mantel nach dem Wind drehen, liebster Gaston. Über mein offenes Bekenntnis wirst du freundlichst schweigen. Aber nun wieder zur Sache! Bist du willens, Jeanne um ihre Hand zu bitten?"

„Wenn ich es nun nicht tue, Tante?"

„Dann streiche ich das Vermächtnis, das ich für dich in meinem Testament festgesetzt habe."

Gaston Plessis sah sinnend vor sich nieder. „Wenn ich wirklich bei Jeanne anhalte," fragte er nach einer Pause, „und sie lehnt meinen Antrag ab, was dann?"

„So hast du deine Schuldigkeit getan. Verharrst du jedoch bei deiner Weigerung, enterbe ich dich bestimmt, ganz bestimmt, bester Gaston. Aber quäle dich nicht un= nütz. Jeanne wird dir mit Ja antworten. Ich verspreche es dir im voraus." Um Claudines schmale Lippen zuckte verstohlen ein überlegenes Lächeln. „Du wirst dem= nach noch heute die erbetenen fünfzigtausend Franken besitzen und mich als deine großmütige Tante verehren können."

„Du bist sehr gütig," versetzte der Ingenieur mit gepreßter Stimme. „Ich werde deinem Wunsch Folge leisten. Wenn aber mich Jeanne doch aus irgend einem Grunde abweisen sollte, wirst du ihr dann nicht zürnen?"

„Darüber brauchst du nicht besorgt zu sein. Ich bin überzeugt, ich kann dir in wenigen Minuten zu deiner Verlobung mit meiner lieben Jeanne gratulieren."

Claudine Cordonnier schritt selbstgefällig zur Tür

des Salons und rief in das Nebenzimmer hinein: „Jeanne, wo bleibst du denn?"

Jeanne trat mit sichtlicher Befangenheit ein. Frau Cordonnier wandte sich mit aufmunternder Freund= lichkeit an sie: „Unsere engeren Angelegenheiten, liebste Jeanne, sind zu beiderseitiger Befriedigung erledigt. Ich muß mir jetzt leider die Spitzen ansehen, die mir zur Auswahl zugesendet worden sind. Leiste du einst= weilen unserem Gaston Gesellschaft."

Dem Neffen vertraulich zunickend, begab sich Clau= dine aus dem Salon.

„Jeanne," begann Gaston, indem er sich aufstraffte, „ich habe einen Wunsch der Tante zu erfüllen. Davon, wie du ihn aufnimmst, hängt mein ferneres Geschick ab. Du wirst ahnen, was ich meine. Darf ich weiter= sprechen?"

„Bitte."

„Nun denn, ich halte um deine Hand an."

„Ah! Du hast dich von Tante umstimmen lassen und willst dich von Fleure Givet trennen?"

„Das hängt eben ganz von dir ab. Fleure wird verzweifelt sein, wenn du mir eine bejahende Antwort erteilst. Gewiß. Aber sie wird sich später trösten. So versichert es wenigstens Tante. Nach ihren Andeutungen muß ich glauben, daß du der gleichen Anschauung bist. Tante Claudine hat so überzeugend gesprochen, daß ich einsehe, ein Mann kann für seine Ziele das Machtmittel des Geldes nicht entbehren."

„Und das hoffst du durch mich zu gewinnen?"

„Ja, ich begehre dich zur Frau, weil du mir ein Ver= mögen in die Ehe mitbringen wirst."

„Oh, pfui, Gaston!"

„Du verachtest mich wegen dieser Gesinnung?"

„Aus ganzem Herzen."

„Und weist meine Werbung zurück."

„Auf das bestimmteste."

Gaston Plessis lachte hellauf und schritt auf Jeanne zu. „Deine Ablehnung ist Musik für meine Ohren. Liebste, beste Jeanne, ich danke dir beglückt für diesen Korb!"

Jeanne starrte Gaston fassungslos an. „Du freust dich darüber? Aber so erkläre mir doch . . ."

„Sofort." Er lachte von neuem vergnügt. „Es ist prächtig, herrlich, Jeanne, daß du mich nicht willst. Tante Claudine versprach, mir fünfzigtausend Franken auszuzahlen, wenn ich um dich anhalten wolle. Das ist geschehen, und das Geld ist mir demnach sicher. Da du mich verschmähst, brauche ich dich obendrein nicht zu heiraten. Ich habe ein kleines Possenspiel mit dir getrieben. Ich dachte es mir, daß Tantchen wieder eine ihrer niedlichen Zettlungen angesponnen hatte, als sie behauptete, du seist mir zugetan und möchtest die Meine werden. Ich gehorchte deshalb nur scheinbar ihrem Verlangen und begründete meine Werbung mit der unzarten Betonung deiner Mitgift absichtlich zu dem Zweck, daß du mich empört abwiesest. Denn ich liebe Fleure noch so heiß wie je zuvor. Jeanne, liebe Jeanne, willst du mir um Fleures willen mein Doppelspiel gegen dich verzeihen?"

In Jeannes Gesicht zuckte es fröhlich auf. „Du bist ein ganz durchtriebener Mensch!" rief sie lachend und reichte ihm die Hand. „Ich achte dich, weil du Fleure die Treue bewahrst."

„Jetzt habe ich noch eine Bitte an dich," erwiderte Gaston mit einem verschmitzten Lächeln. „Wenn nachher Tante erscheint, so sei nach Möglichkeit entrüstet über die schnöde Geldsucht, die ich bei meiner Werbung um dich offenbart habe."

„Warum?"

„Du wirst meinen Wunsch bald verstehen. Wir wollen unsere klug berechnende Tante mit der eigenen Waffe schlagen."

Jeanne blickte unschlüssig auf Gaston. „Ich möchte zu Tante nicht unehrlich sein."

„Tante selbst hat über Ehrlichkeit ihre besonderen Ansichten. Ich habe mich jetzt mit dem Verlust abgefunden, aber ich erinnere dich, daß nach Onkel Maurices Tod sein Testament spurlos verschwunden war, in dem für mich und für dich eine zweifellos beträchtliche Auszahlung angeordnet und eine große Summe für wohltätige Stiftungen ausgeworfen war."

„Die Abfassung des Testaments steht doch nicht unbedingt fest."

„Onkel Maurice versicherte mir wiederholt vertraulich, er habe für mich und für dich in seinem Testament reichlich gesorgt. Und Onkel Maurice war ein aufrichtiger Mann. Du kannst mich deshalb bei dem Streich, den ich gegen Tante plane, unbedenklich unterstützen. Nun noch etwas Erfreulicheres. Du tatest vorhin mit der Abweisung ein gutes Werk an mir. Ich werde dir Gleiches mit Gleichem vergelten." Er beugte sich zu ihr. „Jeanne, darf ich dir verraten, daß Doktor Bürgli sterblich in dich verliebt ist?"

„Armand liebt...?" In Jeannes Wangen schoß glühende Röte.

„Armand nennst du ihn?" Gaston legte fröhlich den Arm um ihre Schultern. „Damit hast du eingestanden, daß auch du ihn gern hast. Eine junge Dame nennt nur den beim Vornamen, den sie im stillen liebt.

Er wird aufjubeln, wenn ich ihm von meiner Entdeckung
berichte."

„Aber ich bitte dich, Gaston!"

„Ihr beide braucht einen Vermittler. Bei seiner
Schüchternheit würdet ihr sonst nie einig." Jeanne
blickte Gaston schelmisch an. „Und zwischen uns beiden,"
fuhr er neckisch fort, „herrscht nun wieder das beste Einvernehmen. Ist es nicht spaßig, daß zwei Menschen beglückt sind, weil sie sich nicht lieben und nicht heiraten
wollen?"

„Ah, was sehe ich?" In der geöffneten Salontür
stand Frau Cordonnier. Hastig schritt sie heran. „Darf
ich euch zur Verlobung beglückwünschen? Die Freude
in euren Gesichtern zeugt mir dafür."

„Wir hatten uns entzweit, Tante," wandte sich
Gaston ihr zu, „aber ich habe eben Jeanne wieder mit
mir versöhnt."

„So ist es recht. Ein Mann darf sich nicht gleich
zurückschrecken lassen."

„Ich bin es aber ein für allemal. Jeanne hat
meine Werbung mit einem dauerhaften Korb beantwortet. Sie war empört."

„Einen Korb? Jeanne, du? Und empört?" Frau
Claudine starrte ihre Nichte versteinert an.

„Ja, Tante, ich mußte es. Gaston hat mich bei
seinem Antrag aufs tiefste verletzt. Er erklärte mir un-
verhüllt, er halte um mich des Geldes wegen an. Ist
eine solche Denkungsweise nicht wirklich abscheulich?
Oder billigst du sie etwa?"

„Ich?" Claudine Cordonnier ließ sich auf einen
Sessel sinken. „Gaston, wie kommst du zu einem so
unerhörten Verstoß?" fragte sie streng.

„Ich habe mich zu deiner Lebensauffassung bekehrt,

daß Geld die ausſchlaggebende Macht iſt. Du ſelbſt
legteſt mir dar, es ſei das einzig Richtige, den Geld=
punkt in Betracht zu ziehen."

„Tante," warf Jeanne ein, „durch dich ſoll Gaſton
zu der Ungebührlichkeit gegen mich beſtimmt worden
ſein?"

Frau Claudines Augen flackerten unruhig. „Gaſton
hat meine Worte völlig falſch ausgelegt. Ich betonte nur
allgemein den Wert des Geldes für das Vorwärts=
kommen des Mannes. Nicht im entfernteſten iſt es
mir eingefallen in einer ſo heiligen Sache, wie es die
Ehe iſt, den Geldbeſitz als den entſcheidenden Umſtand
hinzuſtellen. Du kennſt mich doch zur Genüge, liebſte
Jeanne. Ich finde wie du eine ſolche Gemütsverrohung
abſcheulich, im höchſten Grade abſcheulich."

„Dann hat ſich alſo," verſetzte Gaſton, „ein Mißver=
ſtändnis eingeſchlichen. Aber daran iſt nun nichts mehr
zu ändern. Hoffentlich trägſt du mir mein Verſehen
nicht nach, Tante. Du ſpielteſt eben nochmals auf
den Wert des Geldes für das Vorwärtskommen des
Mannes an. Daher wirſt du es mir verzeihen, wenn
ich dich jetzt bitte, mir die in Ausſicht geſtellten fünfzig=
tauſend Franken anzuweiſen."

„Welche fünfzigtauſend Franken?" fragte Frau
Claudine ſcharf.

„Die du mir verſprochen haſt, wenn ich um Jeanne
anhielte. Ich habe die Bedingung erfüllt, alſo..."

Claudine Cordonnier reckte ſich in ihrem Seſſel
auf. „Bei dir ſcheinen heute Mißverſtändniſſe auf
der Tagesordnung zu ſtehen, beſter Gaſton." Sie lachte
ſpöttiſch auf. „Ich verſprach dir fünfzigtauſend Fran=
ken, wenn du um Jeanne anhielteſt, aber auch unter
der ſelbſtverſtändlichen Vorausſetzung, daß ſie dich er=

hörte. Das ist nicht geschehen, und darum bin ich auch
nicht zur Auszahlung der Summe verpflichtet. Die
Einbuße hast du selbst verschuldet. Denn nur wegen
der Taktlosigkeit, mit der du deinen Antrag begründetest,
lehnte ihn unsere liebe Jeanne mit Recht ab."

In Gastons Gesicht prägte sich grenzenlose Überraschung aus. „Ah so," stammelte er, „auf diese feine
Wendung war ich nicht gefaßt. Ich vergaß deine ange-
borene Diplomatie. Aber," fuhr er gesammelter fort,
„wenigstens verübelst du es mir nun nicht, wenn ich mich
mit Fleure verlobe."

Frau Claudine überlegte. „Ich könnte zwar jetzt,"
sagte sie bedächtig, „das Vermächtnis für dich in meinem
Testament streichen. Doch da du nur durch deine Un-
geschicklichkeit die Annahme deiner Werbung um Jeanne
verdorben hast, so verbietet es mir meine Herzensgüte,
dir zu grollen. Glaubst du in heutiger Zeit einen Haus-
stand gründen zu können, so verlobe dich meinetwegen
mit Fleure Givet. Du wirst ja sehen, wie du dabei fährst."

Gaston Plessis empfahl sich den Damen. „Die
Hoffnung auf eine Beihilfe von dir, Tante," sagte er
beim Weggehen, „habe ich nun endgültig begraben.
Ich muß jetzt auf andere Weise Rat zu schaffen suchen.
Ich vertraue auf die Gunst des Glücks."

„Ich gönne sie dir aufrichtig, liebster Gaston. Indessen ist auf das Glück und seine Gunst ein recht unsicherer Verlaß."

———

Fünf Tage später stattete Doktor Armand Bürgli
der Familie Givet einen Besuch ab, um Fleure zu ihrer
Verlobung mit Gaston Plessis zu beglückwünschen.

Man saß in dem behaglich eingerichteten Wohn-
zimmer um den Sofatisch. Der Kunsthistoriker hatte

neben Frau Givet Platz genommen, Fleure schmiegte
sich zärtlich an ihren Bräutigam.

„Sie glauben also," wandte sich Doktor Bürgli,
in dessen durchgeistigtem Gesicht freudige Erwartung
leuchtete, an die Braut, „daß Frau Cordonnier mit
Jeanne heute vormittag gratulieren wird?"

„Ganz bestimmt. Wir haben Frau Cordonnier
vorgestern unsere Verlobungsanzeige zugesandt. Gestern
nachmittag erhielt ich einen Brief von Jeanne."
Fleure Givet, ein frisches Mädchen mit schwarzem Kraus=
haar, schritt zu einem Ecktischchen und zog aus einem
Buch einen gelbgetönten Briefbogen heraus. „Hier ist
er." Sie kehrte zu Gaston zurück und las: „Tante und
ich werden Ihnen morgen mittag gratulieren. Es steht
Ihnen eine wunderbare Überraschung bevor. Vielleicht
benachrichtigen Sie Doktor Bürgli, damit er bei unserem
Besuch anwesend ist. Seine Kenntnisse werden Ihnen
von Nutzen sein."

„Ob Jeanne deine Anwesenheit nur wegen deiner
Kenntnisse wünscht?" bemerkte Gaston Plessis launig.

Bürglis ernste Züge verklärten sich. „Ich hoffe,
daß auch ein anderer Grund mitspricht."

„Nun," rief Fleure lachend, „sie wird sich ja vor=
stellen können, daß Gaston Ihnen von ihrer Zuneigung
zu Ihnen erzählt hat."

„Beuten Sie," mischte sich Frau Givet, eine etwas
versorgt aussehende Dame mit leichtergrautem Haar,
in die Unterhaltung, „das heutige Beisammensein mit
Jeanne nur tüchtig aus, und bemühen Sie sich zugleich,
sich das Wohlwollen Frau Cordonniers zu gewinnen."

„Das dürfte ein schweres Stück werden," erwiderte
Armand Bürgli beklommen. „Doch meiner Liebe
wegen unterziehe ich mich dieser Herkulesarbeit gern."

„Ich habe mir übrigens den Kopf zerbrochen," versetzte Gaston Plessis, „wieso uns deine Kenntnisse bei Tante Claudines Besuch von Nutzen sein können."

Es klingelte an der Flurtür. Wenige Augenblicke später rauschte Claudine Cordonnier in einem dunkel= blauen Seidenkleid in das Zimmer. Mit einem Rosen= strauß und einem länglichen Kästchen folgte ihr Jeanne.

Frau Claudine nahm ihr den Strauß ab. „Meine süße, einzige Fleure!" rief sie mit gezwungener Liebens= würdigkeit und eilte auf die Braut zu. Sie küßte sie auf die Wangen. „Meine herzliche, allerherzlichste Gratulation zu Ihrer Verlobung. Sie können sich nicht denken, meine teure Fleure, wie entzückt ich von der Erfüllung Ihres Herzenswunsches bin. Der Frauen Lebenszweck ist ja die Liebe."

Sie drückte Gaston die Hand und begrüßte Frau Givet mit einem Schwall von Höflichkeitsphrasen.

Dann wandte sie sich an den Kunsthistoriker, der in= zwischen einige Worte mit Jeanne ausgetauscht hatte. „Daß Sie gerade hier sind, ist mir überaus angenehm. Ihr bewährtes Kunsturteil, vor dem ich die höchste Achtung empfinde, wird sich im glänzendsten Licht zeigen können." Sie setzte sich mit Jeanne an den Sofatisch, ließ sich das Kästchen geben und öffnete es. Auf dem roten Samtpolster ruhte ein gewundener silberner Armreif.

„Die Azhischlange," sagte sie feierlich.

„Der Armreif der ...?" entfuhr es Doktor Bürgli.

„Ja, die Azhischlange oder der Armreif der Sta= teira," wiederholte Frau Claudine nachdrücklich. „Er soll Ihr Verlobungsgeschenk sein, liebste Fleure. Ich habe ihn der Sammlung meines unvergeßlichen Maurices entnommen. Es war sein kostbarstes Stück,

auf das er unglaublich stolz war. Als ich die Schlange
gestern Jeanne vorlegte, war sie ganz bezaubert. Nicht
wahr, Jeanne? Ich trenne mich nur schwer, sehr schwer
von dem Kleinod. Doch ich bin überzeugt, daß Ihnen
dieses Opfer die Größe meiner verwandtschaftlichen
Zuneigung verdeutlichen wird. Hören Sie, bitte,
die Geschichte des denkwürdigen Armreifes." Sie zog
aus dem Kästchen einen engbeschriebenen Papierstreifen.
„Es sind die Nachrichten, die mein seliger Maurice über
ihn zusammengetragen hat. Aber, bester Doktor,"
redete sie Bürgli an, „Sie sind Fachmann. Sie werden
uns Laien am gründlichsten über das unvergleichliche
Kunstwerk des Altertums unterrichten können." Huld=
voll überreichte sie ihm den Papierstreifen.

Bürgli überflog die Niederschrift, hob den Armreif
aus dem Behälter und begann: „Es wird Ihnen
erinnerlich sein, daß Alexander der Große, nachdem er
den Perserkönig Dareios besiegt und ganz Kleinasien
erobert hatte, die älteste Tochter des Dareios, die Sta=
teira, im Jahre 325 vor Christo in Susa heiratete. Als
Hochzeitsgeschenk ließ er für sie einen Armreif arbeiten,
der die Vereinigung des hohen Paares und zugleich
die Verschmelzung des Griechentums mit dem Orient
versinnbildlichen sollte. Die näheren Angaben über
das Kunstwerk verdanken wir dem griechischen Schrift=
steller Athendos." Doktor Bürgli hielt einen Augenblick
inne und hüstelte verlegen. „Betrachten Sie nun den
Reif selbst. Der gewundene, fünf Zentimeter breite,
im Durchschnitt ovale Schlangenleib stellt die Wolken=
schlange Azhi dar, in der persischen Religion das Sinn=
bild des Segens. Hier, in der Mitte ihres Leibes,
heben sich von dem glatten Untergrund zwei reliefartig
erhöhte Figuren ab. Die männliche mit den Gesichts=

zügen Alexanders des Großen gibt den Sonnengott
Mithra wieder. Die weibliche, die wir uns als die per=
sische Königstochter Stateira vorstellen müssen, ver=
körpert die persische Wassergöttin Ardvisura Anahita.
Alexander=Mithra reicht Stateira=Ardvisura Anahita
einen Zweig der heiligen Haomapflanze dar, die im
persischen Glauben als Sinnbild der Unvergänglichkeit
galt."

„Wundervoll, wundervoll!" hauchte Claudine Cor=
donnier.

„Ja," bemerkte mit einem Kopfnicken Frau Givet,
„wundervoll ist auch die Erhaltung. Sind doch seit
der Anfertigung des Armreifes über zweitausendzwei=
hundert Jahre verflossen."

In Claudines Gesicht zuckte es unruhig. „Sie
vergaßen, lieber Herr Doktor," redete sie Bürgli an,
„die Krönchen."

„Die Krönchen? Ah, Sie meinen die über den
Leib der Schlange verteilten, in Kreisen angeordneten
Zäckchen. Nein, Krönchen sind das nicht. Vielmehr sind
es die Fassungen, in denen ehemals Edelsteine saßen.
Man hat sie herausgebrochen. Athenäos erwähnt die
Besetzung des Schlangenleibes mit Edelsteinen. Sie
sollen höchst kostbar gewesen sein."

„Wie schade, daß sie fehlen!" fiel Frau Cordonnier
bedauernd ein. „Ich hätte es viel lieber gesehen, wenn
sie ... Doch," brach sie ab, „nach den von meinem seligen
Maurice aufgezeichneten Vermerken besitzt die Azhi=
schlange noch eine besondere Eigenheit."

„Die wäre?"

„Geben Sie mir, bitte, den Reif." Claudine schüt=
telte ihn hin und her. Aus dem Innern des Schlangen=
leibes wurde ein klirrendes Geräusch vernehmbar.

„Hören Sie das Kichern?" rief Frau Cordonnier froh=
lockend.

„Richtig," versetzte Bürgli, „diese Eigenheit ließ
ich außer acht. Athendos berichtet, der Armreif habe,
als ihn Stateira bei der Vermählungsfeier trug, ein
perlendes Lachen erklingen lassen. Alexander der Große
habe diese Einrichtung selbst angeordnet. Das Lachen sollte
ein hörbares Zeichen von Stateiras Glücksgefühl sein."

„Alexander der Große," sagte Gaston, „war anschei=
nend ein erfinderischer Kopf."

„Wie schätzen Sie dieses Kunstwerk?" fragte Clau=
dine forschend.

„Abschätzen," wich Bürgli aus, „kann man den
Wert solcher Sachen leider nur sehr schlecht. Es handelt
sich hier um Liebhaberpreise."

„Freilich, freilich. Aber mein guter Maurice, dessen
Kunstverständnis außer allem Zweifel steht, wenn er
auch natürlich zuweilen fehlgriff, äußerte wiederholt,
er würde ihn nicht für viele Tausende verkaufen."

„Oh, Frau Cordonnier," rief Fleure lebhaft, „wie
konnten Sie mir ein so teures Geschenk machen?"

„Bitte, bitte, liebste Fleure, der Kostenpunkt ist
mir für Sie nicht von Belang. Gehören Sie doch nach
Ihrer Verheiratung zu meiner Familie."

„Frau Cordonnier," fragte Frau Givet, „wollen
Sie sich nicht die übrigen Verlobungsgeschenke ansehen?
Sie sind drüben."

„Gern, sehr gern."

Die beiden alten Damen schritten in das Neben=
zimmer. Das Brautpaar schloß sich ihnen an.

„Fräulein Avillon," stieß Doktor Bürgli erregt her=
vor, „glauben Sie, daß Ihre Tante die Azhischlange
tatsächlich für wertvoll hält?"

„Nach meinem Gefühl ist sie dieser Ansicht gewiß nicht."

„Also habe ich mich nicht geirrt! Aber der Sicherheit wegen wollte ich doch die Frage in aller Eile an Sie richten. Ich kann Ihnen kaum ausdrücken, wie sehr es mich freut, mit Ihnen unbeaufsichtigt sprechen zu dürfen."

Jeanne blickte befangen zu Boden.

„In Frau Cordonniers Gegenwart konnte ich Sie nicht darüber befragen. Und doch drängte es mich, über diesen Punkt Klarheit zu besitzen."

In Jeannes Gesicht malten sich Enttäuschung und Bestürzung. „Nur deshalb . . .?"

Armand Bürgli stutzte. „Nein, tausendfältige Entschuldigung!" flüsterte er verwirrt. „Er ist eigentlich Nebensache. Bitte . . . nein, meine Freude hat noch einen tieferen Grund. Ich danke Ihnen aus vollem Herzen, daß Sie Gastons Werbung ablehnten und . . ."

„Jeanne!" rief Frau Cordonnier aus dem Nebenzimmer, dessen Tür etwas offen stand.

„Ich muß . . ."

„Ich schöpfe daraus die Hoffnung," unterbrach sie der Kunsthistoriker hastig, „daß nur wahre Zuneigung bei Ihnen entscheidet, und daß ich vielleicht . . ."

„Jeanne!" rief Frau Cordonnier zum zweiten Male unwillig.

„Darf ich, Jeanne?" fragte Bürgli heiß.

Ein warmer Blick traf ihn aus Jeannes Augen, aber ein wehmütiger Ton bebte in ihrer Stimme. „Ohne Tantes Einwilligung bin ich machtlos."

„Die werde ich niemals erhalten."

Mit raschen Schritten eilte Jeanne in das Nebenzimmer. Armand Bürgli seufzte schwer. Als sich

seine schmerzliche Erregung gelegt hatte, ergriff er den
Armreif und betrachtete ihn sinnend.

Nach einiger Zeit erschien Claudine Cordonnier.
„Es sind nette, sehr nette Geschenke," sagte sie gnädig zu
Frau Givet, die an ihrer Seite ging. „Fleure wird sich
ihr Schmuckzimmer damit ganz niedlich ausstatten kön=
nen. Und bei Ihren Empfangsabenden und Festlichkeiten,
beste Fleure," redete sie diese gewinnend an, „tragen
Sie die Azhischlange. Sie werden den Neid aller Ihrer
Freundinnen erwecken."

„In unserer Häuslichkeit wird es sehr still hergehen,"
erwiderte Fleure bescheiden.

„Oh, oh!" wehrte Claudine ab. „Gaston wird ja
in Kürze seinen bahnbrechenden Motor bauen und sich
an einer großen Fabrik beteiligen. Eine gute Erfindung
bringt Geld ein. Dann werden Sie ein glänzendes Haus
führen. Nicht wahr, Gaston?" fragte sie spitz.

„Die Aussichten sind kläglich."

Bald darauf empfahlen sich die Besucherinnen.

———

Als Frau Cordonnier und Jeanne gegangen waren,
sagte der Ingenieur: „Nun, Armand, sprich einmal
ehrlich deine Meinung aus. Wie urteilst du über die
Azhischlange?"

„Ich halte sie für unecht."

„Für unecht?" riefen Fleure und Frau Givet über=
rascht wie aus einem Mund.

„Ja, meine Damen, ich muß mich leider zu dieser
Ansicht bekennen. Vor ungefähr einem Vierteljahr habe
ich schon den Armreif bei Frau Cordonnier gesehen, in=
dessen ihr damals meine Bedenken über ihn verhehlt.
Dagegen äußerte ich mich offen über die Wertlosigkeit
anderer Stücke. Frau Cordonnier grollt mir seitdem.

Wie ich mir unter diesen Umständen Jeannes kleine Hand erringen kann, ist mir ein Rätsel. Das kann aber nicht meine Überzeugung von der Unechtheit des Armreifes ändern."

„Worauf stützt sie sich, Armand?" fragte Gaston gespannt.

Doktor Bürgli ergriff den Armreif. „Zunächst ist überliefert, daß Alexander der Große nur dem Erzarbeiter Lysippos das Recht eingeräumt hat, ihn bildlich darzustellen." Er drehte die untere Seite des Schlangenleibes nach oben. „Hier steht aber als Künstler in griechischen Buchstaben leider angegeben Elpenor. Doch dies wäre nicht von allzu beträchtlicher Bedeutung. Wichtiger ist es schon, daß auf dem Bildwerk Stateira-Arvisura kein persisches Kleid, sondern ein altassyrisches Gewand trägt. Wir besitzen nur verhältnismäßig wenige persische Altertümer mit Frauengestalten und der Kleidung aus der Zeit des Königs Dareios. Der Fälscher wird sich also so geholfen haben, daß er sich ein altassyrisches Siegel mit einer Frauenfigur zum Muster für die Kleidung der persischen Königstochter nahm."

„Ziemlich einleuchtend," bemerkte Gaston.

„Nun gelange ich zum Hauptgrund, weshalb ich eine Fälschung voraussetzte. Frau Cordonnier sprach von diesen Krönchen hier, die ich ihr als die Zäckchen für die Fassung der Edelsteine erklärte. Nichts anderes sollen diese kreisförmig angeordneten Zäckchen tatsächlich auch sein. Unsere Juweliere bezeichnen solche Edelsteine als à jour gefaßt. Diese Art der Fassung kannte man aber im Altertum noch nicht, sondern man faßte damals die Steine nur in schmalen Ringen."

„Ah," fuhr Fleure empor, „so wäre doch die Unechtheit zweifellos bewiesen?"

„Noch einen Augenblick. Vermutlich hat der Fäl=
scher von diefer Sachlage nichts gewußt, und er hat des=
halb für feine Fälfchung die jetzt beliebte Faffung à jour
gewählt. Aber es könnte immerhin noch eine zweite
Möglichkeit vorliegen."

„Die wäre?" fragte Frau Givet.

„Der Armreif könnte wirklich echt fein. Alexander
der Große könnte aber beftimmte Gründe gehabt haben,
warum er die Stateira=Ardvifura im altaffyrifchen Ge=
wand darftellen ließ. Als man nun den Armreif wieder
auffand, war vielleicht die urfprüngliche alte Faffung
der Steine abgebrochen. Der, der den Reif zuerft auf
den Kunftmarkt gebracht hat, kann geglaubt haben, daß
der Wert wüchfe, wenn diefer Schönheitsfehler befeitigt
würde. Und darum entfchloß er fich, die jetzige Faffung
einzufetzen, ohne zu bedenken, daß hierdurch das Stück
verdächtig wurde."

„Tante Cordonnier," verfetzte Fleure zu Gafton, „ift
jedenfalls von der Echtheit überzeugt."

„Na, na!" widerfprach er. „Ich möchte eher das
Gegenteil annehmen. Sie betonte die Koftbarkeit ihres
Gefchenkes zu ftark."

· „Ich traue ihr einen folchen Betrug nicht zu," warf
Frau Givet begütigend ein.

„Wenn Tante Claudine Ausgaben fparen kann,"
entgegnete Gafton fcharf, „belaftet fie fich mit keinerlei
Gewiffensfkrupeln. Denken Sie an das verfchwundene
Teftament Onkel Maurices mit dem Vermächtnis für
mich und Jeanne Avillon!"

„Ich glaube fogar beftimmt," fagte der Kunfthiftoriker,
„Frau Cordonnier hält die Azhifchlange für unecht. Sie
ift eine mehr als geizige Dame. Wenn fie dir, Gafton,
die Hergabe von fünfzigtaufend Franken abfchlug, fo

wird sie Sie, Fräulein Fleure, kaum mit einem Ge=
schenk bereichern wollen, das, wie sie erwähnte, ihrem
seligen Gatten nicht um Tausende feil gewesen wäre.
Außerdem meint Jeanne, ihre Tante schiene den Reif
nicht für wertvoll zu erachten."

„Jeanne?" fragte Frau Givet.

„Ja, sie machte mir vorhin eine Andeutung. — Ich
möchte Ihnen eine Probe vorschlagen," fuhr Bürgli
entschlossen fort. „Ich werde mit dem Armreif zu dem
Kunsthändler Lavisse gehen. Er hat sein Geschäft ganz
in der Nähe. Der Mann besitzt gerade in antiken
Schmucksachen eine langjährige Erfahrung und ein ge=
radezu verblüffend sicheres Urteil. Ich möchte hören,
wie er über die Echtheit des Armreifes denkt."

Gaston nickte. „Dein Vorschlag ist gut. Sollte er
sich deiner Auffassung anschließen, so schicke ich der
großmütigen Tante den Plunder sofort mit gepfeffertem
Dank zurück."

„Oh, Gaston!" besänftigte ihn Fleure.

Armand Bürgli steckte das Kästchen mit dem Arm=
reif zu sich. „In einer halben Stunde bin ich wieder
zurück."

———

Als Doktor Bürgli den Laden des Kunsthändlers
betrat, begrüßte ihn Lavisse, ein untersetzter, beweglicher
Mann mit listig glitzernden Augen, erfreut. „Ah, Herr
Doktor, haben Sie wieder etwas Eigenartiges?"

„Eigenartig ist es auf alle Fälle." Der Kunsthistoriker
legte das Kästchen auf den Ladentisch und öffnete es.
„Was sagen Sie hierzu?"

„Hm!" Lavisse rieb sich das Kinn. „Ist Ihnen der
Reif zum Kauf angeboten worden? Dann kann ich
Ihnen nur entschieden abraten."

„Warum?"

„Es ist eine Fälschung, allerdings sehr geschickt ge=
macht. Mir selbst wurde sie vor vier Jahren angeboten.
Ich kenne sogar den Verfertiger."

„Das ist nicht übel. Wer ist es?"

„Ein Italiener. Er stammt aus Rom. Pelnore
heißt er. Er ist ein sehr tüchtiger, jetzt freilich herunter=
gekommener Silberschmied, der das Fälschen antiker
Schmuckstücke gewerbsmäßig betreibt. Als er mir
damals den Reif verkaufen wollte, sagte ich ihm die
Fälschung auf den Kopf zu. Er machte anfänglich
einige Ausflüchte, räumte sie dann aber ruhig ein."

„Wissen Sie seine Adresse in Rom?" fragte Bürgli
erregt.

„Die ist nicht nötig. Er hielt sich vor vier Jahren
längere Zeit hier in Genf auf und ging darauf wieder
nach Rom zurück. Jetzt ist er abermals hier aufgetaucht.
Als Italien Österreich den Krieg erklärte und er einge=
zogen werden sollte, ist er hierher geflüchtet."

„Kann ich ihn sprechen?"

„Ja. Ich lasse öfters," versetzte Lavisse zwinkernd,
„von ihm gewisse Sachen verschönen. Haben auch Sie
Arbeit für ihn?"

„Das nicht. Wo hat Pelnore seine Wohnung, Herr
Lavisse?"

„In der Rue des Casemattes, Nummer 28. Ob Sie
ihn treffen, ist fraglich. Er trinkt gern einen Schoppen
Wein und verbringt seine Zeit mehr in den Kneipen als
zu Haus. Schade um den Mann. Wem gehört jetzt
der Armreif?"

„Darüber möchte ich aus Familienrücksichten schwei=
gen, Herr Lavisse. Ich bin Ihnen für Ihre gefälligen
Mitteilungen sehr dankbar und stehe Ihnen gern mit

Gegendiensten zu Gebote." Bürgli schob das Kästchen
in die Rocktasche.

Der Kunsthändler spitzte die Lippen. „Es tut mir
jetzt leid, daß ich den Reif damals nicht gekauft habe.
Es ist mit ihm etwas zu machen. Wer die Geschichte
klug anfaßt, kann aus ihm ein hübsches Stück Geld
herausschlagen."

Die letzte Bemerkung Lavisses hinterließ in Bürgli
einen eigentümlichen, zwiespältigen Nachklang. Auf
dem Weg zu Frau Givets Wohnung sann er ununter-
brochen über sie nach. Plötzlich blieb er mitten im
Straßengetriebe stehen und blickte starr zu Boden. Über
sein grübelndes Gesicht huschte ein heller Freudenschein.
Lachend stieß er hervor: „Bei Gott, so könnte es wohl
gehen!"

Gaston mit Frau Givet und Fleure waren über die
Heiterkeit, mit der er bei ihnen erschien, sehr erstaunt.

„Der Armreif ist wohl doch echt?" rief Fleure er-
wartungsvoll.

„Nein, er ist falsch."

„Und darüber freuen Sie sich so, Herr Doktor?
Schmeichelt die Feststellung Ihrem Gelehrtenstolz?"
sagte Frau Givet mit leisem Vorwurf.

„Das auch. Aber ich habe einen verschmitzten Feld-
zugsplan ausgeklügelt. Vielleicht holen wir von deiner
berechnenden Tante Cordonnier doch noch eine erkleckliche
Summe heraus, lieber Gaston."

„Wie willst du das anstellen?" fragte der Ingenieur
gespannt.

„Sie dürften sicher in Ihrer Erwartung getäuscht
werden," warf Fleure ungläubig ein.

„Ich bitte nur für einen Augenblick um gütige
Geduld," entgegnete Bürgli. „Du, Gaston," wandte

er sich an den Freund, „wirst morgen mit dem Armreif
Professor Picard aufsuchen."

„Professor Picard?" rief Frau Givet verwundert.
„Ihren Widersacher, soviel ich weiß?"

„Ja, er ist mein Widersacher, und ich bin der seine.
Er hat mir vor zwei Jahren, als ich noch mit ihm be=
freundet war, meine Arbeit über den Ursprung der
Brakteaten gestohlen. Ich legte ihm meine Abhandlung
zur Einsicht vor. Er verwarf meine darin entwickelten
Gedanken, veröffentlichte aber ein Vierteljahr darauf
selbst eine Arbeit, in der er meine Ausführungen im
wesentlichen wiedergab. Für diesen Vertrauensbruch
möchte ich ihn jetzt auf die Finger klopfen. Er ist ein
schurkischer Strohkopf."

„Beruhigen Sie sich, Herr Doktor!" mahnte Frau
Givet mütterlich.

„Ich bin ganz ruhig, Frau Givet. Also du fährst
morgen zu Picard, Gaston, bittest ihn um sein Gut=
achten über den Armreif, erzählst ihm, daß ihn Frau
Cordonnier deiner Braut zur Verlobung schenkte, und
erklärst ihm, daß ich ihn für unecht bezeichnete. Dann
wird er wahrscheinlich der gegenteiligen Ansicht sein.
Den weiteren Verlauf müssen wir abwarten. Soweit
ich ihn kenne, wird er vermutlich auf den hingehaltenen
Lockköder anbeißen."

„Aber so enthüllen Sie uns doch Ihren Plan offener,
Herr Doktor!" bat Fleure eindringlich.

„Das geschieht jetzt. Setzen Sie sich zu mir, meine
Damen, und hören Sie mich freundlich an. Ich habe
die Absicht, zu Gastons Nutzen den Geiz und die Hart=
herzigkeit Frau Cordonniers mit Hilfe des Herrn Picard
verdientermaßen zu züchtigen."

Eine Woche später sandte Professor Picard Frau
Givet den Armreif mit einem verbindlichen Brief zu=
rück. Er schrieb in ihm, daß er das Schmuckstück genau
untersucht habe. Ob es indessen echt oder unecht sei,
darüber bedürfe es erst noch eingehender Nachforschungen.
Bestimmtes könne er jetzt noch nicht aussprechen. Auch
sei es sehr bedauerlich, daß die Edelsteine aus der Fassung
herausgebrochen seien, wodurch nicht nur die Schönheit,
sondern auch der Wert vermindert würde.

Als sich auf eine Benachrichtigung hin Gaston
Plessis und Doktor Armand Bürgli in der Wohnung
Frau Givets eingefunden und die Antwort Picards
gelesen hatten, bemächtigte sich des Kunsthistorikers
eine leichte Verlegenheit.

„Ganz so," sagte er nachdenklich, „wie ich es mir
ausmalte, klappt die Sache leider nicht."

„Nein," pflichtete ihm Fleure bei, „Picard ist ja
selbst im Zweifel, ob die Azhischlange echt oder unecht
ist. Wenn er sie nun später noch für unecht erklärt?"

„Er könnte irgendwie Verdacht geschöpft haben,"
versetzte Bürgli sinnend. „Auf der anderen Seite
glaube ich aus seiner vorsichtigen Zurückhaltung über
den Wert auf einen versteckten Hintergedanken schließen
zu dürfen. Das von ihm hervorgehobene Fehlen der
Edelsteine ist in Wirklichkeit bedeutungslos. Die
Feinheit der Arbeit bildet bei einem jeden alten Kunst=
werk den Hauptwert. Ich hoffe deshalb immer noch,
daß Picard in dem Sinn auf Frau Cordonnier einwirken
wird, wie ich es Ihnen neulich darlegte. Es wäre doch
sehr erfreulich, wenn wir durch meine Kriegslist Frau
Cordonnier eine gehörige Summe abzwicken könnten."

„Diese schöne Aussicht scheint mir jetzt auf schwachen
Füßen zu stehen," warf Gaston ein.

„Wir müſſen hinnehmen, was kommt. Einſtweilen wird es nötig ſein, daß Sie ſich, Fräulein Fleure, zu Jeanne Avillon begeben. Sie iſt ja nunmehr unſere ſtille Verbündete," fügte er mit einem aufleuchtenden Blick hinzu. „Bitten Sie Jeanne, daß ſie uns über die Vorkommniſſe im Hauſe ihrer Tante ſofort unter= richtet."

Eine Stunde darauf ſtattete Fleure Givet Jeanne Avillon einen vertraulichen Beſuch ab.

Am Nachmittag ließ ſich Profeſſor Picard bei Frau Cordonnier melden.

„Verehrte Frau, verehrte Frau," rief er erregt, als er neben ihr im Salon Platz genommen hatte, „was haben Sie für einen Fehler begangen!" Er zerwühlte mit den Fingern ſein langes, graues Kopfhaar. „Einen unglaublichen Fehler!"

„Ich?"

„Ja, Sie. Einen Rieſenfehler!"

„Aber ſo ſprechen Sie doch!"

„Sie haben ein Vermögen verſchenkt."

„Daß ich nicht wüßte. Wieſo denn?"

Picard ſchob ſeine ſcharfe Hackennaſe weit vor. „Mit dem Armreif der Statcira!"

Claudine Cordonnier lachte beluſtigt auf. „Oh, Herr Profeſſor, oh, Herr Profeſſor," ſprudelte ſie unter neuen Lachſtößen hervor, „wenn es weiter nichts iſt! Mein Mann verſtand von Kunſtſachen keinen Deut. Die Azhiſchlange iſt ja unecht. Ohne jeden Zweifel."

„Träfe dies zu, ſo wäre ich," eiferte ſich der Pro= feſſor, „ein blinder Narr. Der Armreif iſt echt."

„Echt?" fragte Claudine erſchrocken.

„Er iſt ſo echt," entgegnete Picard gewichtig, „wie die Brillanten an Ihren Ringen!"

„Wirklich? Aber woher wissen Sie überhaupt, daß ich den Reif verschenkt habe?“

Picard berichtete mit raschen Worten, wie Gaston sein Gutachten eingefordert habe. „Aber ich habe mich,“ sprach er mit halblauter Stimme, „in meiner Antwort über die Echtheit absichtlich unbestimmt ausgedrückt und sogar die Möglichkeit der Unechtheit offen gelassen. Ebenso habe ich den Wert herabzudrücken gesucht.“

„Und zu welchem Zweck?“ fragte die immer noch fassungslose Dame.

„Damit der von Ihnen angerichtete Schaden wieder ausgewetzt werden kann,“ antwortete Picard mit einem verschlagenen Lächeln.

„Wie soll das geschehen?“

„Sie lassen sich den Armreif unter einem geeigneten Vorwand, den Sie sich aussinnen müssen, einfach von Fräulein Givet und Ihrem Neffen wieder zurückgeben. Für ein paar tausend Franken werden sie ihn Ihnen gern abtreten.“

„Und dann?“

„Dann werden Sie mit dem Schmuckstück einen großartigen Gewinn erzielen. Ich werde die Sache einfädeln und kenne einen schwerreichen Käufer dafür.“

„Das wäre ja herrlich!“ jubelte Claudine auf.

„Vorher muß ich Sie aber erst noch um eine Auskunft bitten. Von wem und wo hat Ihr verstorbener Herr Gemahl den unschätzbaren Armreif erworben?“

„Das kann ich nicht sagen. Ich weiß sogar nicht, ob ihn nicht etwa schon sein Großvater erstanden hat.“

„Sein Großvater?“

„Ja, er war Armeelieferant unter Napoleon I. und hat viele Kunstgegenstände aus aller Herren Ländern und namentlich aus Rußland mitgebracht.“

„Aus Rußland?" Picard horchte gespannt auf.

„Ja, aus Moskau. Nach dem großen Brand."

„Prächtig, unübertrefflich!" rief der Professor und sprang von seinem Sessel auf. „Da haben wir ja das fehlende Zwischenglied. Nun ist alles nach Erfordernis. Passen Sie jetzt recht aufmerksam auf, hochverehrte Frau! Die erste Nachricht über den Armreif der Stateira, und zwar aus dem griechischen Altertum selbst, hat uns Athenäos geliefert. Nach dem Tode Alexanders des Großen verschwand der Reif. Im Jahre 1790 stieß man in der Nähe von Olbia am Schwarzen Meer, wo Jahrhunderte hindurch eine griechische Kolonie blühte, auf ein griechisches Grab, das ungefähr dem zweiten Jahrhundert vor Christo angehörte. In diesem Grab fand man den Armreif der Stateira wieder auf. Wie er nach dem Schwarzen Meer gekommen und in den Besitz der Verstorbenen gelangt ist, die nach den übrigen Beigaben eine sehr vornehme Dame gewesen sein muß, weiß man nicht. Der berühmte russische Gelehrte Woronzeff beschrieb den kostbaren Fund sehr eingehend. Auf seine Veranlassung wurde er in die Kunstsammlung des Kreml in Moskau eingereiht. Nach der Besetzung Moskaus durch die Truppen Napoleons im Jahre 1812 und nach dem großen Brand ist dann der Reif verschollen. Die Generäle und andere Herren haben ja damals als Sieger vielerlei Kunstsachen und andere Wertstücke eingesteckt. So wird auch der Großvater Ihres verstorbenen Herrn Gemahls ..."

„Ich muß doch sehr bitten," fuhr Claudine entrüstet auf, „einen Vorfahren meines guten Maurices nicht des Diebstahls zu bezichtigen."

Der Professor stutzte. „Oh, hochverehrte Frau," faßte er sich schnell, „Sie mißverstehen mich, Sie ließen

mich nicht ausreden. Nein, nein, nein! Ich wollte
sagen: So wird auch der hochachtbare Großvater Ihres
seligen Mannes als Armeelieferant Gelegenheit gehabt
haben, den Armreif einem der Offiziere abzukaufen."

„So, so."

„Das Dunkel, das bisher noch über dem Reif
schwebte, ist nunmehr vollkommen gelichtet. Sie, hochverehrte Frau, werden mir demnach jetzt wahrheits-
gemäß bestätigen können, daß das Schmuckstück vom
Großvater Ihres Mannes erworben wurde und aus
Moskau stammt."

Picard sah Claudine scharf an.

„Ich verstehe," versetzte sie mit einem vielsagenden
Lächeln. „Gewiß, Herr Professor, ich kann dafür, wenn
es nötig ist, eine urkundliche Versicherung abgeben."

„Sehr gut. Denn, meine beste Frau Cordonnier,
bei allen alten Kunstsachen ist der unanfechtbare Nachweis über ihre Herkunft das Wichtigste."

„Zur Beruhigung des Käufers."

„Natürlich. So weit wären wir einig. Nun kommt
ein zweiter Punkt. Um den Wert des unvergleichlichen
Armreifs der Stateira in das rechte Licht zu rücken,
bedarf es ... nun, sagen wir, einer aufsehenerregenden
Empfehlung."

„Einer kräftigen Reklame, meinen Sie," versetzte
Claudine spöttelnd.

„Das ist ein ziemlich anrüchiger Ausdruck," knurrte
der Professor unwirsch. „Ich werde alsbald über den
Armreif eine große Abhandlung ausarbeiten und sie
im ,Archäologischen Anzeiger' veröffentlichen. Bevor
sie aber dort erscheint, werde ich eine Abschrift des
Manuskripts einem meiner amerikanischen Freunde zu-
senden."

„Zu welchem Zweck?"

„In dem Begleitſchreiben werde ich ſagen, daß, wenn er als leidenſchaftlicher Sammler antiker Schmuckſachen auf den Armreif Abſichten hegt, er ihn noch vor dem Erſcheinen meiner Abhandlung von Ihnen erſtehen ſoll, damit er ihm von keinem anderen Kunſtliebhaber weggeſchnappt wird."

„Ah, ſehr berechnend!"

„Mein Freund iſt ein zwanzigfacher Millionär. Er wird daher gern hunderttauſend bis hundertzwanzigtauſend Franken für den Armreif zahlen."

„Mein Himmel!" rief Frau Cordonnier aufſchnellend. „Wie heißt er?" fragte ſie lauernd.

Picard ſah ſie argwöhniſch an. „Sein Name bleibt einſtweilen mein Geheimnis," entgegnete er mit Betonung. „Die Abfaſſung der großen Abhandlung, weitere Unterſuchungen, vielleicht auch Reiſen, die ſich nötig machen, werden mir viele Mühe verurſachen und mir meine koſtbare Zeit rauben."

„Liebſter Profeſſor, ſelbſtverſtändlich kommt es mir nicht auf einige hundert Franken an."

„Wie?" Picards Augen weiteten ſich unheimlich. „Einige hundert Franken ſagten Sie, verehrte Frau? Ein ſolches erbärmliches Almoſen wagen Sie mir anzubieten? Nein, dann laſſe ich einfach meine Hand davon!"

„Aber, beſter Profeſſor, ſo nennen Sie mir doch die Proviſion, die Sie verlangen!"

„Proviſion? Sie ſind nicht wähleriſch in Ihren Worten, verehrte Frau. Ich erwarte für meine wiſſenſchaftliche Mühwaltung als Entſchädigung die beſcheidene Summe von nur zehntauſend Franken."

„O weh! Zehntauſend Franken? Hörte ich auch recht?

Das ist wirklich kein schlechter Scherz!" Claudine lachte
schrill auf.

„Ich finde durchaus nichts Scherzhaftes dabei," zischte
Picard gedrgert. „Ihnen fallen durch den Verkauf
immer noch rund hunderttausend Franken in den
Schoß." Er erhob sich und griff nach seinem Hut.
„Aber wenn Sie es nicht über sich gewinnen können,
auch mich an dem Fischzug teilnehmen zu lassen, so . . ."

„Beruhigen Sie sich doch, Professor, beruhigen Sie
sich doch," redete Claudine eifrig auf ihn ein. „Gut,
Sie sollen nach Abschluß des Verkaufes zehntausend
Franken erhalten."

„Erst nach Abschluß? Sogleich wäre mir ange=
nehmer."

„Nein, darauf beharre ich. Erst nach Abschluß des
Geschäftes."

„Sie zahlen mir also dann zehntausend Franken?
Bei Ihrem Wort, hochverehrte Frau?"

„Bei meinem Wort."

„Ich vertraue Ihnen. Nun verschaffen Sie sich zu=
allererst den Armreif. Bei Ihrer Klugheit wird Ihnen
seine Wiedererlangung leicht gelingen."

„Im Gegenteil, Professor. Diese Aufgabe be=
reitet mir eine schwere Sorge. Mein Neffe Gaston
ist zuweilen ein eigensinniger, sehr eigensinniger Kopf.
Nicht allein Sie, sondern auch ich habe eine sehr ver=
zwickte Arbeit zu leisten. Eines aber ermutigt mich.
Mein Neffe hat Geld nötig."

„Sehr günstig für uns. Doch zeigen Sie sich bei
Ihrem Angebot nicht zu — sparsam."

„Ich bin durchaus nicht geizig. War ich es bei
Ihrer Entschädigung? Ich suche indessen so billig wie
möglich wegzukommen."

„Steigern können Sie allerdings die Summe für die Zurückerwerbung des Armreifs immer noch. Ersinnen Sie sich aber einen guten Vorwand." Professor Picard drückte Claudine, sich tief verbeugend, ehrerbietig die Hand. „Wir scheiden also im besten Einvernehmen."

„Im allerherzlichsten."

———

Am nächsten Morgen sprach Jeanne Avillon bei Fleure Givet vor. Sie erzählte der gespannt lauschenden Freundin, wie Professor Picard mit der Tante eine lange Unterhandlung geführt habe, eine große Arbeit über das Schmuckstück abfassen wolle, als Wert des Armreifes hundertzwanzigtausend Franken genannt habe, und daß sich die Tante in einer sehr unbehaglichen Stimmung befinde.

Vier Tage später erhielt Fleure einen Brief von Frau Cordonnier. Sie meldete darin ihren Besuch für die Mittagszeit an und bat zugleich um die Anwesenheit Gastons. Gaston Plessis war pünktlich zur Stelle.

„O meine Lieben, meine Lieben," seufzte Claudine nach der Begrüßung und ließ sich erschöpft auf das Sofa sinken, „ich habe entsetzliche Stunden erlebt! Ich ertrage es nicht länger."

„Aber was ist Ihnen, Tante?" fragte Fleure besorgt.

„Es ist furchtbar. Mein seliger Maurice ist mir erschienen."

„Wer?" rief Gaston überrascht.

„Maurice, mein Mann, dein Onkel. Seit drei Nächten erscheint er mir als weiße Gestalt mit rollenden Augen im Traum und fragt mich mit drohender Stimme: ‚Wo ist der Armreif?‘ Es ist schauerlich."

„Ah!" stieß Gaston hervor.

„Und dann die Schlange, die Schlange!"

„Welche Schlange?" sagte Fleure ängstlich.

„Die baumstarke Schlange, die sich um seinen Arm ringelt. Sie sieht wie die Wolkenschlange Azhi vom Armreif aus. Das Ungeheuer gleitet auf mich zu, zischt mich an und windet sich um mich. Dann bricht Maurice in ein höllisches Gelächter aus und spricht grollend zu mir: ‚Das ist deine Strafe. Hole den Armreif wieder!' So werde ich Nacht für Nacht gemartert. Oh, ich Ärmste!" Claudine wischte sich mit dem Taschentuch die Augen.

„Du möchtest demnach, liebe Tante," sagte Gaston langsam, „den Armreif zurück haben."

„Teure Fleure, bester Gaston," schrie Frau Cordonnier flehend auf, „so unpassend es auch sein mag, ich beschwöre euch: Gebt mir den Armreif wieder! Ihr werdet doch Mitleid mit mir haben. Natürlich sollt ihr entschädigt werden."

„Auf welche Art, Tante?"

„In meiner Kunstsammlung befindet sich noch eine uralte römische Vase, die viel wertvoller ist als der schreckliche Armreif. Sie werde ich euch gern..."

„Du bist sehr freundlich, Tante," fiel ihr Gaston ins Wort, „aber für Vasen, mögen sie auch noch so uralt sein, werden wir in unserer Häuslichkeit kaum Verwendung haben. Und außerdem..."

„Und außerdem, lieber Gaston?" fragte Claudine gespannt.

„Bin ich abergläubisch, beste Tante."

„Abergläubisch? Ein moderner Mensch und abergläubisch?"

„Ja, es ist leider so. Zwar an Träume glaube ich

nicht, aber dafür habe ich eine andere Schwäche. Das Umtauschen von Verlobungsgeschenken bedeutet für die Ehe Unglück."

„Unglück?" Frau Corbonnier lachte verstimmt auf.

„Schweres Unglück!" wiederholte Gaston mit Nachdruck. „Schon Fleures wegen wirst du mir nicht zumuten, unsere Ehe dem Unheil auszusetzen."

„Nein, nein, Gaston! Mit dieser Verantwortung mag ich mein Gewissen nicht belasten." Frau Claudine sann nach. „Aber wie wäre es, lieber Neffe, wenn ich dir den Armreif abkaufte? Abkaufen ist kein Umtauschen."

Gaston runzelte die Stirn. „Abkaufen? Ja, das ginge allenfalls."

„Sieh, so werden wir uns einigen können. Es gibt überall Hintertürchen. Ich will dem Antrieb meines Herzens folgen, ich biete dir dreitausend Franken."

„Dreitausend Franken? Nein, Tante, meine Fleure hat sich über den einzigen Schmuck so oft schon kindlich gefreut, daß ich ihr für diesen Erlös das Vergnügen nicht verderben werde."

„Beste Fleure, nehmen Sie mein Angebot an? Männer sind verblendet. Stellen Sie sich vor, welchen netten Brillantschmuck Sie sich für die Summe kaufen können."

„Ich möchte die Entscheidung meinem Bräutigam überlassen," wich Fleure aus.

„Tante," nahm Gaston das Wort, „im Punkt des Aberglaubens bin ich zwar rückständig, sonst aber doch ein moderner Mensch. Ein solcher muß das Eisen schmieden, solange es heiß ist. Ich mache dir einen Vorschlag. Ich gebe dir die unvergleichliche Azhischlange, und du gibst mir, um was ich dich bat, fünfzigtausend Franken."

„Fünfzigtausend Franken?" Claudine Cordonnier griff sich nach den Schläfen. „Fünfzigtausend Franken? Gaston, willst du deine alte Tante verspotten?" Sie stand vom Sofa auf. „Redest du irre?"

„Ich denke, sehr vernünftig zu sein. Eine Liebe ist der anderen wert. Ich trete dir den Armreif nur sehr ungern ab."

„Nein, zu dieser Unsumme verstehe ich mich nicht. Ich bin keine Verschwenderin."

„Die Summe spielt bei dir keine Rolle. Wenn du dir dafür deine nächtliche Ruhe, die Erlösung von den entsetzlichen Schreckgespenstern erkaufen kannst, so ist im Verhältnis das Opfer nur geringfügig."

Claudine schritt auf die Braut zu. „Adieu, Fräuleine Fleure," sagte sie kühl. Sie wandte sich zur Tür. „Du verharrst also bei deiner Forderung, Gaston?"

„Ich bereue es fast schon, überhaupt auf das Verkaufsgeschäft eingegangen zu sein. Denn eigentlich ist zwischen dem Umtauschen eines Geschenkes und der Annahme von Geld kein merklicher Unterschied."

„Gaston, Gaston, was bist du für ein wunderlicher Mensch!" Frau Cordonnier nestelte unentschlossen am Handschuh. „Aber was hilft's, man muß sich in Sonderlichkeiten schicken. Gut denn, du sollst die fünfzigtausend Franken haben. Du kannst sie noch heute bei meinem Bankier erheben. Holen Sie mir schnell die Azhischlange, beste Fleure!"

Fleure schlüpfte in das Nebenzimmer und überreichte Claudine freudestrahlend das Kästchen.

„Nur aus Liebe zu dir, Gaston, und aus Liebe zu Ihnen, Fleure," sagte Frau Cordonnier mit einem süßlichen Lächeln, „gebe ich nach. Aber ich habe nun einmal ein weiches Gemüt."

Als sie das Zimmer verlassen hatte, zog Gaston Fleure stürmisch an sich. „Gewonnen!" jubelte er unter heißen Küssen. „Armands Plan, daß Picard den Reif für echt erklären und Tante zum Rückkauf überreden würde, ist gelungen. Nun soll aber auch er zu seinem Glück kommen."

„Was beabsichtigst du?" fragte Fleure teilnahmvoll.

„Ich bin auf einen Einfall geraten. Ganz fertig ist er zwar noch nicht. Doch werde ich hoffentlich das Fehlende noch hinzufinden. Bin ich mit mir im reinen, so werde ich Armand zu bestimmen suchen, meiner Weisung zu folgen."

Nachdem Gaston am Spätnachmittag bei dem Bankhaus der Tante fünfzigtausend Franken abgehoben hatte, begab er sich zu Doktor Bürgli. Er berichtete dem vergnügt zuhörenden Freund die Verhandlung über den Verkauf des Armreifes und fuhr dann fort: „Und was gedenkst du jetzt zu tun, lieber Armand?"

„Ich? Ich werde mir meinen Freund, den Professor Picard, gehörig vornehmen. Der gute Mann soll vor Angst Blut schwitzen. Ich werde ihn mit seiner Unkenntnis vor der Gelehrtenwelt an den Pranger stellen. Diesen Schimpf wird er nie austilgen können."

„So wirst du nicht vorgehen."

„Warum nicht? Willst du mich daran hindern?"

„Ich wünsche es wenigstens, daß es mir gelingt."

„Dann wirst du dich verrechnet haben, Gaston."

„Laß mich ausreden, lieber Armand! Du wirst vielmehr morgen früh meine teure Tante besuchen, und zwar in Begleitung."

„In Begleitung? Von wem?"

„Von einem Mann, der dir kürzlich bekannt geworden

ift. Und dann wirſt du zu Tante Claudine von Rück=
ſichten und verwandtſchaftlichen Beziehungen ſprechen.“

„Ich habe keine Ahnung, was du mit mir vor=
haſt.“

„Das brauchſt du für jetzt auch nicht. Komm,
zieh dich an! Wir wollen zuſammen in einem Re=
ſtaurant eine Flaſche Wein trinken. Dabei werde ich
dir einen Schwank erzählen, den du Szene um Szene
vor der Tante aufführen ſollſt, und der hoffentlich zu
deinen und Jeannes Gunſten ſchließt.“

Am nächſten Morgen betrat Doktor Bürgli in
Begleitung eines Mannes mit rotgedunſenem Geſicht
und verwahrloſtem Äußeren das prunkvolle Haus Frau
Cordonniers.

Nachdem ſeine Bitte, empfangen zu werden, an=
genommen worden war, hieß er den Mann einige Augen=
blicke auf dem Flur warten.

„Mein Beſuch gilt einer ſehr peinlichen Angelegen=
heit, geſchätzte Frau Cordonnier,“ begann er, als er
ſich geſetzt hatte, „aber ich halte es für eine Ehrenpflicht,
Sie aufzuklären, damit Sie nicht ſpäter in höchſt unan=
genehmer Weiſe überraſcht werden.“

„Worum handelt es ſich?“ fragte Claudine kalt.

„Um den Armreif der Stateira.“

„Um die Azhiſchlange?“

„Jawohl. Ich bin zu der ſicheren Überzeugung
gekommen, daß ſie eine Fälſchung iſt.“

„Das iſt köſtlich!“ Claudine Cordonnier lachte ſpöt=
tiſch auf. „Ihre ſichere Überzeugung dürfte ſehr bald in
tiefe Beſchämung verwandelt werden. Womit wollen
Sie dieſe ſichere Überzeugung begründen, mein Beſter?
Profeſſor Picard wenigſtens glaubt nicht nur an die

Echtheit des Kunſtwerkes, ſondern wird auch darüber eine aufſehenerregende Abhandlung veröffentlichen."

„Dann werde ich in einer zweiten Abhandlung ſein Urteil vor aller Welt widerlegen."

„Vorausgeſetzt, daß Sie es wirklich können. Ich befürchte, Sie werden ſich nur lächerlich machen."

„Wollen Sie mir, bitte, den Armreif zeigen?"

Frau Cordonnier ſchritt zum Silberſchrank. „Hier iſt er."

„Und wollen Sie jetzt den Mann hereinrufen laſſen, der auf dem Flur wartet?"

„Einen Mann? Wozu?"

„Wir brauchen ihn für unſere weitere Unterhaltung."

Claudine Cordonnier klingelte und gab dem eintretenden Diener den Befehl, den auf dem Flur ſtehenden Mann hereinzuſchicken.

„Verzeihung, Madame," ſagte der Gerufene mit einem breiten Lächeln, „wenn ich Sie mit meiner Gegenwart beläſtige. Aber Herr Doktor Bürgli..."

„Schon gut," ſchnitt ihm Frau Cordonnier das Wort ab und ſtreifte ihn mit einem verächtlichen Blick.

„Dieſer Mann," begann der Kunſthiſtoriker, „ſtammt aus Rom und iſt von Beruf Silberſchmied. Er heißt..."

„Pelnore," unterbrach ihn der Italiener mit einer Verbeugung. „Pelnore, zu dienen, Madame."

„Nun, und...?"

„Und iſt," entgegnete Bürgli, „der Verfertiger des Armreifes."

„Das kann jeder behaupten."

„Hier auf der Unterſeite des Schlangenleibes," fuhr der Doktor unbeirrt fort, „ſehen Sie in griechiſchen Buchſtaben als Schöpfer des Armreifes Elpenor an=

gegeben. Sie brauchen nur die Buchstaben anders
zu ordnen, so erhalten Sie den Namen Pelnore."

„Mein Gott, Bürgli, mein Gott, Bürgli," rief
Claudine und schüttelte sich vor Lachen, „damit wollen
Sie die Unechtheit beweisen? Wer soll denn da harm=
loser sein, ich oder Sie?"

„Meine . . ."

„Nein, ich werde jetzt den Mann selbst befragen.
Pelnore oder meinetwegen auch Elpenor," herrschte
sie den Italiener an, „wie haben Sie wohl dieses echt=
griechische Kunstwerk angefertigt? Lebten Sie etwa an
Alexanders des Großen Hof?"

„Schändlicherweise nicht. Aber der Schöpfer des
echtgriechischen Armreifes bin ich gleichwohl. Dessen
darf ich mir schmeicheln, Madame." Pelnore strich
sich wohlgefällig über den Mund. „Die Sache ist bald
erklärt. Vor vier Jahren weilte ich längere Zeit in
Paris. Ich wurde mit einem Russen, einem zwar sehr
gelehrten, aber völlig vermögenslosen und mit dem
Tode ringenden Herrn, bekannt. Er starb nur wenige
Monate später. Ich bedaure es noch heute, denn dieser
Herr, Arnikoff hieß er, erriet bald, daß ich das Fälschen
von antiken Schmuckstücken gewerbsmäßig betrieb."

„Das sagen Sie ohne alle Scham?"

„Oh, Madame, die Fälscherkunst wuchert in Paris
und Italien wie der Schimmel auf faulenden Fischen.
Warum soll ich aus meinem Beruf ein Hehl machen?
Arnikoff machte mich aufmerksam, daß der russische
Gelehrte Woronzeff eine eingehende Beschreibung des
Armreifs der Stateira hinterlassen habe. Das Schmuck=
stück war seit dem Brand von Moskau verschwunden.
Also konnte es wieder an das Tageslicht befördert
werden. Ich schenkte Arnikoff für den Hinweis dreißig

Franken. Er übersetzte mir die Beschreibung des russischen Altertumsforschers, ich ging nach dem Museum der Altertümer, sah mir dort auf den Kunstwerken die altorientalischen Trachten an, und nach drei Wochen war die Azhischlange, auf der ich aus einer Laune den Namen Elpenor = Pelnore vermerkte, fertig."

„So, und dann haben Sie dies Kunstwerk an meinen Gemahl verkauft?"

„Nein. Ich suchte in Paris vergeblich einen Käufer. Auch hier in Genf war ich kurze Zeit. Es biß keiner an. Ich kehrte deshalb nach Rom zurück, und dort lernte ich später bei einem Antiquitätenhändler zufällig Herrn Cordonnier kennen. Ihr Herr Gemahl, der auf sein hervorragendes Kunstverständnis sehr stolz war, kaufte mir den Armreif der Stateira für armselige sechshundert Lire ab."

„Wann war das?"

„Vor etwa dreieinhalb Jahren."

„Mein Mann hat damals allerdings Rom besucht. Wirklich trefflich ausgeklügelt!" Claudine stieß ein höhnisches Gelächter aus. „Und dieses Lügengewebe soll ich schlankweg glauben? Wieviel Franken haben Sie denn für Ihre Bekundungen von Herrn Doktor Bürgli erhalten?"

„Ich muß mich dagegen verwahren, Frau Cordon-nier," fuhr der Kunsthistoriker auf, „mich in dieser un-erhörten Weise zu beschuldigen."

„Bei meiner Ehre, Madame, keinen Centime."

„Bei Ihrer Ehre? Aber jetzt sind wohl alle Ihre Beweise," wandte sie sich an Bürgli, „für die Unecht-heit erschöpft?"

„Noch einen Augenblick, Madame," sagte Pelnore entrüstet. „Sie haben meine Ehre angegriffen." Er hob den Armreif vom Tisch und schüttelte ihn, so daß ein leises Klirren aus seinem Innern hörbar wurde.

„Oh, das ist mir nichts Neues," versetzte Claudine überlegen. „Das Lachen der Azhischlange kenne ich."

Pelnore zog ein feines Federmesser aus der Westentasche. „Um dieses Kichern herzustellen, habe ich in den Hohlraum der Wolkenschlange Silberkügelchen eingefügt. Damit ich aber nicht zuviel davon brauchte und sich auch die Kügelchen nicht zusammenballten, habe ich hie und da kleine Papierpfröpfchen dazwischengeschoben."

Pelnore drehte den Armreif um und machte auf der Unterseite einen längeren Einschnitt. Aus dem Einschnitt fielen einige Silberkügelchen und dann ein Papierpfröpfchen heraus. Der Italiener nahm es und überreichte es Frau Cordonnier. „Wollen Sie, bitte, lesen?"

Claudine entfaltete den kleinen Papierknäuel, warf einen forschenden Blick darauf und stieß im nächsten Augenblick einen gellenden Schrei aus. „Schändlich, schändlich, schändlich! Fünfzigtausend Franken!" jammerte sie.

„Ja," sagte Pelnore gelassen. „Ich habe zu den Pfröpfchen eine Seite vom ‚Figaro' verwandt. Glauben Sie, Madame, daß der griechische Künstler, der den Armreif anfertigte, zur Zeit Alexanders des Großen eine Pariser Zeitung las?"

Claudine Cordonnier entriß dem Italiener den Armreif und schleuderte ihn in die Zimmerecke. „Hinaus, hinaus!" schrie sie Pelnore empört an. „Ich mag von Ihnen nichts mehr sehen und hören. Auf der Stelle hinaus!"

„So," sagte Pelnore grinsend, „die Entlarvung

eines durchtriebenen Schwindels ist keine Belohnung
wert? Ich als Freund der Wahrheit soll ganz leer
ausgehen?"

„Elender, Sie wagen noch zu höhnen?"

Doktor Bürgli griff in die Tasche und reichte Pelnore
ein Fünffrankenstück hin. „Hier, Feind des Kunst-
schwindels und Freund der Wahrheit, trösten Sie sich
bei einer Flasche Wein."

„Tausend Dank, mein lieber Herr Doktor. Und
wenn Sie vielleicht einmal ein verlorengegangenes
antikes Schmuckstück in Silber oder Gold urecht auf-
erstehen lassen wollen, beehren Sie mich mit Ihrem
Auftrag. Ich stehe zu Diensten."

Frau Claudine starrte, als sich der Italiener ent-
fernt hatte, fassungslos vor sich hin. Nach einer langen
Pause fragte sie mit matter Stimme: „Was gedenken
Sie jetzt zu tun, Herr Doktor?"

„Ich werde meine Schrift über die Unechtheit des
Armreifes und die Unkenntnis Picards verfassen."

„Ihre Abhandlung wird nicht nötig sein." Frau
Claudine hatte sich wieder erholt. „Natürlich werde
ich Picard sofort von der Fälschung Mitteilung machen,
und dann wird seine Schrift über die Echtheit der Azhischlange unterbleiben."

„Dieser Auffassung muß ich allerdings zustimmen."
Doktor Bürgli zupfte sich verlegen den Bart.

In Claudines Augen zuckte es listig auf. „Schon
die Rücksicht auf das Andenken meines seligen Maurices
gebietet es mir, mit allen Mitteln die Veröffentlichung
der Streitfrage zu unterdrücken."

Bürgli hatte sich gesammelt. „Gewiß, die Rücksicht auf den Verstorbenen und Ihre verwandtschaftliche
Beziehung zu ihm machen Ihnen die Unterdrückung

zur Pflicht. Aber wenn auch Picard seine Schrift nicht erscheinen läßt, so werde ich gleichwohl meine Abhandlung veröffentlichen."

„Wie?"

„Bestimmt. Picard muß das Handwerk einmal gelegt werden. Gestützt auf Ihr Zeugnis, verehrte Frau, werde ich in meiner Abhandlung dartun, daß er von der Echtheit des Armreifs überzeugt war."

„Sie wollen dabei meinen Namen nennen?" Claudine zitterten die Hände.

„Es wird sich kaum umgehen lassen zu erwähnen, daß Sie durch das Gutachten Picards fünfzigtausend Franken eingebüßt haben. Auch von Gaston und Fleure muß ich sprechen."

„Entsetzlich, furchtbar!" kreischte Claudine auf. „Ich vergehe jetzt schon vor Scham. Diese Schmach wollen Sie mir zufügen?"

„Sie nehmen das alles viel zu schwer und bedenken nicht, daß ich im Gegensatz zu Ihnen durch keinerlei verwandtschaftliche Beziehungen abgehalten werde, Picard unschädlich zu machen."

Doktor Bürgli lugte forschend nach der alten Dame hinüber.

Sie beugte sinnend den Kopf. „Nun," sagte sie mit plötzlicher Entschiedenheit, „sie ließen sich aber vielleicht noch nachträglich anknüpfen."

„Was?" fragte der Doktor mit anscheinender Überraschung.

„Rücksichten und verwandtschaftliche Beziehungen. Auf einem Umweg natürlich. Und wenn sie sich einstellten, dann würden Sie von der Veröffentlichung Ihrer Schrift absehen?"

„Es würde mich einen schweren Kampf kosten, aber

immerhin ließe sich dann darüber reden. Doch wären verwandtschaftliche Beziehungen ja nur möglich durch eine Heirat ..."

„Allerdings. Ich wäre — einer Heirat nicht abgeneigt."

Doktor Bürgli dünkte es, als durchzucke ihn ein elektrischer Schlag. Er wollte von seinem Sitz aufschnellen. Nur mit Mühe beherrschte er sich. „Frau Cordonnier," stammelte er. „Sie ..."

„Ich denke," sagte Frau Claudine mit selbstgefälligem Lächeln, „ich bin zu einer Wiederverheiratung noch nicht zu alt. Außer meinen Liegenschaften verfüge ich über ein Vermögen von mehr als zwei Millionen Franken. Es bieten sich Ihnen also sehr erwägenswerte Vorteile dar. Ferner gelangten Sie in den Besitz von meines seligen Maurices Sammlung. Wenn auch einige Stücke unecht und wertlos sind, so würden Sie die übrigen doch zu vielen gelehrten Untersuchungen und Abhandlungen anregen können."

„An Stoff zu wissenschaftlichen Erörterungen fehlt es mir nicht," stieß der Kunsthistoriker würgend hervor.

„Professor Picard nähme ohne Zweifel mein Anerbieten mit Jubel auf."

„Professor Picards Verhalten ist für mich nicht maßgebend."

„Also, Sie wollen nicht. Auch gut." Frau Claudine krampfte die Finger zusammen. „Aber beruhigen Sie sich, Herr Doktor!" fuhr sie in gemessenem Ton fort. „Natürlich war das Ganze nur ein Scherz von mir. Ich wollte Sie bloß auf die Probe stellen, ob auch Sie, wie so viele Männer, die Jagd nach dem Geld mitmachen. Zu meiner Befriedigung haben Sie die Probe vortrefflich bestanden. Wir beide paßten schon

unserer verschiedenen Charaktere wegen nicht zueinander.
Wenn ich vorhin die Möglichkeit einer verwandt=
schaftlichen Verbindung auf einem Umweg andeutete,
so hatte ich nicht dabei mich im Auge, sondern meine
und meines teuren Maurices Nichte."

„Fräulein Avillon?" Armand Bürgli atmete be=
freit auf.

„Ja, Jeanne empfindet, wie ich glaube, für Sie
Zuneigung."

Heiße Freude durchströmte den Aufhorchenden.
Jetzt bot sich ihm von neuem die Möglichkeit, plan=
mäßig auf das gesteckte Ziel zuzusteuern. „Irren Sie
sich auch nicht, verehrte Frau?" fragte er bedächtig.

„Ein Frauenauge sieht tiefer als das des Mannes.
Ich möchte behaupten, Sie werden auf keinen Korb zu
rechnen haben, wenn Sie bei Jeanne anhalten."

„Aber ich bin nicht in der Lage, eine verwöhnte
junge Frau zu ernähren."

„Oh, diese Sorge können Sie schwinden lassen.
Jeanne erhält von mir bei ihrer Verheiratung eine Mit=
gift von hundertfünfzigtausend Franken."

„Sie werden wahrscheinlich den Wunsch hegen,
daß wir in Ihrem Hause wohnen. An sich ist mir
dies Verlangen verständlich. Ich fürchte indessen,
hier in dem gesellschaftlichen Treiben, das Sie häufig
umgibt, zu sehr von meinen Arbeiten abgelenkt zu
werden."

Frau Claudine überlegte. „Ich hätte es freilich gern
gesehen," sagte sie ergebungsvoll, „meine liebe Jeanne
auch als junge Frau um mich zu haben. Glauben Sie
aber, unter diesen Umständen sich nicht ungestört Ihrer
Wissenschaft widmen zu können, so verzichte ich auf das
Beisammenwohnen."

„Ich bin Ihnen für Ihr allseitiges Entgegenkommen dankbar. Aber ich werde eine gewisse Bangigkeit nicht los, da ich nicht weiß, wie ich mich Fräulein Jeanne er= klären soll."

„Oh, was die Männer für Hasenfüße sind!" rief Frau Claudine lebhaft. „Mut, mein lieber Bürgli, Mut, und Sie sind Sieger!" Sie erhob sich. „Ich werde Jeanne auf Ihre Werbung vorbereiten. Und wenn Sie Gehör finden, dann fassen Sie doch Ihre Arbeit über die lachende Azhischlange bestimmt nicht ab?"

„Nein, niemals."

Frau Claudine wandte sich zur Tür. „Also, ich wiederhole es noch einmal: Mut, lieber Bürgli, Mut!"

Glutüberflossen betrat einige Minuten später Jeanne das Zimmer.

Armand Bürgli eilte ihr entgegen. „Jeanne, alle Hindernisse sind weggeräumt! Willst du die Meine sein?"

Ein leuchtender Blick Jeannes antwortete auf die Frage. Aufjubelnd schloß Bürgli die Geliebte in seine Arme. „Nun muß ich dir," begann er, als er Jeanne freigegeben hatte, „ein Geständnis machen. Unsere Vereinigung hat sich wunderbar rasch vollzogen. Aber nicht meiner Umsicht, sondern Gastons klugem Rat verdanken wir die entscheidende Wendung. Laß dir erzählen . . ."

Frau Cordonnier beglückwünschte nach ihrer Rück= kehr das Hand in Hand nebeneinandersitzende Braut= paar aufs freudigste. „Sehen Sie, Armand," schloß sie, „wie ich es Ihnen weissagte, Mut bringt Glück und Gut."

Noch am gleichen Vormittag suchte sie den Schreib=

tisch auf. Kritzelnd ließ sie die Feder über das Papier
fliegen, und Seite um Seite bedeckte sich mit kraus ver=
schlungenen Schriftzügen. Claudine Cordonnier schrieb
an Professor Picard. Sie schilderte ihm, beständig
giftige Spottspitzen einflechtend, die Enthüllung des
Armreifes der Stateira als Fälschung, brandmarkte
mit flammenden Worten seine unerhörte Unwissenheit
und überschüttete ihn mit stachelnden Vorwürfen.
„Aber, mein Herr Professor," schloß sie, „ich habe mich
bereits gerächt. Nur um an Ihnen strafende Ver=
geltung üben zu können, habe ich meine Nichte Jeanne
Avillon mit Doktor Armand Bürgli, Ihrem Tod=
gegner, aber im Gegensatz zu Ihnen einem Mann
von gründlichstem Wissen, verlobt. Das große Ver=
mögen, das ich meiner Nichte aus eigenstem Antrieb
mitgebe, wird ihn in den Stand setzen, in voller Un=
abhängigkeit seine Studien zu betreiben. Er hat mir
schwören müssen, Sie in seinen Schriften mit aller
Schärfe unbarmherzig anzugreifen, damit Ihre Hohl=
heit in der gesamten europäischen Gelehrtenwelt offen=
kundig wird und Sie der verdienten Verachtung und
dem Hohngelächter der kunstliebenden Menschheit an=
heimfallen."

Zwei Monate später vereinte der priesterliche Segen
Fleure Givet mit Gaston Plessis und Jeanne Avillon
mit Armand Bürgli. Die Hochzeit wurde in einem vor=
nehmen Hotel in engstem Kreis gefeiert. Frau Cor=
donnier verweilte nur ein Stündchen unter den Gästen,
da sie sich, wie sie mit schmerzlicher Ergriffenheit be=
merkte, durch das Glück der Liebenden so tief bewegt
fühle, daß sie in stiller Zurückgezogenheit ihre zitternden
Nerven beruhigen müsse.

Die jungen Ehepaare nahmen kurzen Aufenthalt

in Lugano. Als fie nach Genf zurückgekehrt waren und durch die Rue de l'Jle fchritten, fagte Gaston Pleffis: „Jetzt wollen wir das befte Juweliergefchäft auffuchen und unferen Frauchen ein Armband kaufen, das aber echter und wertvoller ift . . ."

„Als," fiel Armand Bürgli vergnügt ein, „die wundertätige Urheberin unferes gemeinfamen Glücks, die lachende Azhifchlange!"

Fernsprecher in den serbischen Bergen

Von Ernst Trebesius, südöstlicher Kriegschauplatz

Zwei Tage vor dem Übergang am Eisernen Tor treffen wir in Orsova ein, sehnlichst erwartet. Am übernächsten Morgen Punkt neun Uhr sollen die ersten Sturmtruppen über die Donau gehen. Einige deutsche und k. u. k. Generalstäbler vom Oberkommando sind eingetroffen; sie warten auf telephonischen Anschluß. Ebenso die dicke Berta, die österreichischen Motormörser, das Scherenfernrohr oben auf dem Gipfel der ungarischen Berge, die drei Übersetzungsstellen am Donauufer, die Maschinengewehre und Strandgeschütze. Unsere Aufgabe ist es, alle Anschlüsse in einer gemeinsamen Zentrale zu vereinigen, damit der Generalstab die Operationen mittels Fernsprechers leiten kann. Das Leitungsnetz soll so schnell als möglich ausgebaut werden. Es heißt drangehen. Die Stadt ist überfüllt mit Truppen. Alle Quartiere stark belegt. Unser Zug wird im Amtsgericht untergebracht, zum Teil in den leeren Gefängniszellen. Wir sitzen damit zum ersten Male hinter „schwedischen Gardinen", besehen neugierig die dicken Eisenstäbe vor den kleinen Luken, die kümmerliche Einrichtung der Zellen. Doch es bleibt wenig Zeit zu Betrachtungen. Gepäck abgelegt und dann schleunigst wieder zu den Fahrzeugen. Herunter mit dem überflüssigen Baumaterial und Gerät. Nur das eben Erforderliche bleibt droben. Zehn Minuten später rollen unsere Karren wieder zum Tor hinaus. —

Der Bautrupp bewegt sich in leichtem Galopp. Die beiden Telegraphisten an der Trage haben den Anfang des Kabels zur Zentrale hineingereicht. Schnell

verschwinden sie um die nächste Straßenecke. Schwirrend
dreht sich die Trommel. Mit geschickter Hand verlegt
der mit der Drahtgabel das dünne Kabel in die Bäume,
benützt vorspringende Gesimse, Dachrinnen, Fenster-
läden und Reklameschilder als Auflager für seine
Strippe. Nur geschwind vorwärts. Kreuz und quer
geht's durch ansteigende Straßen. Der Rand des
Städtchens ist erreicht. An einzelnen Zigeunerbehau-
sungen vorbei. Die Insassen stehen vor ihren Hütten,
gaffen uns an. Einige hübsche Buben in malerisch zer-
lumpten Kleidern schieben sich bettelnd heran. Kupfer-
münzen fliegen in den lehmigen Morast. Mit einem
Hechtsprung sausen die kleinen, braunen Kerlchen nach,
klauben mit flinken Händen im Schmutz herum, stoßen,
raufen und prügeln sich um die Beute, vollführen, klein
und halbnackt wie sie sind, einen Bauchtanz mit allen
möglichen, nicht wiederzugebenden Körperverrenkungen.
Aus den Hütten kommt Armeleutegeruch.

Wir bauen weiter. Mehr und mehr steigt der Weg
an. Unsere schweren, großen Pferde dampfen. Die
Last der kleinen zweiräderigen Gebirgskarren — die
großen, vierräderigen Bauwagen, die uns durch ganz
Belgien und Nordfrankreich trugen, mußten im Depot
zurückbleiben — ist nicht groß; doch die Wege sind vom
vielen Regen weich. Spärlicher werden die Bäume,
niedriges Gestrüpp nur entsproßt dem Felsen. Wir
bauen in Sicht des Feindes. Jeden Augenblick kann er
uns einige Granaten oder Schrapnelle auf den Pelz
brummen. Also möglichst Deckung.

Weiter können die Pferde nicht. Immer schroffer
steigt der Berg an. Tiefe Regenrinnen kreuzen unseren
Pfad. Die Karren müssen zurückbleiben. Ihr Inhalt
wandert auf die Schultern der Telegraphisten. Sie

sind jetzt Leitungsbauer und Tragtiere. Prustend windet
sich der Trupp durch dichtes Gestrüpp, stolpernd und
keuchend geht's über Felsgeröll, tiefe Einschnitte und
glitschige Schlammulden. Doch das Ziel ist nicht mehr
fern. Oben, fast auf der Bergkuppe, winken Block=
hütten; dort steht das Scherenfernrohr, zu ihm ziehen
wir unsere Strippe. Häufiger lösen sich die Telegraphisten
an der Trage ab. Öfters muß verschnauft werden.
Endlich sind wir oben. Schnell den Feldfernsprecher
aufgestellt, die Erdleitung gestreckt und beide Leitungen
an den Apparat gelegt. Zwei=, dreimal schwirrt die
Kurbel des Induktors.

„Hier Zentrale Orsova," tönt's durch das Tele=
phon.

„Hier Artilleriebeobachtung auf Höhe ... Wir
sind eben mit der Leitung fertig geworden; wie ist die
Verständigung?"

„Verständigung ausgezeichnet. Schluß."

Erleichtert atmen wir auf. Alles hat gut geklappt.
Nun können wir einige Minuten der Naturbetrachtung
widmen. Jeder wirft einen Blick durchs Scheren=
fernrohr. Dreht es auf und nieder, kreuz und quer,
ringsherum im Kreise. Silbern schlängelt sich am Fuße
der Berge die Donau dahin. Ada Kaleh, die türkische
Insel inmitten des Stromes, liegt greifbar nahe. Eine
serbische Granate riß ein Loch in den Turm der Moschee.
Nun hat er etwas Schlagseite nach dem ungarischen
Ufer. Weiter stromabwärts ragen die rumänischen und
serbischen Bergketten, die der Donau den Durchgang
jahrtausendelang erschwerten und ihr auch heute noch
ein granitenes Hindernis entgegenstellten: das Eiserne
Tor. Drüben aber gleißen und funkeln die Berg=
kuppen des Siebengebirges im Neuschnee. Wunder=

bares Naturschauspiel, so friedvoll und märchenhaft inmitten der waffenlärmburchklirrten Welt!

Deutlich erkennt das bewaffnete Auge am serbischen Ufer die Schützengräben und Drahtverhaue. Hin und wieder löst sich hinter uns ein grollendes Donnern, das lange in den Bergen herumirrt und nachzittert. Unsere Artillerie beginnt sich einzuschießen.

Spät am Abend treffen alle Gruppen im Quartier ein. Die erste Nacht hinter Kerkergittern; immerhin, es ist ein fideles Gefängnis. Bald erklingen fröhliche Lautenklänge aus einer der Kabinen. Erlebnisse des Tages werden ausgetauscht. Die eine der Aufgaben ist erfüllt: die Leitungen nach auswärts sind nun alle gestreckt. Bleiben für den nächsten Tag noch die Stadtanschlüsse, der übernächste Morgen soll den Übergang bringen.

Punkt sieben Uhr fing das Artilleriekonzert an. Mit zwei Rollsalven setzte es ein. Dann heulten zwei Stunden lang deutsche und k. u. k. Granaten und Schrapnelle über die Berge, die Stadt und den breiten Strom hinweg. Hinüber nach den serbischen Bergen. Um neun Uhr beginnen die Maschinengewehre zu hämmern. Aha! Unten an der Donau wird es Ernst, die Truppen setzen über. An drei Stellen zugleich. Je zwei Pontone sind zu Fähren ausgebaut. Darauf stehen die Sturmtruppen. Pioniere rudern. Hart kämpfen sie gegen die reißende Strömung der stark angeschwollenen Donau an. Sie werden ein gut Teil abgetrieben. Lange, bange Minuten schwimmen die Fähren auf dem Wasser. Die ersten kommen drüben an. Die Strandgeschütze decken ihre Landung. Dutzende solcher Fähren schwimmen jetzt auf dem Strom. Neue folgen. Drüben ziehen die Kämpfer Schwarmlinien aus, zerschneiden die Drähte, springen über die Gräben hinweg. Vereinzeltes Gewehrfeuer. Die Serben ziehen sich in ihre Berge zurück. Unsere Stürmer aber folgen. Immer noch dröhnen die Geschütze ...

Um neun Uhr stießen die ersten Kähne ab. Eine halbe Stunde später folgen zwei Gruppen Fernsprecher. Nachts wurde der Anfang des Flußkabels mit der schwachen Strippe verbunden und ins Wasser hinein im Sande vergraben. Um halb zehn Uhr stößt die Fähre ab. Schnell dreht sich die Rolle im Gestell. Lautlos verschwindet das schwere Kabel im Wasser, senkt sich zum Grunde. Eine Viertelstunde später wird drüben der Rest des Kabels abgerollt, mit einem dünnen Kabel verbunden und ebenfalls eingegraben. Die Verlegung des ersten Flußkabels gelang. Weitere noch müssen verlegt werden. Der andere Trupp nimmt die Arbeit auf.

Im brennenden Dorf Tekija gilt's in größter Eile eine Station zu errichten, das schwache Kabel dorthin zu führen. Die Wohnung eines Tierarztes erweist sich als geeignet. Wenige Minuten später sind die Apparate aufgestellt, ist die Leitung angeschlossen und geprüft. Da reichen auch schon die Fernsprecher von der Infanterie ihre Kabel in die eben errichtete Zentrale. Zu den beiden Leitungen gesellt sich bald eine dritte. Im Tempo der an den Bergen emporklimmenden Schützen strecken die Infanteristen ihre Leitungen. Über die neue Vermittlung in Tekija hinweg ist die telephonische Verbindung des Generalstabes in Orsova mit den immer weiter vordringenden Truppen trotz des breiten, trennenden Stromes wiederhergestellt. Anfragen, Befehle, Anordnungen schwirren bald herüber und hinüber. Um dreiviertel zehn Uhr werden die ersten Gefangenen

eingebracht, darunter zwei Frauen, die mit Waffen
bei den serbischen Soldaten angetroffen worden. —

Unser Zug bekommt weitere Aufträge. Die vor=
rückenden Truppenmassen haben nicht genügend Fern=
sprecher. Die angeforderte Verstärkung kann erst in
einigen Tagen zur Stelle sein. Wir müssen einspringen.
Vier Stationen haben wir bereits dauernd besetzt.
Weitere Leitungen müssen gebaut, neue Stationen er=
richtet und besetzt werden. Immer kleiner werden die
Gruppen, immer größer die Schwierigkeiten beim Bau.
Die Wege in Ungarn waren infolge des unaufhör=
lichen Regens und der starken Beanspruchung äußerst
zerfahren; in Serbien spotten sie aller Beschreibung.
An Mensch und Tier werden die allerhöchsten An=
forderungen gestellt; beide müssen ihr Letztes hergeben.

Wieder einmal bewegt sich ein Bautrupp die Höhe
hinan. Zu der Flut dünnen Schlammes, die lavaartig
aus den Bergen den schmalen Pfad herunterplätschert,
gesellt sich von oben klätschender, kalter Regen. Von
allen Seiten gurgeln kleine Rinnsale hernieder, den
Schlamm auf dem Pfad immer mehr verwässernd.
Mißmutig, abgehetzt platschen und stampfen die Pferde
in der gelben Tunke. Fürchterlich sehen die Fahrer aus,
die die Tiere am Halfter führen, bis zu den Hüften,
bis zum Hals hinauf spritzt ihnen der Schmutz, der
von den Pferden bei jedem Tritt emporgeschleudert
wird. Der dünne Schlamm läuft ihnen an den Beinen
wieder herunter, in die Stiefel hinein, füllt sie bis oben.
Sie haben sich in ihr Los ergeben, sehen mit grimmigem
Lachen, beide Arme steif vom schmutzigen Wams haltend,
hernieder an der Bescherung. Die schweren, durchnäßten
Hosen klatschen bei jedem Schritt gegen die Glieder.

„Hallo, Achtung, wieder so 'n verfl ... Loch!" Der

Fahrer vom erſten Wagen ruft es aus. Sein Pferd
fiel auf die Vorderfüße. Mühſam kämpft es ſich wieder
empor. Dem Karren jedoch wird das Loch zum Ver=
hängnis. Ein ganz kurzes Ringen um die Gleich=
gewichtslage. Verzweifelt zieht der Wagenleiter an der
hochgehenden Seite. Das Verhängnis iſt ſtärker. Im
nächſten Augenblick liegt der Karren auf der Seite.
Mit ihm das Pferd, mit ihm unſere Ruckſäcke, unſere
Schlafdecken. Es iſt zum Heulen. Da liegen nun die
Decken in dieſem dreifach, nein, tauſendfach ver=
wünſchten Dreck. Womit nun abends, wenn die
naſſen Kleider am Feuer hängen, den Körper ein=
wickeln? Oh, Peter von Serbien, wenn dich in dieſem
Moment die deutſchen Fernſprecher zur Stelle gehabt
hätten!

Weiter können die Pferde nicht. Und wenn hinterher
ein ganzes Regiment Koſaken kämen. Die letzten hundert
Meter war's kein Ausſchreiten mehr; es war ein fort=
während es Straucheln, Fallen, Wiederaufrichten und
Weiterwanken. Ihre Nüſtern ſind weit aufgebläht,
Schaum ſteht vor ihrem Maul. Sie pumpen die Luft
ein wie Hochdruckkompreſſoren. Die Fahrzeuge müſſen
umkehren. Das notwendige Baugerät wandert wieder
auf die Schultern der Telegraphiſten.

Endlich iſt auch dieſe Höhe erklommen. Eine kleine
Lehmhütte mit zwei Räumen bietet Unterſchlupf. In
dem einen Raum hockt der Regimentsſtab, in dem
anderen errichten wir Station. Einer von uns muß
wachbleiben. Wir knobeln. Todmüde ſinkt alles bis
auf den Dienſthabenden in das zertretene, ſchon von den
Serben benützte Heu. Eſſen mag keiner. Die naſſen
Kleider mögen auf dem Leibe trocknen. Kalt bringt die
feuchte Luft durch die rohgezimmerte, ſchlechtſchließende

Tür. Fröstelnd verkrauchen sich die schlafenden Tele=
graphisten noch mehr ins Heu. —

So, diesmal wird's besser gehen. Wir haben zehn
Tragtiere erhalten. Mit Treibern. Erstaunlich, was
sich alles auf dem Rücken dieser kleinen, munteren
Pferdchen verstauen läßt. Noch fehlt uns freilich die
Übung. Bald so, bald so verladen wir unsere Kabel=
trommeln, Feldfernsprecher, Batterien, Schreibmate=
rialien und sonstigen Geräte. Endlich haben wir's er=
faßt. Das Problem der günstigsten Beladung von Trag=
tieren ist gelöst. Noch nicht ganz einwandfrei, wie wir
zwei Stunden später erfahren sollten. Einstweilen aber
sind wir froh, daß wir alles Gerät und unser eigenes
Gepäck untergebracht haben.

Stolz ziehen wir aus zum Leitungsbau. So was
hat uns schon lange gefehlt. Nach dem einjährigen
Stellungskrieg im Westen mit dem dauernden Stations=
dienst gefällt uns die Kraxelei in den serbischen Bergen
ganz ausgezeichnet. Trotz alledem und alledem. Richtige
Gebirgsfernsprecher sind wir geworden; immer mitten
drinnen in den ersten vorgehenden Kolonnen, in dem
Wirrwarr durcheinanderflutender Truppen, Wagen und
Reiter.

Längst wandeln wir auf Pfaden, die für die Karren
unmöglich gewesen wären. Doch unsere Tragtiere ver=
sagen nicht. Sie klettern so sicher wie wir, sind uns an
Ausdauer noch überlegen. Wir können das Hohelied
des Tragtieres gar nicht laut und oft genug singen.
Natürlich, wenn man so das erste Mal mit solchen
Geschöpfen zusammenarbeitet und die Kerlchen so willig
und folgsam findet.

„Doch mit des Geschickes Mächten . . .“ Nein, auch
im Kriege, auch in den serbischen Bergen nicht. Der

Teufel mochte wissen, was plötzlich in das eine Trag=
tier gefahren war. Vielleicht er selbst. Das Kerlchen
bockt. Bekommt guten Zuspruch, häßliche Schimpf=
worte an den Kopf geworfen. Einer hat einige Stück=
chen Zucker. Mit Behagen zermahlt es die wonnige
Atzung. Doch es bleibt stehen. Ist nicht vom Platz zu
kriegen. Wir müssen weiter. Fordern den Treiber auf,
das störrische Tier in Gang zu setzen. Der schickt sich
an, auf rumänisch einen längeren Vortrag über Trag=
tieres Tücken und Launen vom Stapel zu lassen. Wir
verstehen kein Wort, haben auch keine Lust, uns von dem
Treiber über die Seele der Pferde im allgemeinen und
über die des störrischen Teufels im besonderen unter=
richten zu lassen. Wie auf Kommando strecken sich
mehrere Arme gebieterisch in Richtung unseres Zieles.
Er versteht. Will antraben. Das Tragpferd versteht
vielleicht auch. Mag nicht antraben. Bleibt das seit
alters bekannte Erziehungsmittel. Ein dürrer Ast ist
bald gefunden. „Hallo, hui, hui!" Klatschend saust der
Knüppel hernieder. Am Halfter zieht einer der Treiber.
Ein plötzlicher, gewaltiger Seitensprung. Etwa zehn
Meter tiefer bleibt das sich überschlagende Tier in einem
dichten Gestrüpp hängen. Unsere Kabeltrommeln sind
in Schwung gekommen. Tief unten, in einer Regen=
rinne, finden wir sie wieder. Seitdem ist für uns das
Problem der Tragtierbeladung restlos gelöst.

✤

Eine Null zu wenig

Aus den Erinnerungen eines Tierarztes

Von A. Oskar Klaußmann

Es war an einem warmen Augusttage, als ich meine Bücher fortpackte, weil ich ihrer nicht mehr beburfte. Vorläufig sollte mir wenigstens niemand zumuten, ein Buch in die Hand zu nehmen, das mit meinem Beruf zusammenhing. Ich hatte mein Staatseramen als Tierarzt bestanden und den philosophischen Doktor erworben; man hatte mich sozusagen auf das gesamte Tierreich „losgelassen". Am ersten Oktober sollte ich eine Stellung als Assistent am Schlachthof antreten. Da ich wegen eines etwas kurzen linken Beines militärfrei war, konnte ich daran denken, den September noch zu gründlicher Erholung zu verwenden. Allein es kam anders! Eines Morgens, als ich nichts Böses ahnend im Bette lag, überfiel mich ein alter Herr meiner Verbindung, Tierarzt wie ich, nur mit einer langjährigen, weitverzweigten und wertvollen Praxis. Er erklärte mir, daß er von meinen Bummelgelüsten gehört habe und gekommen sei, sie mir auszutreiben. Solch ein Leben ohne Arbeit sei schädlich und würdelos, und er fühle sich für einen jungen Kollegen verantwortlich.

Ich muß gestehen, daß schon seine Einleitung mir unbehaglich war. Dann kam er schnell zur Sache. Er wäre als Stabsveterinär für die Zeit des Krieges eingezogen, und ich müsse seine Praxis übernehmen. Ich solle bei ihm wohnen, bekäme dreihundert Mark bei freier Station und könne außerdem seinen Weinkeller leertrinken. Seine Zigarren und sein Diener stünden zu meiner Verfügung, und ich hätte Gelegenheit,

mich etwas einzuarbeiten und meine Tier- und Menschen-
kenntnis zu erweitern.

In seiner Praxis sei nämlich die Behandlung der
Patienten oftmals durchaus nicht die Hauptsache, sondern die Behandlung der Besitzer der Patienten spiele
in vielen Fällen die bedeutendere Rolle. Die Patienten
selbst seien Luxustiere, kostbare Exemplare von Pferden
und Hunden, Katzen und Vögeln. Die Tiere wären
verwöhnt, ihre Besitzer oft noch mehr; und man zahle
gern ein hohes Honorar, wenn ein Lieblingstier am
Leben blieb. Aber die Leute verlangten manchmal eine
ganz eigenartige Behandlung. Er könne deshalb nicht
jedermann zu seiner Vertretung brauchen, und wenn
er mich dazu ausersehen habe, so sei das eine Ehre für
mich, die ich anscheinend nicht einmal genügend zu
schätzen wüßte.

Darin hatte er nun allerdings recht, und ich sagte
das auch glatt heraus. Monatelang hatte ich ge-
büffelt, in der Stube gehockt, Tag und Nacht keine Ruhe
gehabt, und jetzt, wo ich mich erholen wollte, hing er
mir seine Praxis auf, die sich nicht nur auf die körper-
lichen Gebrechen der Tiere, sondern auch noch auf die
seelische Behandlung ihrer Besitzer erstreckte.

„Du hast die Sache richtig erfaßt," sagte schmunzelnd
mein alter Herr, „du sollst nicht nur Tierarzt, sondern
auch Psychologe sein. Du wirst viel dabei lernen und
Erfahrungen machen, die dir in der Viehhofpraxis, der
du entgegengehst, nicht beschieden sind. Anstatt Geld
totzuschlagen, wirst du verdienen. Zu anstrengend übrigens wird es nicht werden; der größte Teil meiner
Patienten ist mit den Besitzern verreist. Man wird
dich in der Sprechstunde kaum überlaufen."

Ich sah ein, daß mir nichts anderes übrigblieb,

als auf seinen Vorschlag einzugehen. Und übrigens
hatte er ja eigentlich recht: Wald= und Wiesenduft,
Berge und Seen liefen mir nicht weg, und eine Er=
holung, die noch dazu etwas einbrachte, war auch nicht
zu verachten.

————

Am nächsten Morgen saß ich in seinem Arbeits=
zimmer und behandelte einige Tiere, die man mir in
die Sprechstunde gebracht hatte. Dann machte ich in
Doktor Keils Begleitung zu Wagen meine Kranken=
besuche bei einigen Pferden, einem Papagei und einem
Kakadu und erkundigte mich nach dem Befinden einiger
von den verreisten Besitzern in Obhut der Dienerschaft
zurückgelassenen Haustiere. In der Nachmittagssprech=
stunde erschien noch eine Katze, von einem Mädchen in
einem Korbe gebracht, und mein Tagewerk war getan.
Anstrengend oder aufregend erschien die Sache nicht.
Wenn es nicht schlimmer wurde, stand mir eine viel=
monatige Faulenzerei bevor, die auch als Erholung
gelten konnte.

Tags darauf brachte ich Keil zur Bahn, hielt dann
meine Sprechstunde ab, die nur wenig besucht war.
Dann machte ich einige Visiten, aß Mittag und kehrte
eine Stunde vor Beginn der Nachmittagssprechzeit
zurück. Ich befahl Franz, mich kurz vor drei Uhr zu
wecken, hatte mich aber kaum zu einem Mittagschläfchen
ausgestreckt, als der Eintritt des Dieners den leise
kommenden Schlummer verscheuchte.

„Entschuldigen Sie, daß ich störe, Herr Doktor, aber
es ist ein Mädchen da, das sich nicht abweisen lassen will.
Der Herr Doktor möchten doch sofort zu einem kranken
Hunde kommen.“

„Handelt es sich um Kundschaft von euch?“

„Nein."

Ärgerlich über die Störung erhob ich mich.

Ein niedliches Dienstmädchen stand im Flur und trat mir, als ich das Zimmer verließ, rasch entgegen. Es handle sich um einen Hund, der die Krämpfe habe. Und die Herrschaft sei in der größten Besorgnis. Das Mädchen sprach aufgeregt und betonte immer wieder, daß irgend ein Fräulein Hannchen in Verzweiflung sei und nicht wüßte, was sie tun solle, wenn der Hund stürbe.

Lächelnd erkundigte ich mich, wo „Fräulein Hannchen" wohne, erfuhr, daß die Familie Buchwald hieß, in der nächsten Querstraße wohne, nahm meinen Hut und ging mit. Wäre es meine eigene Praxis gewesen, hätte ich vielleicht nicht diesen Eifer gezeigt, aber ich hatte Pflichten gegen Keil, dem ich vielleicht neue Kundschaft zuführte. Das Mädchen lief so, daß ich kaum mitkam; sie flog vor mir die Treppe hinauf, schloß die Flurtüre auf und stürzte mit einem: „Der Doktor kommt!" hinein.

Ich folgte ziemlich atemlos und traf schon in der Diele eine junge Dame, deren Erscheinung mich auf den ersten Blick gefangennahm. Sie mochte anfangs der Zwanziger sein, und der Ausdruck der Traurigkeit mit den mühsam verhaltenen Tränen in ihren Augen machte sie nur noch anziehender. Sie führte mich in ein Zimmer, wo in einem gepolsterten Korb ein braun- und schwarzgefleckter Hund scheinbar leblos lag.

Ich nahm den Korb auf und stellte ihn auf den Tisch, um das Tier zu untersuchen. Es war ein Malteser- hündchen, das schon recht alt sein mußte, wie ich aus dem grauen Schleier seines linken Auges schloß. Das Tier zuckte und schien zu leiden. Ich hob es vorsichtig

heraus und versuchte es auf die Beine zu stellen, aber
mit einem leisen Stöhnen sank es auf dem Teppich
zusammen.

Es war mir klar, daß ich eine Lähmung vor mir
habe, und ich fragte nach der Zeit des ersten Auftretens
der Erscheinung. Das Fräulein Hannchen sagte mir,
daß der Hund seit zwei Tagen mangelnde Freßlust ge=
zeigt, aber erst seit heute morgen die Bewegungsfähig=
keit verloren habe. Mit einer Erregung, die ich bei
dem Objekt, dem sie galt, nicht verstand, bat sie mich
unter Tränen, dem Hunde zu helfen. Ich wisse nicht,
was von dem Leben des Hundes abhänge.

Verwundert schüttelte ich den Kopf und untersuchte
den Hund nochmals genau. Es war zweifellos eine
Lähmung, aber da man mich so rechtzeitig gerufen,
würde sie sich durch einen raschen Eingriff beseitigen
lassen. Meine Injektionsspritze und ein Medikament
aus der Apotheke brauchte ich; mehr würde nicht nötig
sein. Ich ordnete an, den Hund ruhig liegen zu lassen,
bis ich wiederkäme, und eilte selbst fort, das Nötige zu
holen.

Wenn das Tier gerettet werden sollte, konnte es
nur durch eine Strychnininjektion geschehen. Nicht
umsonst hatte ich eben erst mein Examen gemacht: ich
wußte genau, daß man für das Kilo Körpergewicht beim
Hund ein Milligramm Strychnin nahm. Das Tier wog
nach meiner Schätzung etwa drei Kilogramm, es waren
also drei Milligramm erforderlich. In der Apotheke
schrieb ich selbst das Rezept und las es nochmals sorgfältig
durch; ja, es war richtig, 0,003 Gramm stand darauf.

Kaum eine Viertelstunde später hatte der Hund die
Strychninlösung unter der Haut. Das Tier war völlig
teilnahmlos und regte sich auch beim Einstich kaum.

Auch geraume Zeit nach der Injektion lag es noch ebenso unempfindlich und ohne Bewegung in seinem Korb.

Ich verordnete, daß der Hund in ein verdunkeltes Zimmer gebracht werde und möglichst ungestört sich selbst überlassen bliebe. Dann schickte ich mich an zu gehen.

Hannchen Buchwald geleitete mich bis an die Tür und dankte mir für meine rasche Hilfe.

Aber mir schien, als ob sie noch etwas auf dem Herzen habe. Als ich mich verabschieden wollte, hielt sie mich zurück. Sie sagte, daß ihr meine Verwunderung über ihr Betragen nicht entgangen wäre, und daß sie mir daher eine Aufklärung geben müsse, damit ich sie nicht für eine Hundenärrin halte. Die Sache sei so: der Hund stamme von einer verstorbenen Tante, die ein großes Vermögen hinterlassen habe mit der Bedingung, daß die Nutznießung dieses Vermögens so lange der Familie zufallen solle, als der Hund lebe; so wußte sie für den Hund eine gute Pflege gesichert. Wenn der Hund sterbe, so bleibe ihren Eltern nur eine verhältnismäßig kleine Rente, und das übrige Geld falle an wohltätige Stiftungen. In wenigen Tagen wäre die Rente fällig und der Verlust, den die Eltern erleiden würden, sei bedeutend. Augenblicklich hinge viel davon ab, daß die Verhältnisse sich nicht ändern. Die Mutter sei schwer leidend und mit dem Vater ins Bad gereist. Beide wüßten nicht, was hier vorgehe, und sie habe die ganze Verantwortung zu tragen.

Ich beruhigte Fräulein Hannchen und eilte nach Hause. Meine Nachmittagsprechstunde verlief ziemlich ereignislos. Ein Kakadu, der sich ein Stück aus dem Schnabel herausgebrochen, und ein Hund, dem zwischen

Tür und Schwelle die Hinterpfote gequetscht worden
war, erschienen als die einzigen Kranken.

Als niemand mehr kam, zündete ich mir eine Zigarre
an und legte mich aufs Sofa. Meine Gedanken um=
kreisten das Erlebnis des Vormittags: eine verrückte
alte Jungfer, die einem Hunde zuliebe ein unsinniges
Testament machte, und ein lebensfrisches, strahlend
schönes Mädchen, das sich die Augen ausweinte, weil
der Hund sterben wollte. Diese Augen! Bei dem
letzten Bilde meiner Betrachtung blieben meine Ge=
danken stehen, und ich suchte mir die Einzelheiten der
ganzen anmutigen Erscheinung des Mädchens zu ver=
gegenwärtigen. Nein, der Hund mußte gerettet wer=
den; das nahm ich mir fest vor.

Eine Viertelstunde später war ich schon wieder auf
dem Wege zu Buchwalds, um nach dem Hunde zu
sehen — so wenigstens redete ich es mir ein. Ein wenig
aufgeregt stieg ich die teppichbelegten Stufen hinan.

Das Dienstmädchen öffnete, und meine erste Frage
galt dem Hunde. Der schlafe, ward mir zur Antwort,
hätte sich überhaupt nicht mehr gemeldet, und das
Fräulein schlafe ebenfalls, in dem gleichen Zimmer wie
der Hund. Sie sei von der Aufregung ganz erschöpft.
Aber — wenn der Herr Doktor wolle, würde sie das
Fräulein wecken. Natürlich verneinte ich. Morgen würde
ich wiederkommen.

Das Dienstmädchen legte mir das Schicksal des
Hundes, das mit dem ihrer Herrschaft so eng verknüpft
war, nochmals mit eindringlichen Worten ans Herz.
Ich solle doch tun, was in meinen Kräften stehe — das
Fräulein sei eine so liebenswürdige, gutmütige und
freundliche Dame.

Trotzdem ich von diesen ausgezeichneten Eigen=

schaften eigentlich keine Ahnung haben konnte, bestätigte ich doch die letzten Worte des Mädchens mit einer vorläufig nicht recht begründeten Wärme. Ärgerlich über mich und etwas enttäuscht über den nutzlosen Besuch ging ich nach Hause. ...

Wenn sich die Seele des Menschen besonders stark mit irgend einer Sache beschäftigt, dann kehren die Erscheinungen des Tages und der Wirklichkeit im Traume wieder, oft seltsam verworren und phantastisch vorgerückt. Ich hatte mich abends zeitig zu Bett gelegt und wohl schon einige Stunden geschlafen, als mir träumte, ich sei abermals im Examen. Vor mir saß der Professor, den ich am meisten fürchtete. Aber nicht ein gelehrter Kollege nahm neben ihm den Platz ein, sondern es war Fräulein Hannchen Buchwald, und sie nickte mir freundlich zu. Ich empfand doppelte Angst, denn mir schauderte bei dem Gedanken, mich mit meinen Antworten gerade vor dem Fräulein zu blamieren. Aber es ging ganz gut. Natürlich spielte auch die Hundeangelegenheit in den Traum hinein, und Professor Brückner fragte mich: „Was würden Sie bei Lähmung eines Hundes anwenden?"

„Ich würde dem Tiere eine Strychnineinspritzung geben," antwortete ich, und Professor Brückner nickte wohlwollend, während mir Fräulein Hannchen ermutigend zulächelte.

„Welche Dosis geben wir in diesem Falle?"

„Ein Milligramm pro Körpergewicht des Tieres," antwortete ich prompt.

„Sie behandeln das Hündchen dieser Dame," fuhr der Professor fort. „Wie schwer ist es?"

„Ungefähr drei Kilogramm."

„Wieviel Strychnin müssen Sie also verschreiben?"

„Drei Milligramm, Herr Professor."

„Sehr richtig, also 0,003 Gramm! Und nun sehen Sie einmal gefälligst nach, was Sie da geschrieben haben!" Dabei überreichte er mir das Rezept, das ich in der Apotheke abgegeben.

Ich warf einen Blick darauf und erbleichte: mit unerbittlicher Deutlichkeit stand dort die Zahl 0,03. Als ich aufblickte, sah ich den Blick des Professors streng und vorwurfsvoll auf mich gerichtet, und Fräulein Hannchen schluchzte laut.

„Sie haben dem armen Tier die zehnfache Dosis gegeben und es umgebracht, Sie Mörder!" sagte der Professor unerbittlich, und wie ein hundertstimmiges Echo, dem ein dumpf hallender Donner folgte, klang es zurück: Mörder, Mörder!

Aber der Donner wurde stärker und verschlang endlich das entsetzliche Wort. Ich erwachte und hörte, daß man an meiner Tür pochte. „Wer ist da?" fragte ich.

„Ich, Franz," tönte es hinter der Tür; „der Kutscher vom Herrn Kommerzienrat Lorenz ist da. Das eine Kutschpferd hat die Kolik, und der Herr Doktor möchten doch rasch hinkommen."

Ich sah mich um; es war heller Tag. „Der Kutscher soll warten, ich komme sofort mit!" Schnell sprang ich aus dem Bett, wusch mich und kleidete mich an. Dabei fiel mir der Traum ein und die falsche Dosierung der Strychnininjektion. Bei dem klaren Gedanken an die Möglichkeit dieses Versehens überlief es mich kalt. Wenn ich dem Hund die zehnfache Dosis gegeben hatte! Ich suchte und fand schließlich in meiner Rocktasche das Fläschchen, das die Lösung enthalten. Da stand es deutlich auf der Beklebung: „0,03!"

Das Fläschchen zitterte in meiner Hand. Zehnmal,

zwanzigmal sah ich hin, ob es keine Täuschung ge=
wesen, aber die unerbittlichen Ziffern blieben stehen.
Es fehlte eine Null; der Hund hatte die zehnfache
Dosis erhalten und war natürlich tot.

Aber um das Tier handelte es sich nicht mehr: eine
ganze Familie hatte ich unglücklich gemacht. Das Bild
des reizenden Mädchens stieg vor mir auf. Wie gelähmt
saß ich und starrte vor mich hin. Dann fiel mir der
wartende Kutscher ein, und ich machte mich zum Gehen
bereit. Eine Tasse Kaffee, die Franz mir brachte, stürzte
ich hinunter, und wir fuhren ab.

Halb betäubt saß ich im Wagen und hätte nicht
sagen können, durch welche Straßen mich der Kutscher
führte. Ich kam erst wieder einigermaßen zu mir, als
ich im Stall des Kommerzienrats stand und das Pferd
schlagend und stöhnend am Boden liegen sah. Das
Tier hatte gerade einen Anfall und wälzte sich auf
der weichen Torfstreu. Kommerzienrat Lorenz selbst,
sowie ein Diener und der Gärtner standen dabei.

Nach dem Anfall blieb das Pferd wie tot auf der
Seite liegen. Der eigentümlich stiere Blick sowie der
starke Schweißausbruch wiesen deutlich auf eine Kolik.
Der Puls war hart und beschleunigt, die Atmung un=
regelmäßig und rasch. Das Krankheitsbild war voll=
ständig klar; ich stellte danach meine Diagnose auf rheu=
matische Kolik und beruhigte den aufgeregten Kutscher.
Selbst bei sorgfältigster Pflege, bei streng geregelter
Fütterung und bester Behandlung kämen derartige Er=
kältungen oder Krampfkoliken vor. Im übrigen be=
stünde keine Gefahr, da man mich so rechtzeitig gerufen.
Ich schrieb ein Rezept — die Zahlen überlegte ich mir
dreimal genau — und schickte den Diener rasch in die
Apotheke. Dann ließ ich dem Tiere Decken unterlegen,

damit es bei der Wiederkehr des Anfalls nicht zu Schaden komme, und untersuchte das Tier, um festzustellen, ob vielleicht die Kolik durch eine innere Verletzung hervorgerufen sein könnte, aber es reagierte weder auf vorsichtiges Beklopfen noch auf Druck. Darauf setzte ich mit der Untersuchung aus, denn der Anfall kam wieder.

Nach einer Stunde hatte ich die Genugtuung, daß die Krämpfe aufhörten. Das Pferd lag zwar noch ermattet auf der Seite, aber Puls und Atmung hatten sich beruhigt.

Die Einladung des Kommerzienrats zum Frühstück lehnte ich mit dem Bemerken ab, lieber noch bei dem Pferde bleiben zu wollen, um es zu beobachten. Aber ich tat das wirklich nicht allein aus Pflichtgefühl und in der Absicht, den Kommerzienrat zu beruhigen. Mir war vielmehr nach einem Frühstück gar nicht zumute. Das Pferd zwar war sicher gerettet; aber drüben in der Wohnung bei Buchwalds lag ein toter Hund, den ich umgebracht hatte, und an seinem Korbe kniete schluchzend ein verzweifeltes Mädchen.

Welch ein Glück, daß ich nicht zu Hause war und geholt wurde, um den Tod des armen Tieres festzustellen. „Mörder, Mörder! Vernichter des Glückes einer Familie! Unfähiger, elender Kerl!"

Solche Schmeichelnamen sagte ich bei mir selbst. Aber alle Vorwürfe machten weder den Hund lebendig noch ersetzten sie der Familie Buchwald den großen Geldverlust, den ich ihr durch meinen Leichtsinn verursacht hatte. Nein, lieber den ganzen Tag bei dem kranken Pferde bleiben im Stall, als nach Hause gehen und den Jammer hören, wenn die Weiber kamen und den Tod des Hundes berichteten.

Mein Magen knurrte gewaltig, aber ich hielt aus.

Der Zustand des Pferdes besserte sich zusehends, es versuchte sich bereits aufzurichten und reagierte auf Streicheln und Zureden.

Es war elf Uhr vorüber, als mein Diener Franz erschien und mich bat, ich möge einen Augenblick herauskommen. Ich wußte, er hatte eine Nachricht für mich, die er mir in Gegenwart des Kutschers nicht mitteilen wollte. Ich wußte auch, was für eine Nachricht es war.

Das Mädchen von Buchwalds sei schon zweimal dagewesen. Dem Hunde ginge es gut, aber das Fräulein sei sehr ängstlich und ließe Herrn Doktor bitten, doch so bald als möglich nach dem Tiere zu sehen.

„Wie geht es dem Hunde?" fragte ich ungläubig.

„Gut, Herr Doktor. Er hat gefressen und bewegt sich auch, wie es scheint, ohne Schmerzen. Das Fräulein und das Mädchen sind ganz glücklich darüber. Herr Doktor möchten nur bald hinkommen."

Dem Verurteilten, der bereits den Hals in der Schlinge hat und plötzlich erfährt, daß er begnadigt ist, muß ähnlich zumute sein, wie es mir war.

Das Biest mußte eine Roßnatur haben, wenn es diese ungeheure Dosis vertrug. So war Hannchen nicht unglücklich durch meine Schuld! Ohne mich länger um das Pferd zu kümmern, rannte ich zu Buchwalds, und Fräulein Hannchen öffnete mir selbst. Sie sah glückstrahlend aus, und ihr Anblick brachte mich fast um den Verstand.

„Tausend Dank!" Mit bezauberndem Lächeln streckte sie mir beide Hände entgegen, die ich wieder und wieder küßte, bis man sie mir errötend und beschämt entzog.

Dann stand ich am Korbe des Hundes; das gute Tier leckte mir die Hand. Es konnte wirklich schon wieder stehen und sogar einige Schritte laufen. Ich schrieb ein Rezept und erklärte, am Nachmittag wieder= kommen zu wollen, dann lief ich fort; ich schämte mich wegen meines verrückten Betragens. — —

Eine schöne und heilige Sache war doch die Wissen= schaft, aber auch sie blieb nicht vor Irrtum bewahrt. Menschen und Tiere gab es, die nichtswürdig genug waren, am Leben zu bleiben, wenn sie nach den Regeln der Wissenschaft schon tot sein mußten. Jedenfalls wollte ich der Sache auf den Grund gehen. Ich ging nach Hause, um mir ein Instrument zu holen, das ich bei dem Pferde des Kommerzienrats gebrauchen wollte, steckte das Fläschchen, das die Strychninlösung ent= halten, zu mir und ging zur Apotheke.

Hier ließ ich mir das Rezept vom Tage vorher geben. Da stand ganz richtig: 0,003. Mich hatte in der Nacht ein Alp gedrückt. Nun schlug ich natürlich gehörig Lärm und stellte fest, daß die Lösung nur drei Tausendstel Gramm enthalten, daß aber der Lehrling, der das Rezept auf die Etikette des Fläschchens kopierte, die eine Null fortgelassen hatte. In meiner Gegenwart wurde dem Lehrling von seinem Chef tüchtig klargemacht, welche Bedeutung in der Pharmazie die Nullen in den Dezimalstellen haben.

Darauf kehrte ich zum Kommerzienrat Lorenz zurück, machte eine nochmalige Untersuchung. Eine halbe Stunde später nahm das Pferd etwas warmes Futter. Der Besitzer war außer sich vor Freude und bestand nun darauf, daß ich mit ihm frühstückte, wogegen ich nichts mehr einzuwenden hatte.

Wir aßen und tranken nicht wenig und nicht das Schlechteste. So kam ich in dreifach beseligter Stim= mung am Nachmittag zu Fräulein Hannchen. In diesem

Zustande gestand ich ihr alles, erzählte, wie noch nie ein weibliches Wesen solchen Eindruck auf mich gemacht habe wie sie, und welche Angst ich durch den Apothekerlehrling ausgestanden hätte. Fräulein Hannchen war sehr gerührt, weinte und nannte mich gut, pflichttreu und sah mich dabei so lieb an, daß ich einer plötzlichen Wallung nicht widerstehen konnte und sie küßte.

Ein halbes Jahr später war sie meine Frau. Das Hündchen befand sich in meiner besonderen Obhut und lebte noch lange, überlebte sogar meine Schwiegereltern.

So kann eine Null wohl einmal für Glück und Unglück einer ganzen Familie bedeutungsvoll werden.

Der Weltkrieg

Nach dem Fall von Nisch zogen die Serben ihre Hauptstreitkräfte auf dem linken Ufer der Morawa zusammen und nahmen dort mit schwerer Artillerie reich verstärkte, gut befestigte Stellungen ein. Der Mittelpunkt ihrer Linie lag nordwestlich von Leskowac. Die Bulgaren rückten von Osten vor und erreichten das rechte Morawaufer auf der Front Leskowac=Paracin. Wegen des schlechten Zustandes der Straßen war es den Bulgaren unmöglich, das Zubehör für die Kriegs=brücken herbeizuschaffen.

Die Serben erkannten den Vorteil ihrer Lage und beschlossen, daraus Nutzen zu ziehen. Während sie an allen übrigen Fronten starke Nachhuten zurückließen, warfen sie sich mit ihren Kerntruppen, der Schumadia=, Drina=, Timok= und Morawadivision, die von König Peter persönlich befehligt wurden, auf die Bulgaren in der Absicht, die Front zu durchbrechen und zugleich die rechte Flanke und den Rücken der bulgarischen Truppen, die auf der Linie Dommurovici=Macanik standen, zu bedrohen und sie so zum Rückzug zu zwingen. Auf diese Weise wäre es den Serben gelungen, sich die Straße nach Kumanowo zu öffnen und den weiter südlich bei Prilep kämpfenden Streitkräften der Bulgaren in den Rücken zu fallen.

Jedoch wurde auf bulgarischer Seite die Gefahr rechtzeitig erkannt. Dem serbischen Durchbruchsversuch wurde der entschiedenste Widerstand geleistet, so daß alle Angriffe scheiterten. Alsdann gingen die Bulgaren zum Gegenstoß vor, wobei sie von Abteilungen ihrer ersten Armee unterstützt wurden, die inzwischen auf das linke Morawaufer übergesetzt waren.

Österreichisch-ungarischer Train in Serbien.

Nach dem Mißlingen ihres ursprünglichen Planes bemühten sich die Serben, ihr Ziel auf einem anderen Weg zu erreichen. Um den Vormarsch der Bulgaren aufzuhalten, ließen sie vor deren Front eine starke

Der bulgarische Generalstabschef General Jostow.

Nachhut zurück und vereinigten ihre Hauptstreitkräfte jenseits der ehemaligen serbisch=türkischen Grenze gegen die Linie Priština=Gilan=Dommurovici. Trotzdem be= mächtigten sich die Bulgaren Gilans. Die serbische Morawadivision überstieg die Kopiliaskhöhen und ge=

Das Aufziehen eines Scheinwerfers.

langte in den Rücken der nördlich von Gilan stehenden
bulgarischen Truppen. Indessen wurde die Gefahr,
die diese Umgehung barg, bald beseitigt. Die Division
wurde umzingelt, und gegen 7000 Mann mußten die
Waffen strecken. Längs der alten serbisch-türkischen
Grenze leisteten die Serben zunächst verzweifelten Widerstand, so daß es überall zu erbitterten Bajonettkämpfen
kam. Eine erhebliche Truppenmacht um Ferisovic
zusammenziehend, stießen sie sodann auf Gilan vor,
um die Bulgaren einzuschließen. Jedoch brach dieser
Angriff an der Standhaftigkeit der bulgarischen Truppen zusammen, die nun ihrerseits nach dem Eintreffen
von Verstärkungen die Offensive ergriffen, den Feind
warfen und ihn in der Richtung auf Pristina verfolgten.

Unterdessen war von den österreichisch-ungarischen
und deutschen Truppen die Vorwärtsbewegung gegen
die Serben mit allem Nachdruck fortgesetzt worden.
Österreichisch-ungarische Gruppen drangen von Nordwesten her in den Sandschak Novibasar ein, besetzten
Priboj und Prijepolje, überschritten unter beständigen
Kämpfen die bis zu 1500 Metern aufsteigenden Javor-
höhen, rückten gegen die Randberge des Beckens von
Sjenica vor, erklommen von Jvanjica her die Lavaba-
planina und nahmen den 1931 Meter hohen Jankow
Kamen im Sturm.

Von Nordwesten her wurde der Einkreisungsring
vervollständigt durch die Armee Köveß und die Armee
Gallwitz, deren linker Flügel sich an die Bulgaren an-
lehnte. Nachdem der Übergang über den Ibar er-
kämpft und Raska besetzt worden war, drangen die
deutschen Truppen der Armee Köveß im Raßkatal
vor und eroberten nach erbittertem Kampf Novibasar.

Erzherzog-Thronfolger Franz Josef bei einer Besichtigung auf dem italienischen Kriegsschauplatz.

Gleichzeitig hatte sich die Armee Gallwitz nach Westen vorgeschoben und Kursumlje in ihren Besitz gebracht.

Somit waren auf der gesamten Front die Zugänge zum Amselfeld geöffnet. Unter steten Kämpfen, wobei die Serben in der Verteidigung durch die Bodengestaltung wesentlich unterstützt wurden, zog sich die Einschnürung enger und enger. Mitrowitza und Pristina waren die Stützpunkte für die Amselfeldstellungen der Serben. Gegen Mitrowitza zogen den Ibar aufwärts österreichisch-ungarische Truppen. Nach starken Gefechten gewannen die Regimenter der Armee Követz und Gallwitz die Lab-niederung, überschritten den Brvenicabach und griffen die letzte Stellung der Serben vor Pristina, den Grdec und die Stolovihöhen, an. Von Südosten stießen die Bulgaren auf Pristina vor. Österreichisch-ungarische Truppen eroberten unter heftiger Gegenwehr der Serben Mitrowitza, und jetzt wurde zum Schlag gegen Pristina ausgeholt. Truppen der Armee Gallwitz drangen von Norden her in die Stadt ein, und fast gleichzeitig betraten sie nach zehntägigen Kämpfen gegen die serbischen Stellungen die Bulgaren. In voller Auflösung zogen sich die Trümmer des serbischen Heeres nach Westen zurück, das Amselfeld war im Besitz der Sieger. Von den deutschen und österreichisch-ungarischen Truppen wurden bis zur Eroberung des Amselfeldes über 100 000 Serben gefangen und neben unübersehbarem Kriegsmaterial aller Art 502 Geschütze erbeutet. Von den Bulgaren wurde sofort die Verfolgung des fliehenden Feindes in der Richtung auf Prizren aufgenommen. Die Straße nach Prizren war bedeckt mit den Körpern von Zugtieren, Trümmern von Wagen und Geschützen sowie mit fortgeworfenen Ausrüstungsstücken. Nach kurzem Kampf fiel Prizren den Bulgaren

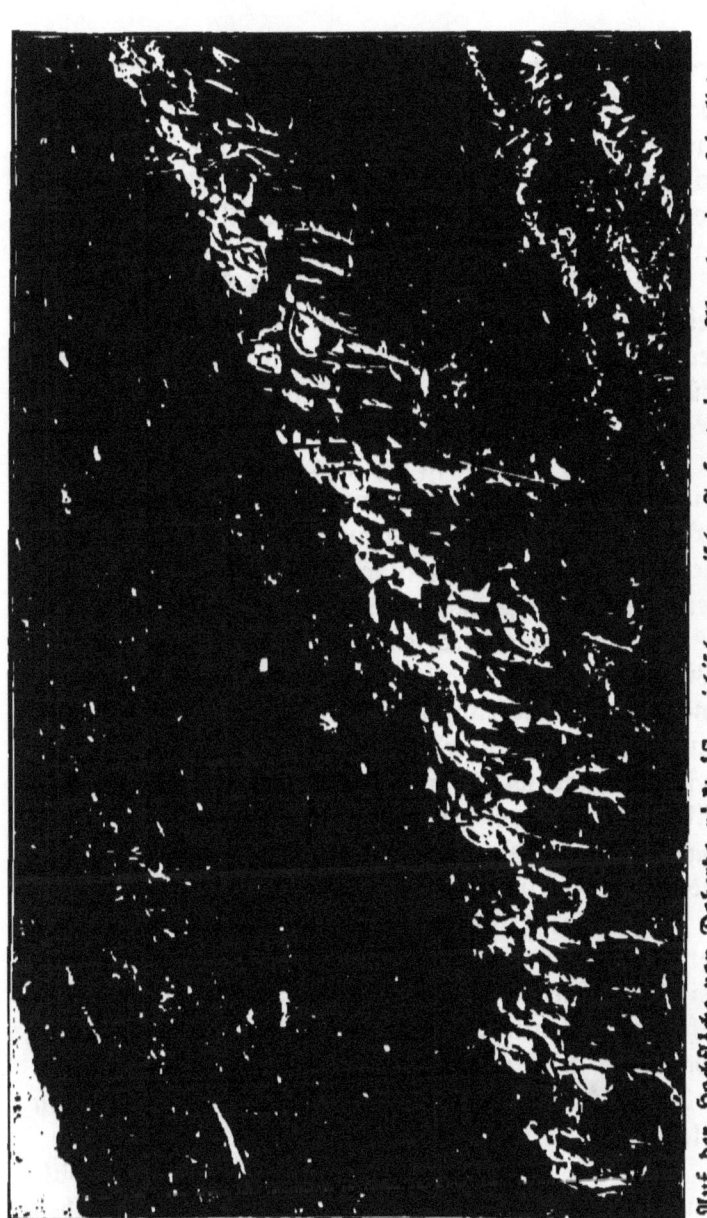

Auf der Hochfläche von Doberdo rückt österreichisch-ungarische Infanterie zur Abwehr eines feindlichen Angriffs vor.

in die Hände. Von Beginn des Feldzuges bis zur
Einnahme von Prizren belief sich ihre Beute auf
50 000 Gefangene, 265 Geschütze, 136 Artilleriemuni=
tionswagen, 100 000 Gewehre, 3 Millionen Gewehr=
patronen und 2350 Eisenbahnwagen.

Es galt nun noch, jenen Teil des Sandschaks vom
Feind zu säubern, welcher den Montenegrinern nach
dem ersten Balkankrieg zugefallen war, ferner die
Südwestecke Serbiens zu gewinnen und endlich die
Franzosen und Engländer im Süden aus den Stellungen
zu vertreiben, in denen sie sich inzwischen festgesetzt hatten.
Die erste Aufgabe übernahmen österreichisch=ungarische
Truppen. Von Mitrowitza aus wurde der Stoß gegen
die Serben in der Richtung auf Ipek geführt. Der
Feind nutzte das hügelige, von Eichenbuschwerk durch=
setzte Gelände nach Kräften aus und leistete hartnäckigen
Widerstand. Aber alle Gegenwehr war vergeblich,
und die montenegrinische Grenze wurde überschritten.
In Ipek kam es zu erbitterten Straßenkämpfen. Jede
Häusergruppe wurde von den Serben verteidigt, und
selbst, als sie aus der Stadt hinausgedrängt worden
waren, suchten sie sich nochmals auf den westlichen
Höhen zu behaupten.

Mit dieser Operation verband sich weiter nördlich
der Vormarsch von Sjenica aus gegen die montene=
grinische Grenze. Auf eisbedeckten Pfaden mußten
sich die Truppen durch das Gebirge hindurchwinden,
aber auch hier warfen sie den Feind in oft wieder=
holten Stürmen aus seinen Stellungen und rückten in
Plevlje ein.

Nach der Einnahme von Pristina sandten die Bul=
garen eine Truppenabteilung westlich vor, die die Serben
bei Kula=Luma zersprengte und dann, ohne weiteren

Erzherzogin Auguste an der italienischen Front.

Widerstand zu finden, in Djakova einzog. Andere Abteilungen erhielten den Auftrag, Dibra, Ochrida und Monastir im Südwestzipfel Serbiens zu besetzen und zugleich den Rückzug der Serben nach Albanien oder ihre Vereinigung mit den französisch-englischen Truppen zu verhindern. In nächtlichen Eilmärschen wandten sich die Bulgaren, nachdem sie die Serben zur Räumung des Babunapasses gezwungen hatten, Monastir zu in der Absicht, die dort noch versammelten Serben zu umzingeln. Die Serben warfen sich den sie bedrohenden Bulgaren entgegen, mußten aber, nachdem sie eine größere Anzahl von Gefangenen verloren hatten, Monastir aufgeben.

Unter dem General Todorow setzte sich die bulgarische Hauptmacht von Nordosten und Nordwesten gegen die Franzosen in Bewegung, die sich auf der Linie Kriwolak-Wardar-Tscherna verschanzt hatten. Schon schien sich die Zange geschlossen zu haben, als die Franzosen ihre gefährliche Lage erkannten und den Rückzug antraten. Der bulgarische Vorstoß gegen die Franzosen und die zu ihrer Verstärkung herangezogenen Engländer im Raum zwischen dem Wardar und der Strumitza verlief nunmehr auf beiden Ufern des Wardar in der Richtung auf Doiran und Gewgheli. Die auf dem rechten Wardarufer vorrückenden bulgarischen Regimenter stürmten die Dörfer Miletkovo und Smokvica und schlugen die 122. französische Division unter schweren Verlusten in die Flucht. Die auf dem linken Wardarufer angreifenden Abteilungen warfen die Franzosen und Engländer auf das Dorf Kara Oglular zurück und nahmen die feindliche Stellung beim Dorf Furka in Bajonettkampf, worauf die französisch-englische Front bei dem Dorf Bogdance durchbrochen wurde.

Infolge dieser Niederlage zog sich der Feind gegen

das neutrale griechische Gebiet zurück, wobei Gefangene, Geschütze und Ausrüstungsgegenstände in großer Anzahl zurückgelassen wurden. Die nachdrängenden Bulgaren besetzten die Stadt Doiran und bald darauf auch die in Flammen stehende Stadt Gewgheli. Damit waren die Operationen gegen die Franzosen und Engländer einstweilen zum Abschluß gebracht. In den Kämpfen am Wardar standen den Bulgaren 97 000 Franzosen und 73 000 Engländer, im ganzen über 170 000 Mann, mit 600 Feldgeschützen, 130 Gebirgsgeschützen und 80 schweren Haubitzen gegenüber. —

Wiederum haben die Italiener alle Kräfte angestrengt, um die eiserne Mauer am Isonzo einzurennen, aber auch diesmal holten sie sich nur blutige Köpfe. Ihre erbitterten Einzelangriffe richteten sich gegen den San Michele, den Sabotin, die Höhen von Oslavija und Podgora, besonders aber gegen den Görzer Brückenkopf. Da alle diese Stürme erfolglos blieben, scheute man sich nicht, die offene Stadt Görz mit einem vernichtenden Artilleriefeuer zu überschütten. Dreizehn Tage hindurch wurden planmäßig Granaten von 30 Zentimeter Kaliber in die Straßen der Stadt geworfen, in einer einzigen Nacht allein über hundert, und das einst so lebensfrohe Görz bietet jetzt den Anblick grauenvoller Zerstörung. Ganze Straßenzüge sind zertrümmert worden. Wie bloßgelegte Eingeweide hängen Dachbalken und zerrissene Treppenhäuser lose in der Luft. Einzelne Gebäude sind nur noch verkohlte, rauchende Mauerreste. Aus zahlreichen Häusern haben die Granaten Möbelstücke durch die Fenster auf die Straße geschleudert. Vielfach sind die Dreißigergeschosse nicht geplatzt, da sie aus der Schiffsmunition herstammen und ihre Zünder für das Aufschlagen auf Panzerplatten

berechnet sind. So drückten sie oftmals die Mauern
nur durch die Riesenkraft ihres Gewichts und den mit=
wirkenden Luftdruck zusammen.

Keine Kirche steht in Görz, die nicht einen Granat=
volltreffer erhalten hätte. In der Domkirche wurden die
schweren Kandelaber, die die Kaiserin Maria Theresia
geschenkt hat, zermalmt. Den marmornen Votivaltar
der Kirche vom heiligen Berg schlug eine Granate in
Trümmer. Das Dach der Ignatiuskirche durchbrach
ein schweres Geschoß, das indessen nicht explodierte.
Das Spital vom „Orden der guten Brüder" bekam
sechs Granattreffer. Auch das Findelhaus blieb nicht
verschont; vier Kinder wurden durch die Beschießung
getötet. Das Militärhospital trafen vierzehn Granaten,
und der erzbischöfliche Palast wurde völlig zerstört. Aus=
brechende Brände verheerten außerdem die Stadt.
Im ganzen wurden über 1000 Häuser mehr oder
weniger beschädigt.

Die Kämpfe an der Tiroler Südfront im Gebiet
des Col di Lana sowie am Krn haben völlig das Aus=
sehen des Winterkrieges angenommen. Tief verschneit
sind die Wege und Stellungen. Die Italiener errangen
gelegentlich am Col di Lana kleine Vorteile, wurden
dann aber wieder zurückgetrieben und mußten sich auf
ihre Vorstellung am Südostgrat des Col di Lana, die
in der Luftlinie 800 Meter unter dem Gipfel liegt,
beschränken. Der Gipfel mit seinen zwei Spitzen
(2464 Meter hoch) und der benachbarte Monte Sief
(2426 Meter hoch) blieben vollständig in der Hand der
österreichisch=ungarischen Truppen. Ebenso behaupteten
sie sich auf dem Siessattel (2211 Meter hoch) zwischen
dem Monte Sief und dem Settsaß.

Auf dem Krn liegt schon von 600 Metern an tiefer

Bersaglieri auf einer vorgeschobenen Stellung des Isonzogebietes.

Schnee. Die Schützengräben haben sich stellenweise bis auf zwanzig Schritte genähert, und Plänkeleien finden fast täglich statt. An Stelle der Alpini verwenden die Italiener in den Arnstellungen jetzt Infanterieregimenter, die teilweise mit Stahlhelmen ausgerüstet sind. —

Durch die Einnahme von Bagdad hofften die Engländer nicht nur ganz Mesopotamien unter ihre Botmäßigkeit zu bringen, sondern auch, was ihnen vielleicht noch bedeutungsvoller erschien, ihr durch die Niederlagen auf Gallipoli gesunkenes Ansehen in der mohammedanischen Welt von neuem nachdrücklich zu heben.

General Townshend, der sich im Sudanfeldzug ausgezeichnet hatte, führte seine Truppen vom Tigris aus, durch Kanonenboote und Monitore unterstützt, bis in das niedermesopotamische Gebiet, den Irak Arabi. Der Irak Arabi ist ein von vielen verfallenen Kanälen durchzogenes und an Trümmerstätten reiches Flachland, in dem Sumpfstrecken mit der Wüste abwechseln. Die Engländer hatten sich Bagdad bereits bis auf 19 Kilometer genähert, als es bei Ktesiphon zu einem heftigen Gefecht kam. Obgleich sich Townshend den Sieg zuschrieb, ging er doch, angeblich wegen Wassermangels, 5 Kilometer zurück. Der Rückzug artete in Unordnung aus.

Nachdem die Türken Verstärkungen erhalten hatten, verfolgten sie den Feind. Zwar gelang es Townshend, den größeren Teil seiner Verwundeten auf dem Wasserweg zurückzubefördern, aber eine beträchtliche Anzahl mußte er in türkischen Händen zurücklassen. Dazu riß die Zerrüttung immer tiefer ein, so daß sich Mannschaften und Offiziere von ihren Verbänden trennten.

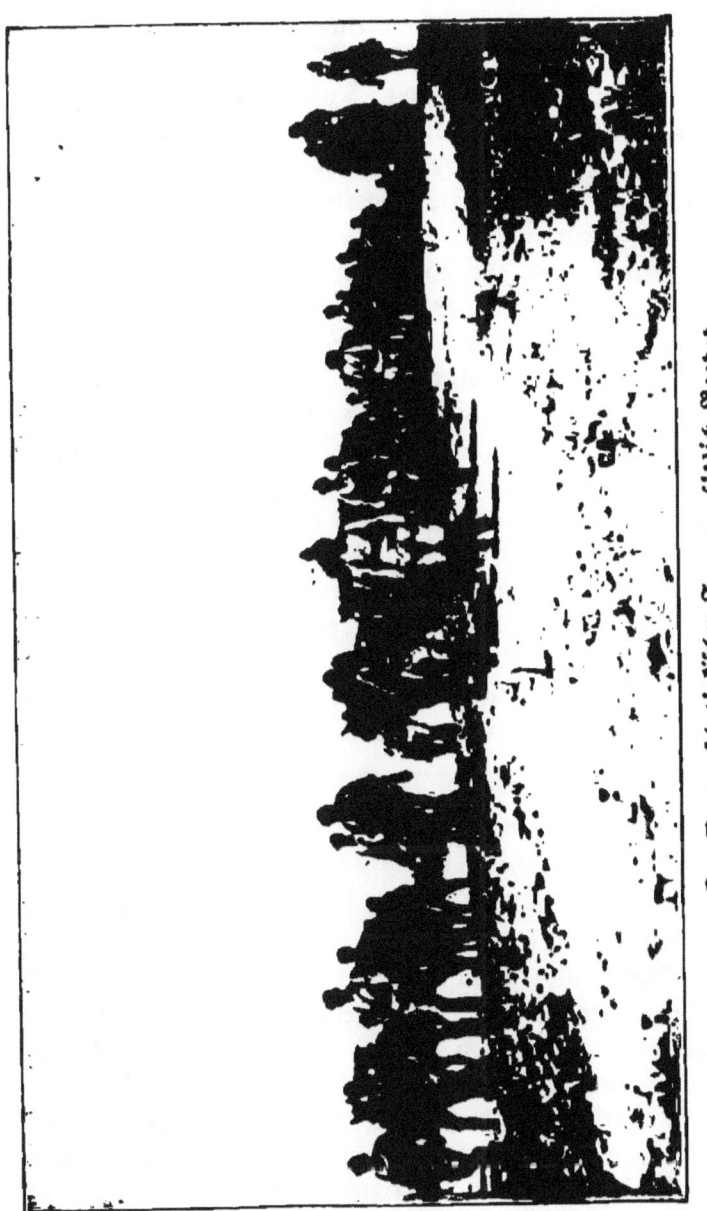

Der Vormarsch türkischer Truppen südlich Bagdad.

Selbst in dem befestigten Azizie war es nicht mehr
möglich, den Angreifern Widerstand zu leisten. Townshend mußte so rasch die Flucht antreten, daß er nicht
einmal die in Azizie lagernden Heeresvorräte vernichten konnte.

Erst in dem 170 Kilometer südlich von Bagdad ge-
legenen Kut el Amara sammelten sich die Engländer
von neuem. Doch auch hier war ihnen keine lange
Ruhe vergönnt. Nach einer Vorbereitung durch Artillerie griffen die Türken in getrennten Gruppen die
englischen Stellungen an. Die englischen Truppen
wurden geworfen, wobei sie zwei Kanonenboote verloren. Um die umwohnenden arabischen Eingeborenen
über den Ausgang des Kampfes zu täuschen, ließ Townshend einen Siegessalut von 21 Schüssen abgeben!

Der Führer der Engländer flüchtete nach Basra.
Die Folge der Niederlage war, daß zahlreiche arabische
Stämme, die bisher England zuneigten, auf die Seite
der Türken traten und sich ihren Truppen anschlossen.

Eine graphische Weihnachtsausstellung in Feindesland.

Mitten in Feindesland, in Belgiens Hauptstadt
Brüssel, wurde am 5. Dezember eine seltene Ausstellung
eröffnet. Der Deutsche Buchgewerbeverein, der in so
glänzender Weise die Buchgewerbliche Weltausstellung
in Leipzig ins Leben gerufen und trotz des Weltkrieges
vollständig durchgeführt hat, brachte gleichsam als
eine Fortsetzung dieses Unternehmens in den schönen
Räumen des neuen Museums in Brüssel eine Ausstellung graphischer Kunst zusammen, die nicht nur von
unserem Militär und den Deutschen Belgiens, sondern

Photo: Damson, Brüffel.

Die Eröffnung der Graphischen Weihnachtsausstellung
in Brüffel.

Von links nach rechts: Prof. Dr. Schramm, Mufeumsdir.; Max Fiedler, Verwaltungsdir. d. Buchgewerbevereins; Generalarzt Dr. Schnitt; Dr. Lohmeyer, Dir. d. Deutschen Schule, Brüffel; Konfiftorialr. Rosenfeld, Leiter d. Bildungszentrale, Brüffel; Generalgouv. Generaloberft Frhr. v. Viffing (X); Frhr. v. d. Landen, Chef der polit. Abt.; Geh. Hofr. Dr. Hoffmann, 1. Vorf. d. Buchgewerbevereins; Dr. Fendler, Mufeumsdir.; Oberfchmeiler Roige; Oberfanitätsarzt Prof. Dr. Martens; Major Frhr. v. Solemacher; Prof. Dr. Wähnig; Dr. Mittendorf, fath. Militärobervfarrer; Schulenburg, Mitglied der Abteilung.

auch von den einheimischen Belgiern erfreulicherweise
viel besucht wird. Zur Eröffnungsfeier waren Ver=
treter der verschiedensten Behörden erschienen. Um elf
Uhr fuhr das Militärauto des Generalgouverneurs von
Belgien, Exzellenz Freiherrn v. Bissing, vor. Geheimer
Hofrat Dr. Ludwig Volkmann, der erste Vorsteher
des Deutschen Buchgewerbevereins in Leipzig, der als
Hauptmann nach Brüssel kommandiert ist, begrüßte
Seine Exzellenz und wies auf den dreifachen Zweck
der Ausstellung hin: die deutsche Kunst in der bel=
gischen Hauptstadt ansehnlich und vorteilhaft zur An=
schauung zu bringen, zu belehren und den Geschmack
der Besucher zu bilden und Gelegenheit zu Kauf und
Verkauf zu bieten. Der Generalgouverneur dankte
für die Einladung und gab in markiger, zu Herzen
gehender Weise der Hoffnung Ausdruck, daß diese Aus=
stellung den Belgiern zeigen möge, wo das Bindeglied
zwischen uns und ihnen zu suchen sei, nämlich in Kunst
und Wissenschaft. Er erinnerte an die durch den Krieg so
jäh gestörte Leipziger Buchgewerbliche Weltausstellung,
die sicher nicht zusammengerufen worden wäre, wenn
Deutschland und der Deutsche Kaiser an Krieg ge=
dacht hätten. Als Weihnachtsgruß aus der Heimat
nähme er freudig die Ausstellung an, zu deren Be=
sichtigung in einem Rundgang er alle Anwesenden
aufforderte.

Die Ausstellung, die im Musée Moderne unter=
gebracht ist, wo kurz vorher noch der „Brüsseler Herbst=
salon" seine süßlichen und persönlichen Bilder zeigte,
wurde reichhaltig beschickt und gibt ein allgemeines
Bild der guten Gesamtleistung deutscher Graphik
unserer Zeit: bezeichnende Proben aller Richtungen,
Kunststätten, Techniken und führenden Persönlich=

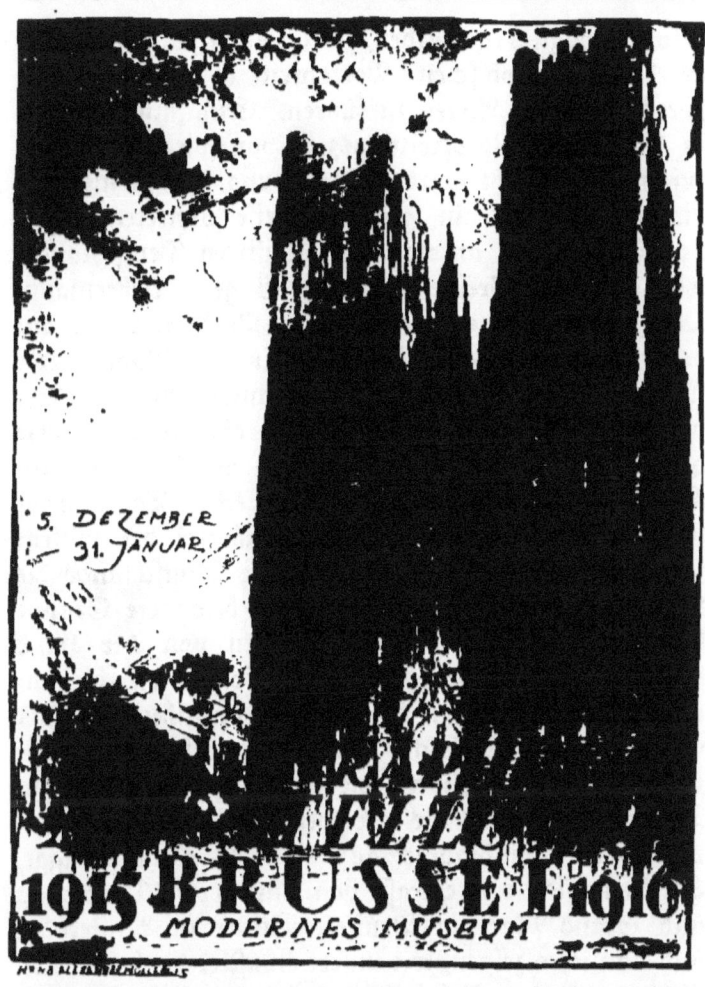

5. DEZEMBER
31. JANUAR

1915 BRUSSEL 1916
MODERNES MUSEUM

Plakat: Graphische Kunstausstellung in Brüssel 1915/16.

keiten. Neben Originalgraphik ist künstlerischer Wand-
schmuck und Buchkunst vertreten. Außerdem ist durch
freundliches Entgegenkommen der Königlichen Aka-
demie für graphische Künste und Buchgewerbe in

Leipzig möglich geworden, den Werbegang der ver=
schiedenen graphischen Verfahren in Platten und
Werkzeugen vor Augen zu führen. Erstaunlich ist, was
in der kurzen Vorbereitungszeit von vierzehn Tagen
zusammengebracht wurde. Radierung, Holzschnitt und
Lithographie sind in gleicher Weise vertreten. Fast
250 Blätter von anerkannten Künstlern Deutschlands,
wie Klinger, Greiner, Halm, Geiger, Liebermann,
Orlik, Sattler, Tiemann, Thoma, Volkmann und an=
deren, sind ausgestellt. Aber auch jüngere Namen, wie
Melzer, Heker, Heistmüller, Junghanns, sind mit Recht
vertreten. Merkwürdig ist es zu beobachten, wie bel=
gische Besucher der Ausstellung sich mit den einzelnen
Künstlern abfinden. Waren in den ersten Tagen mehr
deutsche Offiziere und Landsturmmänner der wissen=
schaftlichen und künstlerischen Kreise Deutschlands die
Besucher der Ausstellung, so zog die besondere Gruppe
bildlicher Darstellungen aus Belgien von der Hand
deutscher Künstler sehr bald auch Belgier an, die un=
umwunden zugaben, daß unsere deutschen Künstler
verstanden hätten, solche Motive mit besonderer Liebe
zu behandeln. Bilder wie die Liebfrauenkirche in
Tirlemont, das Rathaus in Löwen, Antwerpen am Korn=
markt, die Windmühle auf dem Wall in Brügge,
Straßenansicht und Straße von Antwerpen, Durchgang
und Grand Place in Brüssel, Winter in Amsterdam
und Ähnliches zeigen, wie unsere Künstler die besonderen
Schönheiten des Belgierlandes lebensvoll in sich auf=
genommen haben.

Auch das Plakat der Ausstellung, das seit Wochen
allüberall in Brüssel und Umgegend zu sehen ist und
zum Besuch der Ausstellung ermuntert, zeigt ein bel=
gisches Motiv, die berühmte Gundulakirche. Es ist von

einem jungen Künstler, Hans A. Müller, einem Schüler
Walter Tiemanns, der aus dem Schützengraben hierzu
herbeigeholt wurde, entworfen und von der Kaiserlichen
Regierungsdruckerei in Brüssel gedruckt worden.

In einer großen Reihe Glaskästen, die bereits früher
in Brüssel zur Weltausstellung verwendet worden
waren und nun mitten im Weltkriege von Leipzig
wieder dorthin gewandert sind, liegen Proben guter
deutscher Buchbindekunst und prächtigen Buchschmuckes
von den teuersten Werken bis zu den kleinen und hüb=
schen Ausgaben billigen Preises der verschiedensten
Verleger und geben Zeugnis von dem wirklichen Können
unseres Buchgewerbes und dem Geschmack deutscher
Verlagstätigkeit.

Es unterliegt keinem Zweifel, daß diese eigenartige
Ausstellung in Feindesland nicht nur für die zahlreichen
aus dienstlichem Anlaß in Belgien befindlichen Deut=
schen, sondern auch für die belgische Bevölkerung selbst
reiche Anregung künstlerischer und literarischer Art
bietet und ein neues Zeugnis dafür ablegt, wie die
deutsche Organisation überall eingreift und kultur=
fördernd zu wirken bestrebt ist, wo sie einmal Boden
gefaßt hat.

Von tierischen Schädlingen der Zimmerpflanzen und ihrer Bekämpfung

Von Emil Glenapp

In der Zimmerblumenpflege bereiten tierische Schädlinge mancherlei Art dem Blumenfreunde häufig Verdrießlichkeiten, denn ihr schmarotzendes oder gefräßiges Tun und Treiben hindert nicht nur das freudige Wachstum und gesundheitlich gute Aussehen, sondern verursacht nicht selten sogar das teilweise oder völlige Absterben der Pflanzen. Deshalb ist die Bekämpfung der verschiedenen Schädlingsarten eine gebieterische Fürsorgepflicht jeder sportlichen Zimmergärtnerei, und je sorgsamer und zweckmäßiger dabei unter Berücksichtigung bisheriger praktischer Erfahrungen zu Werke gegangen wird, um so erfolgreicher werden die Bemühungen sein. Wie für alle anderen organischen Lebewesen, so gilt auch für die Zimmerpflanzen, daß ein gesunder und kräftiger Organismus bei weitem nicht in dem Maße unter parasitischen Anfechtungen zu leiden hat wie ein schwächlicher. Je besser also die Pflanzen bei gedeihlichem Wachstum erhalten, je vernünftiger ihre Ansprüche auf zusagenden Nährboden, sorgsames Gießen, Wahl des Standplatzes im richtigen Luft-, Licht- und Sonnenwechsel erfüllt werden, desto weniger sind sie den Angriffen von Schädlingen tierischer Art ausgesetzt.

Die häufigsten, lästigsten und infolge ihrer ungeheuren Vermehrungsfähigkeit schlimmsten Pflanzenfeinde sind die verschiedenen Blattläuse (Aphis). Die bekannteren grünfarbigen treten vorwiegend in den

erſten, und die graufarbigen insbeſondere in den letzten
Jahresmonaten auf, nachdem die geflügelten Weibchen
ihren Verwandlungsprozeß durchgemacht und ſich
überallhin verbreitet haben. Sie werden namentlich
dort heimiſch, wo es an genügender Lüftung fehlt, und
hier um ſo gefährlicher, als ſie ſich mit Vorliebe die
krautartigen und weichholzigen Pflanzen wählen; wie
beiſpielsweiſe Aſchenpflanzen (Zinerarien), chineſiſche
Primeln, Pantoffelblumen (Kalzeolarien), Heliotrop,
Fuchſien, Pelargonien. Eine eigentümliche Lebens=
gewohnheit der Blattläuſe iſt ferner die, daß die grün=
farbigen Arten ſich im allgemeinen ſichtbar zeigen und
deshalb verhältnismäßig leichter zu bekämpfen ſind,
wogegen ſich die graufarbigen Geſchlechtsgenoſſinnen
argliſtig in Triebe und Blätter einrollen und dadurch
der Vernichtung möglichſt zu entgehen ſuchen, ſie auf
jeden Fall weſentlich erſchweren.

An hartholzigen und hartblätterigen Pflanzen, ſo
insbeſondere an Kakteen, Orchideen, Palmen, Myrten,
Oleandern, Kamelien, Orangen, Gardenien, Klivien
(Imantophyllum), Gummibäumen, Maranten und
anderen mehr ſiedeln ſich mit Vorliebe ſchuppenartig
bepanzerte Schildläuſe (Coccina) und die Schmier= oder
Wollläuſe an, die in weißflockige Gewebe ſich einhüllen
und beim Getötetwerden eine rotfarbene Schmiermaſſe
hinterlaſſen. Da ſich beide Inſekten immer die un=
zugänglichſten Pflanzenteile, wie zum Beiſpiel bei
Palmen das Faſergewebe am Wurzelhals und die hier
zuſammenlaufenden unteren Enden der Blattſtiele,
bei Kakteen die ſcharfſpitzigen Dornenſtände, bei Orchi=
deen die vertieft liegenden Pulpenfurchen, bei Kamelien
und Orangen die Blattwinkel und Ecken der Aufbau=
gliederungen und bei vielen anderen Pflanzen die

Blattunterfeiten zum verſteckten Aufenthaltsorte aus=
ſuchen, ſo iſt die erfolgreiche Bekämpfung langwierig
und mühſelig und erfordert große Geduld. Sprig= oder
Waſchmittel führen nur ſelten zum Ziele, weil ſie wohl
die Schlupfwinkel, nicht aber die hierin noch beſonders
geſchügten Inſektenkörper mit tödlicher Wirkung treffen.
Am zuverläſſigſten iſt das Einzelabſuchen und die
wiederholte ſorgſame Fahndung nach neuen Brutſtätten.
Das Erſcheinen dieſer gefährlichen Pflanzenfeinde iſt
in der Regel eine Folge mangelhafter Lüftung, un=
genügender Reinhaltung ſowie der Anweiſung eines
nichtzuſagenden Standplages mit zu hoher Temperatur
und ungenügender Belichtung und Luftzuführung.
Die aufmerkſame Beachtung dieſer Pflegebedingungen
iſt das beſte Vorbeugungsmittel.

Ein gleich gefährlicher Schädling iſt die namentlich
bei Warmhaus= und überhaupt allen tropiſchen Pflanzen
(Palmen, Pandanus, Drazänen, Kroton und ſo weiter)
vorkommende rote Milbenſpinne (Tetranychus holo-
sericeum). Ihr Vorhandenſein wird dadurch auf=
fällig, daß ſich zunächſt die Blattunterſeiten, bald
darauf aber auch die Blattoberſeiten der befallenen
Pflanzen mit negartigen, rotfarbenen Geweben über=
ſpinnen, die in kurzer Zeit die äußeren Zellenwände
und ſchließlich das ganze Blattgewebe zerſtören. Hier=
durch wird natürlich der Saftumlauf und die ordnungs=
mäßige Ernährung der Pflanzen unterbunden und ihre
Lebenskraft ſchnell zugrunde gerichtet. Auch dieſes
Inſekt iſt immer eine Begleiterſcheinung falſcher Pflege,
und zwar inſofern, als die Luft im Zimmer zu heiß und
ſtaubgeſchwängert gehalten und das notwendige Rei=
nigungsgeſchäft an den Pflanzen durch Abwaſchen,
Sprigen oder Überbrauſen vernachläſſigt wird.

Der Wert der käuflichen Schutz-, Vorbeugungs-
und Vertilgungsmittel ist einzig und allein von der
sachgemäßen Anwendung abhängig. Das gilt besonders von den vielen Spritzmitteln, wie beispielsweise
dem nikotinhaltigen Tabakauszuge, den aus narkotischen
Giftstoffen des Quassiaholzes gewonnenen Quassia-
präparaten, den starkriechenden Karbolineum- und
Petroleumemulsionen und anderen mehr. Der Laie
wird alle diese chemischen Mittel mit Vorsicht und
jedenfalls genau nach den beigegebenen Gebrauchs-
anweisungen anwenden müssen, will er seine Pfleg-
linge vor organischen Beschädigungen schützen. Die
alten gärtnerischen Hausmittel sind ungleich gefahrloser
und vor allem im Gebrauche auch billiger. Zu diesen
gehört zunächst 45 bis 50 Grad Celsius heißes Wasser,
wenn es über mit Ungeziefer behaftete Pflanzen ge-
braust oder noch besser mit einer kleinen Handspritze
so darüber verteilt wird, daß die Schädlinge verbrüht
werden. Dieses Verfahren ist für den pflanzlichen
Organismus unschädlich, läßt auf den behandelten
Pflanzen keine Flecken zurück und riecht nicht unangenehm.

Ein weiteres billiges und für die Schädlinge tödliches
Spritzmittel bereitet man durch Abkochen von Blättern
und Stengeln der Tomate. Die darin enthaltenen
Nikotinstoffe lassen sich noch dadurch verstärken, daß
man der erkalteten, zur Klärung durch ein Sieb oder
Tuch zu gießenden Brühe vorher ziemlich viel reine
Holzasche zusetzt, deren auslaugender Kali- und Natron-
gehalt gute Dienste leistet. Auch die gewöhnliche grüne
oder Schmierseife ist ein verhältnismäßig billiges und
gefahrloses Zweckmittel im Sinne dieser Abhandlung.
Man setzt sie für sich allein oder unter Zugabe von etwas

pulverisiertem Schwefel zu einem kräftigen Schaum=
bade an, wäscht mit dieser Mischung die Ungeziefer
tragenden Pflanzen oder zieht sie der Länge nach darin
durch. Der Seifenschaum soll an allen Teilen dick haften
bleiben und daran auftrocknen. Die fleckigen Rück=
stände werden nach einigen Stunden durch Abbrausen
oder Abwaschen, wobei man sich eines weichen Lappens
oder Schwammes bedient, mit warmem Wasser ent=
fernt.

Das am häufigsten angewandte Insektentötungs=
mittel ist der Tabak. Für das Räucherverfahren durch
Verbrennung von Tabakrippen auf einer glühenden
Schaufel oder Eisenplatte ist es erforderlich, daß die
Pflanzen in einem für sich abgeschlossenen Raum oder
auch nur unter einer großen Kiste stehen und daß das
Rauchfeuer kräftig genug ist, den vorhandenen Luft=
raum mit dickem Rauch auszufüllen. Hartblätterige
und holzartige Pflanzen vertragen eine stärkere Räuche=
rung als krautartige und weichblätterige; letztere sind
im Jungtriebe besonders empfindlich. Bei Verwendung
von Tabakstaub sind die Pflanzen vor dem Bestreuen
leicht zu benässen; für Freilandpflanzen ist ein tau=
frischer Zustand abzuwarten, damit der Tabak besser
haftet und wirkt. An Stelle des Tabaks kann als
Räuchermittel auch Schwefelpulver oder Persisches
Insektenpulver verwendet werden, das man selbst durch
Trocknen von Blütenköpfen des bekannten, als Ein=
fassungspflanze benützten Pyrethrum carneum gewin=
nen kann.

Zu den weiteren tierischen Zimmerpflanzenschäd=
lingen gehören die Springkäfer oder Erdflöhe (Haltica)
und die schwarzen Hausameisen. An sich eigentlich
mehr lästig, können die Ameisen doch gefährlich werden,

weil sie die Süßstoffe absondernden Blattläuse als
Milchkühe betrachten und diese zwecks besserer Ernäh=
rung von einer Pflanze auf die andere verschleppen.
Sie nisten sich auch nicht ungern in den Topfballen ein,
legen hier Höhlen und Gänge an und beschädigen da=
durch die Wurzeln. Den Erdflöhen wird der Aufent=
halt leicht durch Schattigstellen der befallenen Pflanze
sowie durch häufiges Sprißen mit reinem Wasser oder
schwacher Tabakbrühe verleidet; auch das Bestreuen
mit Ofenruß, nassen Sägespänen oder Kalkstaub können
sie nicht vertragen. Die Ameisen fängt man durch
Auslegen von mit Zucker bestreuten Schwämmen, durch
Bestreuen ihrer Gänge mit Kochsalz oder Einführen von
Petroleumlappen in diese. Haben sie sich in einem
Blumentopfe häuslich eingerichtet, so ist es ratsam,
die Pflanze umzusetzen und sie dann in einem Wasser=
behälter so auf einen Stein zu stellen, daß den Ameisen
der Zugang zu der gewohnten Schlupfstelle unter=
bunden ist.

Die zu den Krustenfüßlern gehörenden grauen
Kellerasseln oder Kelleresel (Oniscus, Asellus), Ohr=
würmer (Forficula auricularia), verschiedene Raupen
und Schnecken werden gelegentlich ungebetene Gäste
der Zimmerpflanzen. Ohrwürmer suchen besonders
Nelken und im Topf gezogene Georginenpflanzen heim
und fressen an den Blättern und Blüten. In auf=
gehängte kleine Tüten, in auf Stäbchen gesteckte aus=
gehöhlte Kartoffeln und in ähnliche kleine Hohlkörper
verkriechen sich diese im Laufen überaus flinken, jedoch
sehr lichtscheuen Tiere und sind darin leicht zu töten.
Dasselbe gilt von den schildbepanzerten Kellerasseln.
Gefährlicher wegen ihrer Freßlust sind schon die
Schnecken, namentlich die nackte Lungen= oder Garten=

schnecke (Limax agrestis). Sie treibt ihr Unwesen nur in der Finsternis und kann nur zu dieser Zeit mit einer Laterne oder einer Lampe abgefangen werden. Gefährdete Pflanzen sind bis zum Fange des Schädlings am Wurzelhalse mit einem Wattekranz zu umlegen, der das Hinaufkriechen auf die Blätter verhindert; auch Weizenkleie, auf den Topfballen gestreut, erfüllt den gleichen Zweck.

Schließlich finden sich recht häufig Regenwürmer und kleine weiße Maden in den Blumentöpfen ein, die durch ihre Bohr= und Wühlarbeit störend auf das pflanzliche Gedeihen einwirken, wenngleich dies auch bei weitem nicht in dem Maße der Fall ist, als allgemein angenommen wird. Die Regenwürmer werden gewöhnlich mit der Erde in die Töpfe verschleppt, kriechen aber auch von unten her durch das Abzugloch oder von oben her von benachbarten Pflanzen hinein. Ihren Aufenthalt verraten sie durch Aufwühlen der Erde. Um sie zu fangen, topft man die Pflanze mit einem schnellen Griff aus und wird dann an der Ballenwand den ungerufenen Einwohner, der sich allerdings schleunigst zurückzuziehen sucht, ergreifen und vernichten können. Ein anderes Mittel ist, gut erwärmtes Salzwasser oder eine Abkochung aus Roß= kastanien auf den Topf zu gießen, wonach die Regen= würmer sofort an die Oberfläche kommen. Die ins= besondere in „versauerter" Erde sich aufhaltenden kleinen weißen Maden fängt man dadurch, daß man Scheiben von Kartoffeln, gelbe Wurzeln, Kohlrabi, Steckrüben und ähnliche Fruchtstücke auf die Topferde legt, unter denen sich die Maden bald einfinden, um daran ihre Freßlust zu stillen. In den meisten Fällen wird sich überdies ein Versetzen der Pflanze empfehlen.

Für alle Vertilgungsmaßnahmen gilt endlich noch der praktische Erfahrungssatz, von Schädlingen irgendwelcher Art heimgesuchte Zimmerpflanzen sofort allein zu stellen und so benachbarte Gewächse vor einer Übertragung zu schützen, und je früher dies geschieht, um so weniger wird der Pflanzenfreund mit Schädlingen zu kämpfen haben.

Mannigfaltiges

König und Derwisch. — Ein Derwisch hatte sich von der Welt zurückgezogen und in der Wüste niedergelassen. Zufällig kam ein König vor seiner Wohnung vorüber, und da Abgeschiedenheit das Reich der Genügsamkeit ist, so hielt es der fromme Mann der Mühe nicht wert, seine Augen aufzuschlagen und irgendein Zeichen der Ehrerbietung von sich zu geben. Der König, im Gefühl seiner Würde hierüber entrüstet, sagte: „Dieses Lumpengesindel gleicht doch fürwahr den Bestien." Der Wesir fügte hinzu: „Der Monarch des Erdkreises naht sich dir; warum hast du ihm den Tribut der Höflichkeit nicht gezollt?"

Der Derwisch antwortete: „Sage dem Könige, daß er Untertänigkeit von Personen fordern möge, die Wohltaten von ihm erwarten, und daß die Regenten zum Schutz der Völker, nicht aber die Völker zum Kriechen vor den Regenten bestimmt sind. Die Bestimmung des Königs ist, die Armen zu schützen, soviel Glanz ihn auch umstrahlen mag; das Schaf ist nicht wegen des Hirten, sondern der Hirte zum Dienst des Schafes vorhanden. Heute siehst du den einen auf dem Gipfel seiner Wünsche und den anderen von den Mühseligkeiten des Lebens zu Boden gedrückt. Gedulde dich wenige Tage, bis die Erde das Gehirn des auf große Pläne Brütenden in sich birgt. Der Unterschied unter König und Diener schwindet, sobald die Beschlüsse des Geschicks in Erfüllung gegangen sind. Wer die Gräber der Toten aufdeckt, vermag es nicht, den Reichen von dem Armen zu unterscheiden."

Der König erkannte die Wahrheit der Rede des Derwisches an und sagte: „Fordere von mir eine Gabe."

„Ich verlange von dir," antwortete der Derwisch, „daß du mich nicht zum zweiten Male belästigest."

„Nun, so gib mir wenigstens," sprach der König, „eine gute Lehre auf den Weg."

Ohne den Blick vom Boden zu heben, antwortete der Mönch: „Suche dich von der Wahrheit zu durchdringen, daß Macht und Reichtümer von einer Hand in die andere gehen." A. F.

Wilde als Spurensucher werden im Dienste der australischen Polizei schon seit Jahren mit bestem Erfolge beschäftigt,

wie Polizeirat Dr. Heindl berichtet, der zum Studium der
Einrichtungen fremder Polizeibehörden längere Reisen unter=
nommen hat. „Im australischen Busch," erzählt Heindl,
„habe ich Gelegenheit gehabt, die unglaubliche Sinnesschärfe der
Eingeborenen zu bewundern und nachzuprüfen. In Australien
wird ihnen dieselbe Aufgabe zugewiesen, die man in Deutsch=
land den Polizeihunden überträgt. Die mit allen Eigentüm=
lichkeiten des Landes außerordentlich vertrauten Burschen,
denen die Natur selten feine Sinnesorgane mitgegeben hat,
werden hauptsächlich zum Aufspüren von gestohlenem und
vermißtem Vieh, dann aber auch bei schweren Verbrechen zum
Absuchen des Tatortes nach Spuren des Täters verwendet.
Hat ein Buschmann einmal die Fährte eines Verbrechers er=
mittelt, so gibt er sie nicht so bald wieder auf. Ich kenne Fälle,
in denen die Black Tracker (schwarze Spurensucher) der
australischen Polizeiwache wochen=, ja sogar monatelang die
Spur des flüchtigen Verbrechers verfolgten und sich dabei lang=
sam, aber unfehlbar ihrem Opfer näherten. Von einem Black
Tracker ist mir erinnerlich, daß er eine Fährte vom nördlichsten
Queensland bis nach Sydney verfolgte. Der von ihm gesuchte
Verbrecher, dessen Bild alle Zeitungen brachten, mußte die
Farmen und jede Begegnung mit Menschen vermeiden. Der
Black Tracker konnte daher nicht durch Befragen seinen Weg
ermitteln, sondern war ausschließlich auf seine Augen angewiesen.
Trotzdem konnte er nach einigen Monaten den Flüchtigen
stellen.

Um selbst ein Bild von der Arbeit der Black Tracker zu ge=
winnen, ließ ich mir von der Landespolizeibehörde ein Emp=
fehlungsschreiben geben, auf Grund dessen jede beliebige Polizei=
station mir einen Fährtensucher zur Verfügung stellen mußte.
Darauf begab ich mich ins nördliche Queensland, wo die besten
Tracker zu finden sein sollten. Ich ritt, ohne daß die dortige
Polizei vom Zweck meiner Anwesenheit etwas wissen konnte,
allein und unbeobachtet eine weite Strecke durch den Busch,
wobei ich alles tat, um meine Fährte zu verwischen. Auf felsi=
gem Boden umwickelte ich die Hufe meines Pferdes mit Decken,

schraubte ihm nachher andere Eisen unter und vermied alle Stellen,
wo die Spur sich deutlich ausprägen mußte — kurz, ich handelte
ganz so wie ein flüchtiger Verbrecher, um die Verfolger irre=
zuführen. Schließlich ließ ich mein Pferd nach einem Nachtlager
im Busch auf einer felsigen Anhöhe zurück und ging, alle List
anwendend, zu Fuß weiter. In großem Bogen näherte ich
mich von rückwärts her wieder dem Standort meines Pferdes
und brach sodann nach der Polizeistation des Distriktes auf.
Hier meldete ich mich aber erst am folgenden Tage, überreichte
mein Empfehlungsschreiben und bat mir den dortigen Black
Tracker aus. Der Schwarze sollte meine jetzt zwei Tage alte
Spur bis zum Ausgangspunkt zurückverfolgen.

Als er verstanden hatte, was von ihm verlangt wurde, be=
sah er sich zunächst sehr eingehend meinen Gaul und mein Schuh=
zeug und begann dann seine Arbeit, die ich ihm ja absichtlich
recht schwer gemacht hatte. Er fand aber trotzdem fast Schritt
für Schritt die Strecke, die ich zu Fuß und zu Pferde zurückge=
legt hatte. Nur ein paarmal wich er von dem Wege ab, den ich
nach meinen genauen Aufzeichnungen gegangen sein mußte.
In diesen Fällen entdeckte er aber stets nach wenigen Metern
wieder die von mir eingeschlagene Richtung. Ich selbst würde,
hätte ich mir den Weg nicht durch sorgfältige Notizen gemerkt,
meine Fährte unfehlbar verloren haben. An manchen Stellen
gab mir der Schwarze auch freiwillig genau an, welche Kniffe
ich zur Erschwerung seiner Arbeit angewendet hatte. Jedenfalls
löste er seine Aufgabe, bei der der beste Polizeihund versagt hätte,
in jeder Beziehung tadellos."   W. K.

☙ Über den Ursprung der Russen gibt es eine Legende, die
folgenden Inhalt hat. Vor vielen, vielen Hunderten von Jahren
lebte einmal in einer öden Höhle wilder Bergschluchten ein
frommer Mönch so hingegeben an Gebet und Fasten, daß er
erkrankte und Hungers gestorben wäre, hätte nicht der Zufall
eine Nomadenfamilie an der Höhle vorübergeführt. Des
Nomadenhäuptlings Tochter betrat des Einsiedlers Behausung,
fand den Kranken und ließ Herde und Genossen ziehen, um
den Verlassenen zu pflegen. Der Mönch genas und machte das

Mädchen zu seiner Frau. Diese Mißachtung des buddhistischen Ordensgelübdes kam dem König eines benachbarten Reiches zu Ohren. Der zog mit seinem Heer aus, um den Mönch zu strafen. Eine seltsame Eingebung ließ den Mönch beim Herannahen der Feinde Rohr zu kleinen Besen binden und diese rings um die Höhle in die Erde stecken. Wie mit einem Zauberschlage verwandelten sich die Besen in Krieger, die nun ihrerseits Rohr brachen, zu Besen banden und in den Boden steckten. So ging die Verwandlung fort, bis das Heer des Mönchs zahlreich genug war, um den König mit seinen Getreuen gänzlich zu schlagen und zu verjagen. Der Mönch aber stieg mit dem Rauch des Herbfeuers zum Himmel auf. Seine Frau dagegen gründete mit den aus dem Schilfrohr gezauberten Mannen ein Reich.

Und wenn das Märlein eine Fortsetzung haben soll, so wird es später vielleicht die sein: Als aber die Besenbinder gar zu frech wurden und andere Völker mit ihrem Gestrüpp zu überwuchern drohten, da kamen wieder rächende Heerscharen eines Nachbarreiches. Die steckten das Gesindel wie Schilfrohre in ihren eigenen Boden, bis nur ein paar armselige Besen übrigblieben um eine Höhle, in die sich der König der Besenbinder schon lange verkrochen hatte.

Das Opfer. — Von Talleyrand, dem berühmten französischen Diplomaten und Feinschmecker, wissen wir aus der Geschichte des Wiener Kongresses, wie gut er es verstand, seine Mahlzeiten als Köder zu benützen, um für das zu Boden geschlagene Frankreich noch namhafte Vorteile herauszufinden. Während es sich um die Geschicke Europas handelte, flogen Boten nach allen Weltgegenden, um — den besten Käse ausfindig zu machen, und Talleyrands „fromage de Brie" wurde feierlich als solcher erwählt. Der schlaue Franzose wußte, daß es sicherer sei, auf den Magen erlauchter Männer zu wirken als auf ihr Herz.

Nach dem Sturze Napoleons verhaftete man den Marquis de S. wegen eines politischen Vergehens; sein Leben stand nach der Voruntersuchung in großer Gefahr. Die junge Gemahlin des Angeklagten begab sich sofort nach Paris. Talley-

rand, der stets große Katastrophen voraussah und dann geschickt den Mantel nach dem Winde drehte, war auch unter
der neuen Regentschaft ebenso einflußreich geblieben wie zuvor.
Ihn suchte die junge Dame jetzt auf, erinnerte ihn an die Zeit,
da er als Gast auf ihrem Schlosse in der Champagne geweilt
hatte, und flehte ihn an, er möge helfen, ihren Gatten zu
retten. Der mächtige Staatsmann schien nicht ganz unempfindlich zu sein für ihre Bitten.

„Sie haben herrliche Erinnerungen in meiner Seele wach-
gerufen, schöne Frau," begann er schwärmerisch und ergriff die
Hand der schon unruhig werdenden Dame. „Das Leben Ihres
Gatten schwebt in großer Gefahr. Ich allein kann ihn retten.
Wären Sie imstande, seiner Freiheit ein Opfer zu bringen?"

Die Marquise errötete tief und erwiderte mit bebender
Stimme: „Jedes, mein Fürst, das sich mit meiner Ehre ver-
einbaren läßt."

„Wohlan denn," fuhr er fort, „ich bin noch heute entzückt
in der Erinnerung an jene herrlichen Tage, die ich unter Ihrem
Dache verlebte, diese Spaziergänge im blühenden Park und
dann die göttlichen Diners — ach, mir ist noch jetzt, als atme ich
den Duft Ihrer gespickten Goldfasanen, der herrlichen Pasteten!"

Der Marquise wurde bei dieser merkwürdigen Schwärmerei
ganz schwül. Sie sank vor dem Staatsmann in die Knie und
rief: „Wenn Ihnen das Andenken an jene Gastfreundschaft
teuer ist, so seien Sie edel und fordern Sie —"

„Lassen Sie mich ausreden, Madame. Sie hatten damals
einen Koch — nein, einen Künstler. Steht er noch in Ihren
Diensten?"

„Gewiß, aber —"

„Nun denn," fuhr Talleyrand fort, „das Leben Ihres Herrn
Gemahls ist in der Tat ein großes Opfer wert, und dies fordere
ich jetzt von Ihnen."

„Fordern Sie!" stammelte die Marquise verwirrt.

„Also, Madame — treten Sie mir Ihren Koch ab!" A. Sch.

🔲 **Die Mackensenhöhle und Mackensenschlucht in der
Zolleralb.** — In der Nähe des Raichberges und des viel-

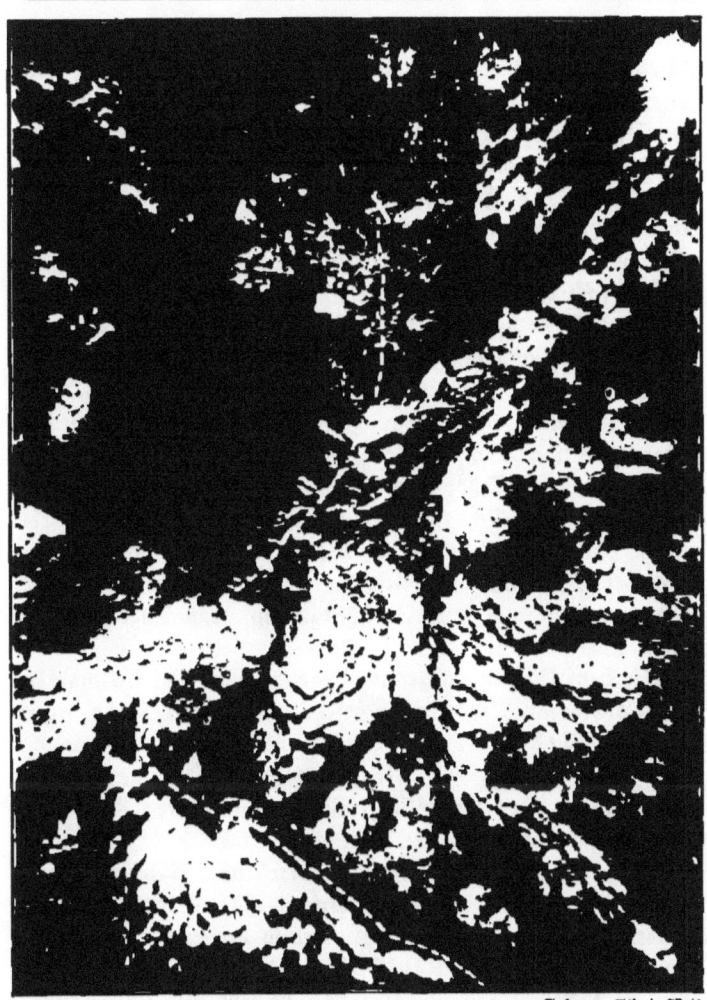

Aus dem Gebiete der Mackensenhöhle.
Die teil gestrichelte Linie zeigt den Abstieg vom Sattelpunkt der Schlucht an.

besuchten „Hangenden Steins" zieht sich ein breiter und tiefer Spalt hin, an dessen Südostende sich der Eingang zur Hohenzollerhöhle auftut. Die Höhle wurde vor einigen Jahren von dem Lehrer Leon Schmalzbach in Hechingen entdeckt. Unlängst glückte es demselben Naturfreund, auf der Gemarkung Hohenzollern eine neue Höhle zu finden, die er, wie auch die anschließende Schlucht, nach dem ruhmreichen Generalfeldmarschall v. Mackensen benannt hat.

Zwischen den Felsenrissen des Traufs bei Onstmettingen hinabsteigend, gelangt man in eine von abgestürzten Blöcken besäte und mit starken Buchen bestandene Gebirgsspalte, in der sich ein schmaler Schacht öffnet, der Eingang zur Mackensenhöhle. Erst nach einer anstrengenden und wegen des Steinschlages nicht ungefährlichen Kletterstrecke erreicht man etwa 30 Meter unterhalb des Eingangs die Sohle der Höhle. Sie weist eine geschlängelte Form auf und setzt sich aus vielen größeren und kleineren Räumen zusammen, die durch Röhrengänge und Schächte miteinander verbunden sind. Stellenweise muß man sich auf der Seite liegend durch die Felsengen hindurchwinden. Der Boden ist hoch mit Höhlenlehm bedeckt, so daß der Besucher mit einer dicken Lehmschicht überzogen, wie aus dem Schützengraben, ans Tageslicht zurückkommt.

Die dem Eingang gegenüberliegende Wand ist in ungefähr Drittelshöhe mit Tropfsteinen besetzt. Am oberen Rand neigen sich diese Wand und die Eingangswand bogenförmig einander zu. Wahrscheinlich erstreckte sich vordem hier eine mächtige Höhle, deren Deckengewölbe einstürzte und deren Fortsetzung die Mackensenhöhle bildete.

Geht man in der Spalte in nordwestlicher Richtung weiter, so trifft man auf die Mackensenschlucht. Hohe Felswände steigen beiderseits empor, und auf dem Grund modern umgebrochene Baumstämme. Nach Überschreitung des Sattelpunktes senkt sich die Schlucht jäh abwärts und schließt mit einer laubenartigen Höhle ab.

Das Gesuch des Entdeckers, Höhle und Schlucht nach dem Generalfeldmarschall benennen zu dürfen, hat dieser mit einer Zuschrift beantwortet, die unser zweites Bild wiedergibt. In höchst augenfälliger Weise entsprechen die Schriftzüge der Eigen-

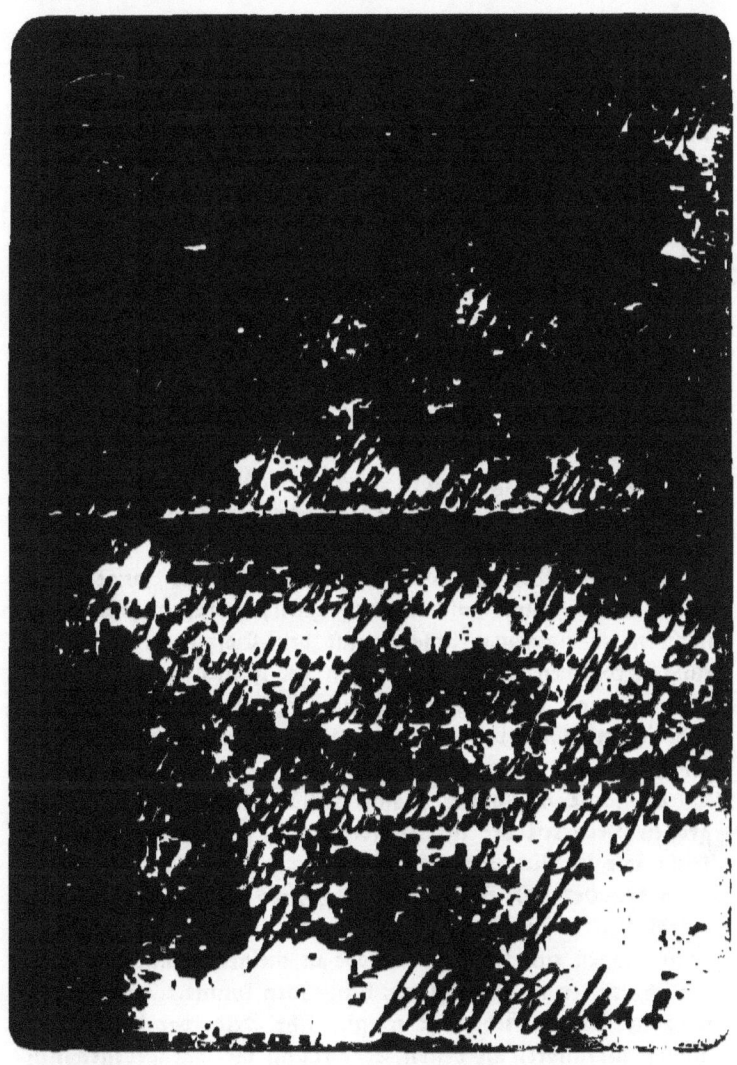

art des sieggekrönten Feldherrn selbst. Scharf und schneidig und doch
von ruhiger, sinnvoller Zusammenfassung zeugend, stehen die
Buchstaben da — ganz wie der Mann, sein Antlitz und seine Tat!

Eislauf und Geigenspiel. — Der berühmte Violinvirtuofe Joachim kam auf einer Gaſtſpielreiſe, die er im Winter 1863 unternahm, auch nach Hanau, wo er auf Anregung einiger Muſikfreunde vor einem auserleſenen Publikum konzertierte und reichen Beifall erntete.

Da am folgenden Tage ein prächtiges klares Winterwetter herrſchte, bei dem ſich zahlreiche Einwohner der Stadt auf dem feſtgefrorenen Eiſe der Kinzig mit Schlittſchuhfahren vergnügten, begab ſich auch Joachim mit einigen Freunden dorthin. Dabei wandelte ihn die Luſt an, ſich auch einmal in der Kunſt des Schlittſchuhfahrens zu verſuchen. Er ließ ſich Schlittſchuhe, bei deren Anlegung ihm der Verleiher in Erwartung eines guten Trinkgeldes bereitwillig Hilfe leiſtete. Ebenſo half er bei den Fahrverſuchen Joachims, und zwar um ſo lieber, als er aus den Reden der begleitenden Herren erfahren hatte, daß der Fremde, dem er ſeinen Beiſtand leiſtete, der berühmte Violin‑ virtuoſe Joachim war.

Aber alle Verſuche des Künſtlers, ſich die lange nicht mehr geübte Kunſt wieder anzueignen, ſchlugen fehl, und nachdem er einigemal unſanft mit dem Eisſpiegel in Berüh‑ rung gekommen war, ſtand er von der Fortſetzung ſeiner Be‑ mühungen ab und meinte ärgerlich: „Das Schlittſchuhlaufen habe ich ja früher verſtanden, aber es will jetzt gar nicht mehr gehen.“

Da ſagte der brave Mann verſtändnisvoll lächelnd zur großen Heiterkeit der Umſtehenden: „Ja, das iſt auch nicht ſo leicht wie ’s Wichelineſpielen.“　　　　　　　　　　　O. v. B.

Alexander von Serbien. — Jetzt, wo ſich das Geſchick der mordbefleckten ſerbiſchen Dynaſtie erfüllt, ſteigt aus vergangenen Jugendtagen eine ſerbiſche Epiſode in meiner Erinnerung auf, der ich, mitten in Deutſchland, beiwohnen konnte. Damals hat ſie ganz Europa fieberhaft erregt. Ihr Held war der ſpätere König Alexander, an deſſen Ermordung die Karageorgewitſch mindeſtens paſſiv beteiligt ſind, wenn ſie nicht ſelbſt den Anſtoß zu jener ſcheußlichen Tat gaben. Bis in die neueſte Zeit hat ja dieſe, zu einem Truſt vereinigte Mörderbande den ſchwachen

Peter beherrscht, alle Vorteile ihrer Bluttat eingeheimst, die wichtigsten Stellungen innegehabt, alle Gegner verdrängt. Näheres wird man wohl nie erfahren, da man sicherlich alle Spuren der vorausgegangenen Verhandlungen vernichtet hat.

Damals, im Jahre 1889, war der Sohn König Milans und der Königin Natalie von Serbien — einer der schönsten Frauen auf dem Throne, einer geborenen Russin — etwa dreizehn Jahre alt. Ganz Europa nahm in jenen stillen Jahren der großen Kriegspause auf dem Balkan und in Europa überhaupt den regsten Anteil an den Ehewirrungen zwischen Milan und Natalie, einem Schauspiel, wie es sich seit den Tagen des englischen Prinzregenten Georg, zu Anfang des neunzehnten Jahrhunderts, auf keinem Throne begeben hat.

Milan war freilich der schuldige Teil. So geschickt er als Balkanpolitiker auch war — er hielt sich an das benachbarte und uneigennützigere Österreich · so wenig verstand er, seine Ehe zu meistern. Die eifersüchtige Königin, mehr auf ihre Frauenwürde als auf die dynastische und königliche bedacht, machte es ihm wohl auch schwer. Schließlich trennten sie sich, vereinigten sich wieder, bis die Königin eines Tages mit ihrem dreizehnjährigen Sohn Belgrad endgültig den Rücken kehrte und sich Wiesbaden als Aufenthaltsort wählte. Dies war damals auch der meine, so daß ich die Tragikomödie gut genug beobachten konnte.

In einer schönen Villa am Warmen Damm, nahe der Hauptstraße Wiesbadens, hausten Mutter und Sohn mit wenig Gefolge und Dienerschaft. König Milan verlangte ihre Heimkehr, schließlich nur die des Sohnes, seines Thronfolgers. Auch das schlug die gekränkte Gattin ab; trotzdem doch hier offensichtlich starke dynastische Rücksichten das Verlangen des Königs als gerechtfertigt erscheinen ließen. Im Blätterwald Europas rauschte es. Wird sie ihn herausgeben oder nicht? Was wird der König tun? Derweil spielte sich geruhig das häusliche Leben in der gemieteten Königsvilla ab. Auf einem Pony ritt täglich der kleine Kronprinz mit seinem Erzieher spazieren.

Mit seiner Mutter sah man ihn oft auf der Promenade, zu=
weilen auch in den Kurkonzerten. Wer hätte es damals dem
frischen, lebhaften Knaben angesehen, welch tragisches Los
seiner harrte!

Natürlich nahm Milan die Hilfe des preußischen Staates
in Anspruch, der noch von Bismarcks starker Faust und von der
jungen Hand des ein Jahr vorher auf den Thron gestiegenen
Kaisers regiert wurde. Und selbstverständlich konnten sie, was
auch der Gatte gesündigt hatte, dem Könige und Vater sich nicht
widersetzen. In einem eigenhändigen Briefe teilte unser Kaiser
der Königin Natalie mit, daß er sich gezwungen sehe, den Sohn
und Thronerben dem königlichen Vater auf dessen Wunsch
zurückzugeben. Und so geschah es. Ganz Wiesbaden, sowie die
Neugierigen und die Journalisten aller rheinischen Nachbarstädte
liefen zu dem angekündigten Ereignis zusammen. Schließlich
sah man nur einen geschlossenen Wagen, in den der kleine Kron=
prinz in Begleitung einiger preußischen und serbischen höheren
Beamten stieg. Vom Fenster aus blickte ihm die Mutter nach.
Das war alles.

Längst ist dieses Geschehnis, so wichtig es den Zeitgenossen
war, vergessen. Es erscheint mir nur heute charakteristisch für
dies Land und seine Dynastie, in denen sich der Thron niemals
auf natürlichem Wege vererbte, in deren Hexenkessel Ermordung,
erzwungene Landesflucht, Abdankung, Ehebruch durcheinander
quirlen. Milan dankte schon wenige Jahre darauf ab. Der
Sohn spielte seiner Mutter, sich selbst und seinem Volke den
bösen, zugleich törichten Streich, seine übelbeleumundete Geliebte
zur Königin zu erheben, die ihn dann mit ihren Brüdern und
ihrem Anhang unmöglich machte.

Und wieder wird ein Kronprinz Alexander, schon längst
der eigentliche Regent, Land und Thron verlieren. Wie in einem
großen Drama folgen sich hier Schuld und Sühne ganz sichtbar=
lich für die zuschauende Welt. War jemals Weltgeschichte ein=
dringlicher und rascher das Weltgericht? Sechzehn Monate nach
jener Tat, zu der man den Meuchelmördern in Kragujevac die
Bomben und Brownings in die Hand drückte — wer glaubt

auch hier wieder an die Unwissenheit der Dynastie Kara=
georgewitsch — haben Deutschlands und Österreich=Ungarns
Haubitzen dies Mörderarsenal zerschossen, ihre siegreichen Ba=
taillone es erobert. Wehe den Besiegten! R. M.

Romanhaftes aus der Geschichte der Sparkassen. — Die
erste Sparkasse wurde 1765 als „Herzogliche Leihkasse" in
Braunschweig eingerichtet. Eine Privatgesellschaft in Hamburg
folgte im Jahre 1778 mit einer Gründung, der zuerst der Name
„Sparkasse" beigelegt wurde. Erst 1798 eröffnete man in
London eine ähnliche Anstalt, während Paris sich damit bis
1818 Zeit ließ.

Die Satzungen dieser ersten Anstalten wiesen keinerlei Be=
stimmungen auf, daß eine Spareinlage, wenn der Einzahler
sich nicht während eines bestimmten Zeitraumes meldet, in das
Eigentum der Kasse übergeht, wie dies heute überall, zumeist
nach fünfunddreißig Jahren, geschieht. Der Mangel einer
solchen Vorschrift hat verschiedentlich zu merkwürdigen Vor=
kommnissen geführt, wie Domela in einem Buche über Spar=
wesen erwähnt.

Im Jahre 1801 zahlte der englische Fregattenleutnant
Thomas Borwell bei der Londoner Sparkasse 20 Pfund Ster=
ling (400 Mark) ein. Borwell, der unverheiratet war, fand
beim Untergange der Fregatte „Thetis" im Golfe von Biskaya
1807 den Tod. Da in seinem Nachlaß kein Hinweis auf jenes
Sparkassenguthaben entdeckt wurde, erhielt auch die Londoner
Sparkasse keine Nachricht von seinem Ableben und ließ das Gut=
haben unangetastet liegen. Borwells Erbe, sein Bruder Edward,
wanderte 1812 nach Amerika aus. Als im Jahre 1841 das
Statut der Londoner Sparkasse nachgeprüft und eine Be=
stimmung eingeführt wurde, daß die mehr als dreißig Jahre
unberührt gebliebenen Guthaben nach erfolgtem Aufruf der
Anstalt gehören sollten, wurde der Fall Thomas Borwell zur
Rechtsfrage. In der Zwischenzeit hatte nämlich die Sparkasse
zweimal vergeblich versucht, die Erben des Fregattenleutnants
ausfindig zu machen. Es handelte sich nun darum, ob man
der neuen Bestimmung rückwirkende Kraft geben sollte. Wäre

dies geschehen, so hätte die Londoner Anstalt die inzwischen
durch Zinsen und Zinseszinsen auf 78 Pfund angewachsene Ein-
lage Borwells als ihr Eigentum betrachten können.

Die Regierung entschied, daß die Neuregelung nur für zu-
künftige Spareinlagen Geltung habe. Mithin mußte die Londoner
Anstalt wohl oder übel noch dreißig Jahre warten, bevor die
erbberechtigten Nachkommen Thomas Borwells durch Zeitungs-
aufruf aufgefordert werden konnten, das bis zu einer Summe
von 328 Pfund angewachsene Kapital nach urkundlichem
Nachweis ihrer Ansprüche binnen sechs Monaten in Empfang
zu nehmen, andernfalls es für verfallen erklärt werden würde.

Tatsächlich meldeten sich im Jahre 1872 Abkömmlinge
jenes nach Amerika ausgewanderten Edward Borwell, die in
dürftigsten Verhältnissen in New York lebten, und bekamen
das Geld ausgezahlt. Vielleicht hätten die glücklichen Erben
nie von der 6500 Mark betragenden Hinterlassenschaft Kenntnis
erhalten, wenn damals nicht die Geschichte dieser vergessenen
Spareinlage in sämtlichen Zeitungen der Kulturstaaten als
Seltenheit mit voller Namensnennung der beteiligten Personen
besprochen worden wäre.

Merkwürdiger noch liegt der Fall des Kaufmanns Ernst
Hindersen, der am 14. April 1805 zunächst ohne seine Familie
nach Hamburg gekommen war, wohin er seinen Wohnsitz verlegen wollte. Er mietete in der Kuxhavener Straße eine Wohnung und übergab am Vormittag des 16. April der Hamburger
Sparkasse, für deren Sicherheit sich die bekanntesten Großkauf-
leute der Alsterstadt verbürgt hatten, sein gesamtes Barvermögen
im Betrage von 12 670 Talern. Auf dem Heimwege von der
Sparkasse kehrte Hindersen, ein stattlicher Vierziger, in einer
Hafenkneipe ein und wurde von hier auf einen Dreimaster ge-
lockt, wo er, nachdem man ihn betrunken gemacht hatte, ahnungs-
los eine Heuer unterzeichnete und sich dadurch als Matrose für
eine Fahrt nach San Franzisko verpflichtete. Das Schiff ging,
während Hindersen in der Steuermannskoje seinen Rausch aus-
schlief, in See, ohne daß es dem gepreßten Matrosen möglich
war, seine Familie von seinem Schicksal zu benachrichtigen.

Als bei den Seinen, die täglich auf seine Rückkehr nach
Hannover warteten, eine Woche später noch keine Nachricht ein=
getroffen war, reiste Frau Hindersen in Begleitung ihres ältesten,
siebzehnjährigen Sohnes nach Hamburg und begann dort nach
dem Verbleib ihres Gatten Nachforschungen anzustellen. Doch
der blieb spurlos verschwunden und mit ihm auch sein ganzes
Bargeld; hatte Hindersen doch erst in Hamburg den Plan ge=
faßt, sein Vermögen der Sparkasse zu übergeben. Allerlei zu=
fällige Umstände machten es besonders wahrscheinlich, daß der
Kaufmann Mördern in die Hände gefallen war, die ihn beraubt
und seine Leiche beseitigt hatten.

In jenen unruhigen Zeiten konnte die Hamburger Polizei
sich nicht viel um den Verbleib eines einzelnen Menschen kümmern,
und so geriet die ganze Angelegenheit schnell in Vergessenheit.
Hindersens Familie blieb in Hannover wohnen, wo auch die
Eltern der durch den Verlust ihres Mannes völlig gebrochenen
Frau ansässig waren.

Ein halbes Jahr später, im Oktober 1805, erhielt dann
Hindersens Frau zu ihrer großen Überraschung von ihrem längst
totgeglaubten Gatten einen Brief aus Havanna, in dem er
über sein Schicksal berichtete und mitteilte, daß er nach seiner
völligen Wiederherstellung von dem Malariaanfall, an dem
er zurzeit krank im Jesuitenkloster in Havanna daniederliege,
mit dem nächsten nach Europa bestimmten Segler zurückkehren
werde.

Dies war das letzte Lebenszeichen des so hart vom Schicksal
heimgesuchten Mannes. Als er nach Verlauf eines weiteren
halben Jahres noch immer nicht in Hannover bei den Seinen
eingetroffen war und zwei inzwischen an das Kloster in Ha=
vanna gerichtete Briefe mit dem Vermerk „Empfänger nach
Europa mit Schonerbark ‚Britannia' unterwegs" zurück=
gekommen waren, schrieb Frau Hindersen an die Reederei in
Glasgow, deren Eigentum die „Britannia" nach Auskunft der
Hamburger Hafenbehörde sein sollte, und erkundigte sich nach
dem Verbleib des Schiffes. Die Auskunft war niederschmetternd:
der Segler sei von einem französischen Freibeuter, dem er sich

nicht ergeben wollte, in der Nähe der englischen Küste in Grund geschossen und auch nicht ein Mann der Besatzung gerettet worden.

So kam es, daß sich um die Spareinlage Ernst Hindersens bis zum Jahre 1818 niemand kümmerte. Bei einer Kassenrevision wurde man auf die Einzahlung aufmerksam und stellte Ermittlungen nach dem Einzahler an, der volle dreizehn Jahre nichts wieder von sich hatte hören lassen. Die Nachforschungen blieben erfolglos, und die Sparkasse verwaltete das inzwischen beträchtlich angewachsene Vermögen in der Hoffnung weiter, daß Ernst Hindersen sich eines Tages schon noch melden werde. Vierundzwanzig Jahre verstrichen wieder. Im Jahre 1842 wurde die bisherige private Sparkasse von der Stadt Hamburg übernommen und gleichzeitig die jetzt allgemein üblich gewordene Bestimmung über die Verjährung von Guthaben eingeführt, jedoch mit rückwirkender Kraft.

Die nunmehrige Städtische Sparkasse in Hamburg erließ daraufhin einen Aufruf in den größeren deutschen Zeitungen und forderte den Berechtigten zur Abhebung des Sparguthabens Ernst Hindersens auf. Schon nach zwei Wochen meldete sich der damals vierundfünfzigjährige praktische Arzt Doktor Franz Hindersen aus Stade und verlangte unter Vorlegung der nötigen Urkunden für sich und seine beiden noch lebenden Schwestern als unmittelbare Nachkommen des Ernst Hindersen die Auszahlung des jetzt 41 425 Taler betragenden Kapitals. Die Verhandlungen zogen sich sieben Monate lang hin, weil die Hamburger Sparkasse eine urkundliche Beglaubigung darüber verlangte, daß der zum Matrosen gepreßte hannoversche Kaufmann sich tatsächlich im Jahre 1805 im Jesuitenkloster in Havanna aufgehalten habe. Die Anstalt vertrat den Standpunkt, nur durch diesen Nachweis könne die Übereinstimmung des Einzahlers mit dem Vater der angeblich erbberechtigten Geschwister festgestellt werden, da alle sonstigen Anhaltspunkte hierfür fehlten. Die Beibringung der Urkunde gelang, weil das Klosterarchiv noch die alten Krankenlisten aufbewahrte, in denen sich eine genaue Eintragung über Ernst Hindersen vorfand.

Im Januar 1843 erhielten die Nachkommen des verschollenen Kaufmanns ihr Erbe. —

Am 22. Februar 1831 verließ der Staatsrat Baron Charles de Gyptaure in Paris, der schon seit einiger Zeit Spuren von Geistesgestörtheit gezeigt hatte, seine in der Rue de Rivoli gelegene Wohnung, hob von der französischen Staatsbank sein gesamtes Barvermögen im Betrage von 82 300 Franken ab und wurde dann am späten Abend desselben Tages von der Polizei in einer gewöhnlichen Kneipe des Montmartreviertels aufgegriffen, wo er einen harmlosen Menschen, der ihm angeblich nach dem Leben getrachtet haben sollte, mit einem Dolche bedroht hatte. Bald wurde Verfolgungswahnsinn festgestellt und Baron Gyptaure in die Privatanstalt des Irrenarztes Doktor Martasin übergeführt.

Inzwischen hatte die Familie des Kranken in Erfahrung gebracht, daß dieser sein Vermögen an jenem Tage abgehoben hatte. Das Geld blieb trotz aller Nachforschungen verschwunden. Es blieb nur die Annahme, daß man es dem Wahnsinnigen, der ziellos von Kneipe zu Kneipe gewandert war, gestohlen hatte. Alle Versuche, von dem Baron über diesen Punkt eine vernünftige Erklärung zu erlangen, schlugen fehl.

Dreiundzwanzig Jahre blieb der Staatsrat in jener Privatanstalt. Dann erlitt er kurz vor Vollendung des siebzigsten Lebensjahres einen Schlaganfall. Als die Lähmungserscheinungen langsam wichen, stellte sich heraus, daß der Bluterguß in das Gehirn eine seltsame Wirkung auf den Kranken ausgeübt hatte: die Wahnvorstellungen waren vollkommen behoben, und mit der fortschreitenden Genesung erlangte der Baron die volle Erinnerung an die Zeit vor dem Ausbruch seiner Geisteskrankheit wieder.

Jetzt war er auch imstande, anzugeben, was er damals mit dem Gelde angefangen hatte. Es war von ihm bei den drei im Jahre 1831 in Paris bestehenden Sparkassen, der städtischen, der staatlichen und einer privaten, in genau gleich großen Summen von je 27 400 Franken eingezahlt worden. Die Sparkassen händigten die Beträge, die inzwischen auf das Doppelte angewachsen waren, ohne weiteres aus. W. Kabel.

Berühmte Druckfehler der Biedermeierzeit. — Zu den berühmtesten Druckfehlern aus der Zeit unserer Großväter, die am meisten belacht worden sind, zählen die folgenden: Auf dem Theaterzettel eines Hoftheaters war einmal zu lesen: „Mit z ä r t l i c h e m Attest beurlaubt Fräulein S." statt mit ärztlichem. Die böse Welt hielt natürlich die gedruckte Fassung für die richtigere. Eine herbe Kritik schloß ein Satz in dem Nach= ruf der Redaktion eines angesehenen Blattes beim Ableben eines gefeierten Virtuosen in sich, denn es war zu lesen: „Er d u d e l t e (statt duldete) drei Jahre." Ein hervorragender Arzt in J. behandelte eine lebensgefährlich erkrankte Frau mit gutem Erfolg, aber wie erschrak er, als ihm nach beendeter Kur in der Zeitung folgende Danksagung des Ehemanns zu Gesicht kam: „Der geschätzte Arzt hat die Krankheit meiner geliebten Frau mit der ihm eigenen Geschicklichkeit einer baldigen B e e r d i = g u n g (statt Beendigung) zugeführt." Ein Grundstückmakler ließ bekanntmachen: „Ein Gutsherr beabsichtigt, seine sämt= lichen Güter zu v e r s a u f e n" (statt verkaufen). Am berühm= testen ist der Druckfehler im Geleitgedicht der ersten Ausgabe der Gedichte Uhlands, wo es hieß: „L e d e r (statt Lieder) sind wir — unser Vater schickt uns in die weite Welt."   W. F.

Wie man Herrenkleider behandelt. — Der nachmalige Minister v. L. erschien eines Tages in einem Berliner Herren= bekleidungsgeschäft, um seine Rechnung zu bezahlen. Der Be= sitzer, der gerade zugegen war, nahm das Geld in Empfang und quittierte die Rechnung. Er hielt den Zahlenden für den Kammerdiener seines vornehmen Kunden, daher reichte er ihm die Rechnung zurück und zugleich ein Zwanzigmarkstück, wobei er sagte: „Dies Goldstück ist für Ihre Bemühung. Daß es nicht zwei sind, ist nur Ihre Schuld. Sie lassen Ihren Herrn seine Kleider viel zu lange tragen. Er müßte in derselben Zeit eine doppelt so hohe Rechnung haben. Sie könnten das leicht erreichen, wenn Sie eine recht harte Bürste benützten. Geben Sie dem Rock Ihres Herrn damit täglich eine kräftige Bearbei= tung an Ellbogen und Schultern, dem Beinkleid über den Knien, und Sie werden sehen, wie vorteilhaft das für Sie sein wird."

„Da haben Sie ganz recht," antwortete der so unerwartet aufgeklärte Kunde. „Ich werde mir das merken, werde mich aber hüten, es meinem Kammerdiener zu sagen. Leben Sie wohl." E. D.

Der Krieg als zufälliger Förderer der Wissenschaften. — In diesen Tagen bauten die Engländer in Ägypten am Suez-kanal in aller Eile zweigleisige Bahnen, und die Zeit ist wohl nicht mehr ferne, wo die Kanonen mit leichten und schweren Geschossen auch den uralten Boden des alten Ägyptens zer-pflügen werden und Schützengräben weite Strecken der Erde in den Nilländern durchziehen. Daß auch dort der Zufall manchen unabsichtlichen Fund aus dem Dunkel heben wird, ist leicht vorauszusagen. Sind doch heute schon fast in allen unseren bedeutenderen wissenschaftlichen Sammlungen zahlreiche kultur-geschichtlich und historisch wertvolle Funde geborgen worden, die unsere Kämpfer in Flandern und Frankreich, in Polen und Rußland beim Durchgraben der Erde gemacht haben. Im Osten und Westen wurden zahllose Eisen- und Bronzefunde zutage gefördert, Reste ehemaliger Kampfrüstungen, Schwerter, Lanzen, Steigbügel, Pferdetrensen, Schnallen, Messer und Pfeilspitzen. Nicht weniges davon stammt aus der Steinzeit, Eisen- und Bronzezeit. So wurden bei Soissons über dreißig Gräber durch-forscht, deren Spur ein bronzener Halsring verraten hatte. Bei großen Ausschachtungsarbeiten im Osten fanden sich an der Brücke von Lötzen eine stattliche Zahl vorgeschichtlicher Gegen-stände, die auf Wunsch des Kaisers sorgfältig gesammelt wurden. In der Nähe eines Königsberger Forts entdeckten Landsturm-leute — ein Metzger, ein Dachdecker, ein Uhrmacher und ein Schauspieler — bei der Anlage von Erdbefestigungen ein be-achtenswertes vorgeschichtliches Gräberfeld. Aber auch wertvolle geologische und anthropologische Stücke wanderten aus den Schützengräben in unsere naturwissenschaftlichen Museen, und mancher Zufall wird weitere Bereicherungen erst noch bringen, denn zu keiner Zeit irgendwelcher Kriege sind so ausgedehnte Strecken so tief durchwühlt, gegraben und gesprengt worden, als in diesen langen Monaten erbitterten Ringens.

Keiner dieser Funde aber kann sich an Wert für die Wissenschaft dem „Stein von Rosette" vergleichen, den im Jahre 1799
der französische Ingenieurkapitän Bouchard das Glück hatte,
bei Schanzarbeiten aus dem Boden Ägyptens zu heben. Der
Stein von Rosette wurde zum Schlüssel, durch den europäischen
Forschern die Möglichkeit geliefert wurde, den jahrtausendelang
stummen Mund des ägyptischen Sphinx zu öffnen, die Hiero-
glyphenschrift der alten Ägypter endlich zu entziffern. Durch
das Glück der Schlachten fiel die durch Kriegsarbeiten zufällig
entdeckte Basalttafel den Engländern in die Hände, die sie im
Britischen Museum als kostbares Denkmal bewahren.

Die Tafel von Rosette trägt drei Inschriften, von denen
zwei in ägyptischer, die dritte aber in griechischer Schrift und
Sprache verfaßt waren. Dieser, ohne Schwierigkeiten lesbare
Teil lehrte die damaligen Forscher, daß man auf dem Stein
neben dem griechischen Text einen Abschnitt in Hieroglyphen
und ebenso einen anderen in der sogenannten Volksschrift der
alten Ägypter finden werde. Der Forschung gelang es, beide
zu entziffern; der griechische Text bot den Schlüssel zum Verständnis der anderen Schriften, denn alle drei Inschriften ent-
hielten den gleichen Wortlaut. Der Name eines Königs, Ptole-
mäos, der häufig wiederkehrte, gab den Anhaltspunkt für die
ersten Lösungsversuche, die bald glücklich fortgesetzt wurden,
als man am Sockel eines auf der Insel Philä gefundenen
Obelisken noch eine zweisprachige, gleichlautende Inschrift entdeckte, in deren griechischem Text der Name der Königin Kleo-
patra öfters wiederkehrte. Unabhängig voneinander konnten
Thomas Young in England und François Champollion in
Frankreich bald darauf zu ihren ersten Ergebnissen, die ägyptischen Texte zu entziffern, durch den Stein von Rosette gelangen,
den kriegerische Schanzarbeiten zufällig aus der Erde brachten.

Der Krieg ist, wie Mephistopheles, eine Kraft, die stets das
Böse will und doch das Gute schafft.

Der große Sphinx von Gizeh, der Wächter der Wüste, den
die Araber Abu 'l haul, den „Vater des Schreckens", nennen,
dessen riesiger Leib vom Wüstensand bedeckt und geborgen ist,

dankt seine Verstümmlung des Gesichts den Kugeln der Kanonen. Der alte Araber Abd-al-latif konnte vor Jahrhunderten noch sagen, das Antlitz des Sphinx trüge den Stempel der Anmut und edler Schönheit; ja es werde von einem lieblichen Lächeln geziert. Als man ihn nach dem Wunderbarsten fragte, das er je gesehen,

Sphinx und Pyramiden von Gizeh.

gab er zur Antwort: „Die Schönheit und Genauigkeit der Maß=verhältnisse an dem Haupte des Sphinx!" Im vorigen Jahr=hundert ward bei den Übungen der Mameluckenartillerie nach dem schöngeformten Kopf des uralten Denkmals geschossen; seitdem hat dies einst so bezaubernde Riesengesicht, besonders durch die fast völlig zerstörte Nase, ein negerhaftes, häßliches Ansehen.

Der Krieg wirft alte, ehrwürdige Denkmale nieder und ent-
reißt andere Zeugen vergangener Kulturen der bergenden Erde.
Wer vermöchte heute zu sagen, was sich in beiden Richtungen
im alten Rätsellande Ägypten noch ereignen wird?   H. B.

Im Goldzuge.   Es ist ein weiter Weg von Johannesburg
nach Kapstadt, auf dem das in den südafrikanischen Minen
gewonnene Gold im „Goldzug" zur Küste befördert wird.

Das wertvolle Metall wird in einem besonderen Wagen
befördert, einem Gefährt, das aussieht wie ein gewöhnlicher
großer Güterwagen; nur die vergitterten Fenster zu beiden
Seiten und ein gewölbtes Dach unterscheiden ihn davon.   Der
Anstrich hat die Farbe des Teakholzes und sticht von den anderen
Wagen des Postzuges, die denselben Anstrich tragen, äußerlich
gleichfalls nicht ab.   Die Farbe verbirgt feste Stahlwände,
denn der ganze Wagen ist aus Stahl gebaut.   Die Karosserie
ruht auf einem Drehgestell, mit dem ein Teil des Wagens, der
Schrank, der eigentliche Goldbehälter, untrennbar verbunden
ist.   Vorausgesetzt, man würde mit den Stahlwänden fertig,
könnte man die Karosserie herunterreißen, der Schrank bliebe
unverletzt; man könnte das Drehgestell entfernen, Karosserie
und Schrank aber blieben doch fest miteinander verbunden.
Der Wagen könnte eine Böschung hinunterstürzen, bei einem
Zusammenstoße in andere Wagen fahren, der Schrank würde
bleiben wie er war.   Schrank und Gestell sind nicht zu trennen;
wer den Schrank fortschaffen wollte, müßte das Gestell, auf
dem er ruht, mitnehmen.

Der Schrank geht, ohne darum viel Raum einzunehmen,
durch den Boden des Wagens.   Die innere Ausstattung des
Goldwagens ist die eines bequemen Reisewagens; um einen
Tisch in der Mitte stehen Polstersitze, darüber sind zwei auf-
klappbare Betten angebracht; auch ein Ofen, der zum Kochen
eingerichtet ist, fehlt nicht.

Die Insassen dieses Goldwagens sind drei auserlesene Männer
der Transvaaler Polizei, doch sind es nicht immer dieselben
Beamten, denen die Bewachung des Goldzuges, der in jeder
Woche einmal fährt, anvertraut ist.

Jeden Montagabend um sechs Uhr verläßt der Goldzug
Johannesburg zu einer dreißigstündigen Fahrt, kommt gegen
Mitternacht des nächsten Tages nach Kapstadt und fährt in
den Docks vor dem fälligen Postdampfer vor. Dem Zug ist
eine große, mit sechs gekuppelten Rädern ausgestattete Schnell=
zugsmaschine vorgespannt, die an verschiedenen Knotenpunkten
mit den Führern und Hilfsarbeitern gewechselt wird. Der
Lokomotive folgen neun lange Wagen auf Drehgestellen, dar=
unter ein Speisewagen; auch ein warmes Bad kann man im
Zuge nehmen. Vor dem Speisewagen laufen Personenwagen,
dann folgt der Postwagen und nach ihm der Goldwagen mit
seinem kostbaren Inhalt. Ein Gepäckwagen bildet den Schluß
des Zuges.

Wenn das Gold verfrachtet ist, der Schrank gehörig plom=
biert und verschlossen, betreten drei mit Revolvern bewaffnete
Wächter den Wagen. Sie werden in ihm eingeschlossen, und die
Türen des Wagens können erst wieder geöffnet werden, wenn
der Zug in Kapstadt einläuft. Ein Schlüssel zum Wagen be=
findet sich jedoch in einem Glasbehälter im Zuge. Um den
Schlüssel herauszunehmen, muß das Glas zuvor zerschlagen
werden. Man weiß also bei Ankunft des Zuges genau, ob der
Schlüssel benützt worden ist oder nicht. Nur bei irgendeiner
Gefahr wird der Schlüssel herausgenommen. Nur einer der
Wächter muß ständig auf Posten sein; zur Nachprüfung des
Dienstes ist jeder der drei Männer mit Karten versehen, wovon
zu jeder Viertelstunde eine in eine Kontrolluhr eingeworfen
wird, die genau die Minute angibt, zu der die Karte abgelegt
worden ist.

All diese Vorkehrungen machen die Beraubung des Gold=
wagens unmöglich, und wirklich ist noch nie ein Anschlag auf
einen Goldwagen gelungen, obwohl Überfälle auf andere
Züge mit Geldsendungen versucht wurden.

Die Maiglöckchensträuße. — In der Umgegend von Mai=
land wurde an der Landstraße ein kleines fünfjähriges Mädchen
erschlagen aufgefunden. Neben der Leiche lagen einige Ziegel=
steine, mit denen das Verbrechen ausgeführt worden war, sonst

fehlte es an allen Fingerzeigen, und es schien, als solle der
Mord unaufgeklärt in die Vergessenheit sinken. Da beauftragte
man schließlich den Detektiv Orsoni aus Rom mit der
Fortsetzung der Nachforschungen. Der Beamte ging syste-
matisch vor, wochenlang durchwanderte er die ganze Umgebung und hatte endlich das Glück, eine Frau ausfindig zu
machen, die eine kleine Wirtschaft in einem Nachbardorfe
führte und die die Kleidung des ermordeten Kindes wieder-
erkannte. Es war die Kleidung eines kleinen Mädchens, dessen
Mutter einige Zeit bei jener Frau gewohnt hatte. Die Frau
war eines Tages mit dem Kinde abgereist. Weitere Anhaltspunkte konnte die Wirtin dem Beamten nicht geben. Die einzige
Tatsache, deren sie sich noch erinnerte, war der Umstand, daß
ihre Mieterin des öfteren ausging, um einen Mann zu treffen,
und daß sie stets, wenn sie dann nach Hause kam, einen großen
Bund Maiglöckchen mitzubringen pflegte.

Der Detektiv kam alsbald zu der Überzeugung, daß der
Schlüssel zu dem Verbrechen nur dort gefunden werden könne,
woher jene Maiglöckchen stammten; er begann also seine Nachforschungen in den Gärtnereien der Umgegend. Lange ergaben
sich keine Anhaltspunkte, bis er schließlich einen Gärtner fand,
der hin und wieder seinem Kutscher einen Maiglöckchenstrauß
gegeben hatte; denn der Kutscher hatte gesagt, er wolle die Blumen
seiner Braut bringen. Nun begann der Detektiv den Kutscher
zu überwachen, und seine Nachforschungen ergaben, daß der
Mann Witwer gewesen war und erst kürzlich wieder geheiratet
hatte. Unauffällig brachte man jene Frau, bei der das ermordete
Kind mit seiner Mutter gewohnt hatte, herbei, und sie erkannte
in der neuen Frau des Kutschers sofort die Person, die bei ihr
sich aufgehalten hatte.

Die Frau wurde verhaftet, und es erwies sich, daß sie ihr Kind
ermordet hatte, weil sie fürchtete, es könne ihr bei der Heirat
mit dem Kutscher im Wege sein.   L. v. B.

Herausgegeben unter verantwortlicher Redaktion von
Karl Theodor Senger in Stuttgart,
In Österreich-Ungarn verantwortlich Dr. Ernst Perles in Wien.